山东七怪

赵焕亭◎著

民国武侠小说典藏文库·赵焕亭卷

中国文史出版社

赵焕亭及其武侠小说（代序）

　　赵焕亭，民国时期著名武侠小说家，被评论界和学术界称为"北赵"。他本名赵黼章，但发表作品上均写作赵绂章，生于清光绪三年正月初六，卒于 1951 年农历四月，籍贯直隶省玉田（今河北省玉田县）。

　　据新的有关资料记载，赵焕亭祖上是旗人，隶汉军正白旗，始祖名赵良富，随清军入关，携家落户在距离丰润与玉田交界线不远的铁匠庄。第五代赵之成于乾隆三十六年考中辛卯科武举，于是赵家迁居至玉田县城内西街，由此在玉田生活了一百多年，至赵焕亭已是第十代。

　　赵家以行伍起家，入清后应有相当经济地位，但无籍籍名。自赵之成考中武举，赵家在地方上开始有了一定名声。之成子文明曾任候选布政司理问，孙长治更颇受地方好评。据光绪《玉田县志》载："赵长治，字德远，汉军旗籍，监生，重义气，乐施济，尤能亲睦九族，世居丰之铁匠庄。悯族中多贫，无室者让宅以居之，捐附村田为义田以赡族。卜居邑城西街，遂家焉。嘉庆癸酉、道光庚子，两值饥，豁全租以恤佃者，计金三千有奇，乡里称善人。"

　　赵长治的儿子赵大鹏克承家风，再中己酉科武举人，至其孙赵英祚（字荫轩），则一变家风，于清同治九年中举人，同治十年连捷中第二百七十二名进士，位列三甲，曾三任山东鱼台知县，一任泗水知县，还曾署理夏津、金乡等县，任内主修过鱼台和泗水县志。

赵英祚生四子，长子黼彤，附贡（即秀才）。次子黼清（字翊唐）光绪二十年中举，二人似未出仕。三子黼鸿，字青侣，号狷庵，光绪十九年举人，二十一年二甲第七十六名进士，入翰林院，三年后散馆以工部主事用，1903年复入翰林院，1907年选任为江苏奉贤知县，但被留省，直至次年年底方才正式到任。辛亥革命爆发，他弃官而走，民国时又担任过常熟县知事。据说他和著名藏书家铁琴铜剑楼主人有交往。赵黼鸿大约于1918年去世。四子黼章就是赵焕亭。

抗日沦陷期间，《新北京报》上曾刊登了一篇署名雨辰的《当代武侠小说家赵焕亭先生小传》（以下简称《小传》）。作者自承"与先生为莫逆，知之甚详，因略传梗概"。据该文介绍，因赵英祚长期在山东为官，赵焕亭的出生地实际是济南，玉田系籍贯所在。

赵焕亭在济南念私塾，还和其二哥、三哥一起，拜通家至好蒋庆第和赵菁衫二人为师，学诗和古文。

蒋庆第，字箸生，玉田人，咸丰壬子进士，文名响亮，著有《友竹堂集》。他历任山东武城、潍县、峄县、章丘等地知县，官声很好，甚得百姓拥戴。赵菁衫，名国华，丰润人，进士出身，曾为乐安知县，"以古文辞雄北方，长居济南"，著有《青草堂集》。《清稗类钞》中说他"清才硕学，为道、咸间一代文宗"。赵自署的集句门联很有趣："进士为官，折腰不媚；贵人有疾，在目无瞳。"（赵的左眼看不见。）

赵焕亭的开蒙师父叫赵麟洲，栖霞人，学问好，对教学有独到见解。

兄弟三人在名师的指导下，学业大进，在济南当地读书人中号称"玉田三珠树"。据《小传》所述，赵菁衫看了兄弟三人的习作，曾感叹道："仲、叔皆贵征，纪河间皆谓兴象，且早达。季子虽清才绝人，然文气福泽薄，是当作山泽之癯，鸣其文于野耳。"

果然，黼清、黼鸿二人很快先后中举、中进士，黼章则"独值科举废，不得与焉"。根据赵焕亭在小说中留下的只言片语，他参加过乡试，而且应该不止一次。在短篇小说《浮生四幻》开头，他写道："光绪中，予应秋试于洛（时功令北闱暂移河南）……"

北闱秋试移到河南举行，在清代科举考试历史上是独一无二的，发生于光绪二十八年和二十九年，考试地点在今河南开封。原因是受到义和团运动和八国联军攻占北京等事件的影响，本该于光绪二十六年举行的乡试被迫停办。赵焕亭究竟参加了其中哪次乡试不详，但显然没有中举，之后科举就被清政府宣布废除。

在其武侠小说《大侠殷一官逸事》第十七回中，也有一小段作者的插入语："……原来那四十里的石头道，自国初以来，一总儿没翻修过。您想终年轮蹄踏轧，有个不凹凸的吗？人在车子里，那颠簸磕撞，别提多难受咧！少年时，入都应试，曾亲尝这种滋味……"

据最后的寥寥十几字推测，赵焕亭在河南参加乡试之前，还曾经参加过在北京的顺天府乡试，估计以光绪二十三年丁酉科可能性最大，他当时已经二十一岁，正当年。其兄赵黼鸿、赵黼清分别于光绪十九年、二十年中举，那时他不过十六七岁，一同参加的可能不是完全没有，但应该不大。

无论如何，赵黼章一袭青衿的秀才身份应该是有的，只是两次乡试都不成功，待科举废除，就再没机会了。传统上升之路中断之时，他还不到三十岁，但没有因此而茫然，继续认真读书。《小传》中说他"矻矻治诗文辞如故"，同时大约为践行"读万卷书，行万里路"的古训，"北之辽沈，南浮江汉，登泰山，谒孔林，登蓬莱、崂山，揽沧溟，观日出而归"。游历之余，他还

3

注意记录、搜集山东、河北等地的风土人情、逸事趣闻，老家玉田本地的名人掌故逸事更是他一直关注和搜辑的对象。这一切都为他后来的小说写作积累了大量素材。这些素材和人生经历是上海十里洋场中的才子们所不具备的，也是赵焕亭终成为"北赵"，并与"南向"分庭抗礼，远胜同期南派武侠作者们的一个重要原因。

赵焕亭正式开始投稿卖文的写作生涯，据其在 1942 年《雨窗旅话》一文所述，始于民国初年。文中写道："民国初，颇尚短篇之文言小说。一时海上各杂志之出版者风起云涌，而文字最佳者，首推《小说月报》并《小说丛报》，以作者诸公，如恽铁樵、王西神、钱基博、许指严等，皆宿学名流，于国学极有根底也。余见猎心喜，乃为《辽东戍》一篇，试投诸《小说月报》，此实为余作小说之动机，并发轫之始。"

《辽东戍》刊登于《小说月报》第五卷第二期，时间是 1914年 4 月。但据目前发现，早在 1911 年 6 月的《小说月报》第二年第六期上就刊有署名玉田赵绂章的短篇小说《胭脂雪》。关于这篇小说，赵焕亭在《辽东戍》篇末自述中是承认的，他写道：

> ……有清同光间，吾邑以诗古文辞鸣者，为蒋太守著生、赵观察菁衫，世所传《友竹堂集》《青草堂集》是也。予以通家子，数拜榻下，伟其人，尤好拟其文，随学薄不得工，顾知有文学矣。时则随宦济南，书贾某专赁说部，不下数百种，于旧说部搜罗殆尽。余则尽发其藏，觉有奇趣盎然在抱。后得畏庐林先生小说家言，尤所笃嗜，复触夙好，则试为两篇，各三万余字，旋即售稿去，复成短章《胭脂雪》一首，邮呈吾兄于京邸。兄颇激赏，以为殊近林氏。兄同年生某君，则驰书相勖，后时时为之……

赵黼鸿1907年离京赴江苏任职，辛亥革命爆发方逃回北方，是否在京无法确定，由此推测，赵焕亭的两篇试笔小说以及《胭脂雪》或许写于1906至1907年间。只是《胭脂雪》何以迟至1911年才发表，且赵焕亭似乎并不晓得此事，令人有些费解。倒是他自承笃嗜林氏小说，连所写短篇小说路数都被赞极有林氏风格，倒是研究赵焕亭包括晚清民国作家作品的一个新方向。

林译小说曾带动鲁迅、郭沫若、周作人等主动了解、学习西方文学，并促进了西方文学名著在中国的进一步译介，在文学史上已有定评。俞平伯先生晚年更认为"林译小说是个奇迹，而时人不知，即知之估计亦不高"。林译小说对于当时青年人的影响，用民国武侠、言情名家顾明道的话说："青年学子尤嗜读之，无异于后来之鲁迅氏为人所爱重也……以为读林译，不但可供消遣，于文学上亦不无裨益。"范烟桥在《林译小说论》中说，民初众人都在模仿林，赵焕亭之言正可为一有力旁证。

关于赵焕亭中青年时期的其他职业信息，目前仅知进入民国后，他曾经有若干机会可以入幕当道要人帐下，但他放弃了。雅号"民国老报人"的倪斯霆先生曾提及，据说赵焕亭民国后曾做过《汉口新报》的主笔，可惜未能找到这份报纸和相关资料，也尚未发现相关的新资料。

自1911到1919年之间，赵焕亭在《小说月报》和《小说丛报》上共发表小说十七篇，有十余万字。是否同期在其他报刊上有小说刊登，目前尚无线索，但凭这些精彩的"林味"文言短篇小说，"当时名士如武进恽铁樵、常熟徐枕亚、无锡王蕴章、桐城张伯未、费县王小隐、洹上袁寒云、粤东冯武越，皆与先生驰书订交或论文"。

赵焕亭后来稿约不断，小说连载与副刊专栏在京、津、沪等地报纸杂志全面开花，持续二十余年之久，应与结交了这么一大批南北方的著名报人、编辑和文化人有很大关系。

当 1923 年来临之际，赵焕亭进入了小说创作的"爆发期"。

1 月，《明末痛史演义》六册出版。

2 月上旬，武侠小说名作《奇侠精忠传》开笔，此时他已四十五岁。该书直接就以单行本面貌出现，初集十六回初版于 1923 年 5 月，此时"南向"的《江湖奇侠传》第十回刚刚连载完毕，结集的第一集似尚未出版。赵焕亭的写作速度相当惊人。

10 月，长篇武侠小说《英雄走国记》开笔，取材于明末清初的各家笔记，描写南明志士的抗清故事，全书正续编共八集。

自 1923 年到 1931 年这八年间，赵焕亭除了完成上述两部百万字的长篇武侠小说之外，还陆续写下了《大侠殷一官逸事》《马鹞子全传》《殷派三雄》（含《殷派三雄续编》未完）、《双剑奇侠传》《北方奇侠传》（未完）、《山东七怪》（未完）、《南阳山剑侠》《昆仑侠隐记》（未完）、《惊人奇侠传》《奇侠平妖录》（《惊人奇侠传》续集）、《情侠恩仇记》（连载未完）、《蓝田女侠》和《不堪回首》（历史小说）、《景山遗恨》《循环镜》《巾帼英雄秦良玉》等十六部各类体裁的小说，至少五百万字，创作力之旺盛十分惊人。

进入 20 世纪 30 年代后，赵焕亭的新作以报刊连载小说为主，多数是武侠小说，少数是警世小说，如《流亡图》。1937 年"七七事变"爆发，华北彻底沦陷，遍地战火，赵焕亭的连载就全部停了下来。截至 1937 年 7 月 15 日《酷吏别传》从报上消失，目前已知和新发现的京、津、沪三地报纸上的小说连载共十三部，分别是：

北京：《范太守》《十八村探险记》《金刚道》《剑胆琴心》《鸳鸯剑》；

天津：《流亡图》《姑妄言之》《龙虎斗》；

上海：《康八太爷》《剑底莺声》《侠骨丹心》《鸿雁恩仇录》《酷吏别传》。

以上这些小说多数都未写完即从报刊上消失，连载完毕的几种，如《流亡图》《剑胆琴心》等也没有结集出版单行本。需要单独提一下的是，《剑底莺声》就是《马鹞子全传》，只是在结尾部分做了一点儿删改。

此时的赵焕亭已经年近花甲，岁月不饶人，伴随而来的是精力和体力的持续下降，对于写作质量的影响不言而喻，这一点其实在20世纪20年代的写作大爆发后期就已经有所显现。当然，稿约缠身、疲于写作也同样影响到写作质量。而20世纪30年代全国时局的不停动荡——"九一八事变""淞沪抗战""华北事变"……对于社会的安定造成相当的影响，自然也波及报纸的生存乃至写稿人赵焕亭的生活和写作。

再有一个影响赵焕亭写作状态的重要原因，即赵妻张引凤于1932年夏天去世，对赵焕亭的打击异常大。他曾写了一副悼联，刊登在《北洋画报》上，文曰：

夫妇偕老愿终违何期卿竟先去；
儿女未了事正重此后我将如何？

张赣生先生评此联语"痛极反似平淡，一如夫妇日常对语"，可谓一语中的。赵焕亭本来于1933年开始在上海《社会日报》上一直连载武侠小说新作《康八太爷》，到3月份突然暂停，刊登了一批于1932年10月间写下的文言掌故小品，在开篇序言中更道出了对亡妻的深切怀念之情："则以忆凤庐主人抱奉倩神伤之痛，以说梦抵不眠，复冀所思入梦耳……以忆凤为庐"，专栏名"忆凤庐说梦"。原来，妻子周年忌辰临近，勾动了他的伤痛，于是停下武侠小说连载，转发"忆凤庐说梦"，足见伉俪情深。但从另一方面看，丧妻之痛对武侠小说创作有着直接的影响，也毋庸讳言。

当北方京、津及至上海一带战事暂告一段落，沦陷区的生活和社会局面也相对稳定下来，赵焕亭与报纸的合作又有所恢复。自1938年至1943年的六年间，他陆续写下《侠隐纪闻》《黑蛮客传》《白莲剑影记》《天门遁》《侠义英雄谱》《风尘侠隐记》《双鞭将》《红粉金戈》《荒山侠女》等九部小说，不过遗憾仍然继续，这些小说中只有《双鞭将》的故事勉强告一段落，聊算是不完之完。其他的均是半途而废，有的甚至只连载数月就消失不见，最长的《白莲剑影记》连载三年多，但从情节看，似还远未结束。

从有关信息推测，"七七事变"前后，赵焕亭已在玉田老家居住，抗战期间似也未曾离开。作为当时知名的小说家，自然经常有人向他约稿。从作品遍地开花的情况看，赵焕亭对于约稿有求必应，或许因此备多力分，造成不少作品烂尾，当然不排除有报方的原因。另外一直流传一个说法，谓那时不少作品实为其子代笔，或许这是造成作品连载未完就遭下架的另一个原因，不过目前没有发现确凿证据，仅聊备一说而已。

1943年以后，报刊上就看不到赵焕亭的作品了。目前仅发现一篇《忆凤庐谈荟·名士丑态》于1946年发表在上海的一家杂志上。同年12月，北京《一四七画报》记者曾发文，征询老牌作家赵焕亭近况。两周后，《一四七画报》报道："本报顷接赵焕亭先生堂孙赵心民来函，谓赵焕亭先生及其哲嗣彦寿君，刻均在玉田，此老仍康健如昔，知友闻知，均不胜欣慰。"

之后的报刊和市场上，再也没有出现赵焕亭的作品，但他在武侠小说史上，已经占据了应有的位置——"北赵"。

1938年金受申《谈话〈红莲寺〉》一文中即出现"南有不肖生，北有赵焕亭"一语，估计这一评语的真正出现时间应当更早，因为针对二人的武侠小说成就，在1928年5月的《益世报》上，就刊有署名木斋的读者发表了《评〈北方奇侠传〉》一文，该作者指出："近时为武侠小说者极多，而以（赵焕亭）氏与向恺然氏为甲。"并认为："（赵焕亭）氏之长处为能以北方方言、风俗、人情、景物，一一掇取，以为背景。盖氏本北人，于此如数家珍，而向来技勇之士，亦以北人为多，故能融合于背景之中，使卖浆屠狗之徒跃然纸上，读者亦恍若真有其人，为其他小说所不易见。其描写略似《七侠五义》及《儿女英雄传》，而卓然自成一家，盖颇具创造之才，非寄人篱下者也。"

对于与赵焕亭齐名的、同为武侠小说"甲级高手"的"向恺然氏"及其小说，木斋却并没有做进一步评价和比较，反而以当时著名的南派通俗小说家李涵秋与赵焕亭做比较，认为"苟取二氏全部著作之质量较之，则赵之凌越李氏，可无疑也"。

从这个角度看，木斋虽然把赵焕亭与向恺然相提并论，但他对赵氏武侠小说特色的评论，可以用之于任何小说。或许木斋心中对于小说类别并无定见，一定要遵循小说上的标签，但从另一方面来说，赵焕亭小说的"武侠特征"与向恺然相比，颇不相同。

简而言之，"南向"偏"虚"，而"北赵"重"实"。"南向"《江湖奇侠传》等小说是玄奇怪诞的江湖草莽传奇故事；"北赵"《奇侠精忠传》等小说则是在一幅幅市井、乡村生活画中，讲述的历史人物传奇故事。

虽然是传奇故事，总的来说，赵焕亭小说中的大部分故事都有所依据而非向壁虚构。《奇侠精忠传》据一部《杨侯逸事纪略》敷衍而成，《英雄走国记》则采明末笔记中人物和故事而成书，《大侠殷一官逸事》来自河北蓟县大侠殷一官生平逸事，《山东七怪》《双剑奇侠传》则依据山东济南、肥城一带真实人物的乡野传闻等。对于情节中涉及的历史事件，他的基本态度也是尊重历史记载，如《双剑奇侠传》中，浙江诸暨包村人包立身率众抗拒太平军，最后兵败身死。赵焕亭基本是完全采用相关笔记记载，连所谓的法术传说也照搬。为了故事情节的充实与好看，他当然会做一些发挥和演绎，比如把包立身这个普通农人改为武艺高强、韬略精通的英雄，同时还有好色的毛病，但这类演绎都不会改动历史事件本身的结果。

而对于不涉及历史事件本身的内容，赵焕亭就表现出化用材料的本领。在《续编英雄走国记》中，有一段谈到广西的"过癞"（俗称大麻疯，一种皮肤病）之俗，当地女子若不"过癞"给男子，自己就会发病，容毁肤烂，于是，很多过路人因此中招，而一个广东公子因女方多情善良，得以免祸。该故事原型出自清代著名笔记《客窗闲话》，发生地本在广东潮州府，"发癞"人也是男方，不惧牡丹花下死而中招。幸得女方情深义重，主动上门照顾，后来无意中让男的喝了半缸泡了乌梢蛇的存酒，癞病豁然痊愈。赵焕亭改变了故事发生地，发病人则改为女方，于是，一方面表现了女子的多情重义，另一方面又展现了男子一家的明理与知恩图报。治癞之方则仍然是那半缸乌梢蛇酒。

"北赵"的重"实"，还体现在小说内容的细节上。举凡山东、河北等地的风景名胜、美食佳肴，或出自前人笔记如《都门纪略》之类书籍，或出自作者往来京、津、冀、鲁各地的亲身经历。就连书中不经意间写到的地方风物，也同样是实景实事。《北方奇侠传》中有一段情节写向坚等几兄弟于苏州城外要离墓前给黄霭饯行。此地风景如画，"左揖支硎山，右临枫泾"，不远处是"隐迹吴门，为人赁春"的梁鸿墓。笔者曾根据上面这段描述向苏州一位熟悉地方文史的朋友询问，他证实苏州阊门外确有支硎山这个古地名，今天见不到小山了，清代曾在那里挖出过古要离墓的石碑。

赵焕亭的长篇武侠处女作《奇侠精忠传》，洋洋洒洒上百万字，以清朝乾嘉年间杨遇春兄弟平苗、平白莲教事为主干，杂以江湖朝野间奇侠剑客故事以及白莲教的种种异术奇闻，历史味道看似浓厚，然而里面有关奇侠剑客的内容所占比例并不算大，平苗和平白莲教的战争与武打场面也有限，倒是杨遇春师兄弟及各色人等的日常生活与交际、各类生活琐事的碰撞与解决则占了相当大的篇幅，农村空气中漂浮的乡土气味仿佛都能闻得到。其他长篇小说如《英雄走国记》《北方奇侠传》《惊人奇侠传》等也莫不如此。

一触及生活内容，赵焕亭手中的笔就显得格外活泼，村夫野叟村秀才，恶棍强盗恶婆娘，还有诸如闲唠家常和赶庙会的农村妇女、混事的镖师之类过场人物，其言语举止、行为谈吐，或粗鄙，或斯文，或虚伪，或实在，展示着世间的人情百态、冷暖人生。比如《大侠殷一官逸事》中，名镖师李红旗的镖车被劫，变卖家产后尚缺几百两银子赔款，以为和北京镖局同行交往多年，这最后一点儿银两多少能得到点儿帮助，结果各位大小镖头该吃吃，该喝喝，拍胸脯的、讲义气话的、仗义执言的……表演了一个够，最后镝子儿不掏，躲的躲，藏的藏，还有捎回点儿风凉话的，把李红旗气得半死。已故著名民国通俗小说研究学者张赣生先生称赞这段文字不让吴敬梓《儒林外史》专美于前，而类似的文字在赵氏小说中也不止一处。

虽名"武侠小说"，而满纸人世间的生活百态与人情勾当，使得赵焕亭小说表现出与大部分武侠小说颇为不同的特色。书中的侠客奇人们更多地表现出"世俗气息"或曰"世情味"，而缺乏"江湖气"。他们活动的地方多在乡村、市镇乃至庙会中、集市上，除了头上被作者贴上个"大侠""武功家"之类的武侠标签外，其日常言语、行为与普通市民、村民并无二致。若说"南向"小说中人物是"江湖奇侠"，那么"北赵"书中人物最多称得上是"乡村之侠"。即使是已成剑仙的玉林和尚、大侠诸一峰、南宫生等，也没有在名山大川中修炼，反而在红尘中如普通人般生活，有当塾师的，有干算命的。《奇侠精忠传》和《英雄走国

11

记》属于赵焕亭小说中历史类武侠，书中正反面人物各个盛名远播，也仍然近似普通人，而无我们常见的武林人面目。

应该说，这样的侠客源自他心中对"侠"的认识。在《大侠殷一官逸事》（1925年）序言所述："予独慕其生平隐晦，为善于乡，被服儒素，毕世农业。侠其名，儒其实，以是为侠，乌有画鹄类鹜之虑乎？……俾知真大英雄，必当道德，岂仅侠之一途为然哉。"

再如次年所写的《双剑奇侠传》，男主角山东大侠梁森武功大成之后，"恂恂粥粥，竟似一无所能，武功家的矜张浮躁之习，一些也没得咧。……绝口不谈剑术。春秋佳日，他和范阿立有时巡行阡陌之间，俨然是一个朴质村农"。活脱脱是大侠殷一官的又一翻版。

可见，"儒其实"才是赵焕亭认可的"侠"之本质，侠行、侠举只是外在表现。真正的英雄豪杰，必是重操守、讲道德的人物，苟能如此，又不一定只有行侠一途了。他有这样的认识，无疑与前文述及的自幼年即长期接受儒家思想的教育密不可分。其实，在更早的《奇侠精忠传》中，他就是完全按照儒家的做人标准来写主人公杨遇春，一个类似《野叟曝言》主人公文素臣般的完人。其人武功高强，处处以儒家的忠孝礼义廉耻观念要求自己，也教导、劝诫贪淫好色的师弟冷田禄，更像个老夫子，不像个名侠，刻画得不算成功，但"侠其名，儒其实"的观念已经形成，并一直贯彻到后面的作品中。如1928年写的《北方奇侠传》，主人公黄向坚事亲至孝，终于学成绝艺，最后万里寻父，同样也是"儒其实"的表现。

就这一点而言，"北赵"之侠或又可称为"儒侠"。"南向""北赵"之别不仅在于两人的地理位置之不同，也在其侠客属性有所不同。

作为"儒侠"的对立面，自然是"恶徒"，武侠小说中不能没有这样的反面角色。赵焕亭自然不能例外。值得一提的是，赵焕亭小说中的不少主要的反面人物并不是一出场就开始作恶，甚至很难说是一个恶人，如《奇侠精忠传》中的冷田禄，虽是名师之徒，但屡犯淫行，品行不佳，但在杨遇春的不断劝诫与行为感召下，心中的善念在与恶念的斗争中，曾一度占了上风，于是冷田禄力求上进，千里赴京，追随杨遇春投军，在平苗战役中立了不少功劳，但最后还是恶念占了上风，彻底滑入邪魔外道中。又如《大侠殷一官逸事》和《殷派三雄》中的赵柱儿，本是聪明孩子，性格上有缺点，虽有师父、师兄的提点、劝告，但终不自省，终于蜕变为真正的淫贼。《马鹞子全传》中的主人公马鹞子，由乞丐小童成长为武林高手，然而不注重品德修养，逐渐热衷功名富贵，不论大节与是非，反复无常，最后羞愧自尽而亡。马鹞子王辅臣是真实的历史人物，最后结局确实如此，小说中发迹前的故事多是赵焕亭的自行创作，讲述了一个武林好汉如何变为热衷功名、三二其德的朝廷走狗的历程。

上述这类角色身上都或多或少反映了人物性格的复杂和多变，赵焕亭或许并非有意塑造这样另类的武林人物，但与同期包括之前的武侠小说相比，大约是最早的，有些角色也是比较成功的。

对于这些角色包括书中的真恶人，其为恶的途径与发端，赵焕亭却处理得很简单，基本归于一个字——淫。恶人无不是好色之徒，也往往由各类淫行，终于走上为恶不归之路。更有甚者，普通人物也往往陷入其中，招致祸端。如此处理人物未免过于简单，只是赵焕亭在这类事情上的笔墨也花得有点儿过多。

顺带一提的是，时下论者都认为"武功"一词用于形容功夫系赵焕亭所创。其实他用的也是成品。清朝著名笔记《客窗闲话》续集里有《文孝廉》一文，其中就有"我虽文士，而习武功"一语。准确地说，赵焕亭的贡献是在民国武侠小说中率先使用而非创造该词的新用法。赵焕亭自己肯定没有想到,这个词竟然成为日后百年间武侠小说作者的必用词语,也成为日常生活中的常用语。

赵焕亭的武侠小说具有其他名家所没有的"世俗风情",以此似完全可以单独撑起一个"世情武侠"的门户,与奇幻仙侠、社会反讽和帮会技击诸派别并立于武侠小说之林。

作为掀起民国以来武侠小说第一波高潮的领军人物"北赵",作品无疑极具研究价值,可惜一直未能得到应有的重视。1949年新中国成立后,直到20世纪90年代才有零星的赵焕亭武侠作品出版,至今二十多年间,仅出版过四种。

此次中国文史出版社全面整理出版的赵焕亭武侠作品,大部分是新中国成立后从未出版过的,所用底本也尽量选择初版或早期版本,即使如出版过的《双剑奇侠传》《奇侠精忠传》《英雄走国记》和《惊人奇侠传》,也都用民国版本进行校勘,由此发现了不少严重问题。《奇侠精忠传》漏字、漏句和脱漏段落十余处,近2000字;《惊人奇侠传》漏掉了大约15万字;《英雄走国记》20世纪90年代的再版只是正编。这些意外发现的问题已经在此次整理中全部加以解决,缺漏全部补上,《续编英雄走国记》也将与正编一起出版。

此次出版的作品集中,还有几部作品需要在这里略做说明:

《南阳山剑侠》是赵焕亭写于20世纪20年代的文言武侠小说;

《江湖侠义英雄传》,又名《江湖剑侠英雄传》,系春明书局1936年出版的长篇武侠小说,封面、扉页均未署有作者名字。从赵焕亭所撰序言看,也许另有作者,他则如版权页部分所示,为"编辑者";

《康八太爷》和《风尘侠隐记》都是未曾结集的报纸连载,也没有写完。为了让广大读者和研究者全面了解赵焕亭20世纪

30 年代和 40 年代不同时期的小说特点，特地予以抄录，整理出版；

《殷派三雄》在天津《益世报》上一共连载四十回，未完。天津益世印字馆出版单行本三册，仅三十回。此次出版据报纸补充了未曾出版的最后十回，以示全貌予读者。

笔者多年来一直留意赵焕亭的有关资料，幸略有所得，今效野人献芹，拉杂成文，期副出版方之雅爱，并就教于识者。

是为序。

顾　臻

2018 年 8 月 20 日于琴雨箫风斋

目　录

1

自　序

　　昔人云：儒以文乱法，侠以武乱众。甚哉！轻言游侠者之弊易滋也。然其人矜然诺，尚意气，睥睨权要，以匹夫而倾动当时，此其材亦有足纪者。自龙门传游侠后，踵其作者，指不胜屈，顾旨冗言猥，驯至近于诲盗。当兹萑苇遍地之秋，殊失立言之旨，然谓侠之流于盗者，遂无足纪乎？则又不然，盖其由正趋邪之流于盗也，必其心志日即慆淫，怀抱绝艺，终陷刑戮。著之于篇，正足为背义恃武者之炯戒。返镜之，而侠而守正者，遂得以令名终，福善祸淫之理，亦昭然若揭矣！

　　书中七怪之事迹，予盖得自山东父老之传闻。光绪中，有粮道某公，因公出，泊舟济宁之仲家浅。夜方燕坐，忽飒然有声，一男子挟刃径入，貌狞甚，则揖公一笑就座，娓娓数百语，状眈甚。已乃取公几上价值数千金之翠烟壶，瞥然径去。公愕然，知遇捷盗，则嘱州牧限捕之。不数日，居然得盗，则济宁名捕郭乐全之力也。予闻而异之，友人曰："是固宜得盗，乐全者，济南名捕郭琼之裔孙，少得乃祖捕盗法，故出手爽捷乃尔。君独不闻郭琼生平侦捕山东七怪之逸事耶？"遂为余一一详述。予正襟倾听，不知烛之见跋。爰综其事迹，笔之于简，以戒后之轻言任侠以武乱众者。而全书情节，俶诡新颖，惜予笔钝，不足以张之，然已为武侠书中别开生面矣！因弁数语如右。

民国十六年夏历四月下浣焕亭氏识于潜庐

第一回

青龙桥名捕乐田园
趵突泉吕仙示谶语

且说有清乾隆初年，齐鲁江淮之间盗风甚炽。但是那时盗贼真有本领，都是来去如风，行踪诡秘，尽做些离奇惊人的案件，只管在各处里闹得一塌糊涂，你想见他们一面，却比登天还难。当时江湖间不知从哪里便流传出一种口号，那是：前世不修积，叫你遇着七。今生若学坏，叫你遇着怪。这种口号尤其盛称于山东地面，于是山东七怪之名闹得妇孺皆知，有那拧性小孩儿撒泼打滚地哭不可止，只要一吓他道："七怪来咧！"那孩子便登时住哭。但是这七怪究竟是怎么档子事，便是当时的许多名捕高手也都茫然。不过大家口中噪七怪，心中坐个七怪的影儿罢了，可见那时盗贼本领非复寻常。大家揣度着，是因雍正皇帝蓄养些剑客死士，阴夺大位后，却大杀功狗。那一班飞檐走壁的角色被诛者固多，逃去的想也尽有，未免散在各处兴妖作怪。这个说法也很近理。且慢表山东七怪是何事故，如今却说山东济南府历城县北关青河桥地面，有一个著名的捕总，姓郭名琼，此人年富力强，性好接纳，生得黄瘦干削，不满五尺，独有两只眼睛碧莹莹的，便如夜猫子一般，没事时混混沌沌，一些精神也没得，不怕在热闹场中或朋友座上，他一睡便是半晌；唯有办起案来登时便精神振奋，能以五六昼目不交睫，因此得个绰号儿，叫"夜游神"。

1

他自充役以来所办的疑难大案甚多，若论本领却是平常，不过会些软硬功夫，打几套花拳，耍几路单刀，再着了紧蹦子跳墙上房也将就会点儿。他本领既如此，为甚能办案件负盛名呢？原来这当捕役一事，不在乎本人有什么出奇的武功，却在乎心思伶俐，眼睛明亮，认的人多，瞧的事透。遇有案件，先求索线踪迹，然后再访求能人，相助成功，敢情不是一个人跳独角戏的事哩！那郭琼生平所长就在于此。更兼他为人和气慷慨，每得官赏从不晓得都入腰包，尽把来分赐捕伙，或酬眼线，因此人人乐为尽力，提起"郭琼"两字来，都笑眯眯地一伸大指。

他所办的盗案顶叫响儿的，便是在海丰县地面计获一个假扮针黹娘的大盗。那大盗自称陆六爷，任官府百般严刑，他就是不说真名。临刑时，自述过恶甚多，却又叹道："今天陆六爷虽将脑袋交待你们，且叫你们提防着那六个吧。"大家因他此话，都猜疑他或就是山东七怪之一，因此郭琼的声名越发大著，这也不在话下。

且说郭琼这年业已四十来岁，自二十多岁充当捕总，凭一个耍人的朋友创得家成业就，在北关青龙桥广置田园，十分自在。寻常案件他便不屑亲自出马，只命手下捕伙去办。偶然走向街坊，大家"郭爷、郭爷"地喊成一片。郭琼一想，当捕役这桩事终是剃头刀擦屁股——险门子，巧咧时气一背晦就许出个岔子，丧掉小命儿，倒不如趁此退役，一来保名，二来全身，哪些不好？他虽是如此落想，俗语说得好：上场容易下场难，内而妻子，外而伙友，未免都仰仗着他吃香的喝辣的，他一旦推手不干，那班人便丢掉猢猴，没得弄了。于是每听到郭琼念诵退役，大家便一阵横说竖劝，所以郭琼也就因循下来。

一日，郭琼早饭后，寻步趄向自家园地里望望，和种园子的东拉西扯了半晌，方吸着一筒旱烟，望望天光，想赴西关瞧望一个朋友。只见园旁榆树后人影一晃，郭琼喝问道："哪个呀？"便听树后窸窣了一回，方应道："小人不知郭爷在此，有失回避。"声尽处，转出个破衣褴褛的汉子，恭恭敬敬向郭琼一站。

郭琼一望，却是小偷儿傻二领。这二领从先时也是北关中富家子弟，铁桶似家业被他一阵嫖赌输得精光，后来便落在偷摸场中。郭琼一来念街坊之谊；二来知他虽是偷摸，还能孝顺他老娘，所以遇了都宽假他，并且往往周济他。当时郭琼道："你这小厮总不学好，几时又撞回来，在此鬼鬼祟祟的?"二领道："小人是寻种园子的说句话。因出门一趟，还是落得这个嘴脸，所以没敢去叩见郭爷。"说着，只管往树后瞅。郭琼料他又来偷摸，走向树后一搜，果然从草丛中搜出个拳头大的南瓜，并两只小指粗细的青辣子，因笑喝道："好嘛! 你索性偷到捕役家来，这不是成心塌俺的台吗? 再者，你摘这没长成的瓜蔬，不觉着造孽吗?"二领忙道："您老不晓得，只因俺娘又病在床上，只想口瓜辣汤吃，所以俺……"

郭琼笑道："就是吧，你别拿你娘遮羞儿咧! 这点儿小事俺也不究。但是俺听说前些日子，你向兖州投你姊姊，后来又听说你在长清哈捕头那里当了个外班上的伙计。俺方替你想，这回猢狲入布袋——可有个着落咧。怎么三不知你又跑回来吃旧锅粥呢? 看起来你这小子真没出息! 五尺五的大汉子，不想个树枝落着，可还像个人哩?"

二领叹道："郭爷别提咧! 反正人该走背运，出门逢落雨，坐船遇顶风；你要去烧香，那老佛爷愣会掉屁股。"说着抢指道，"俺先告诉您俺到兖州的光景。俺自那天打算出门，便把预备过冬的一条破棉裤都当咧，好歹弄了几个钱。俺拿了一半，给俺娘留下一半。托您老福气，一路上没吃苦，安抵兖州。哪知到了兖州，俺就急得转起磨来咧。因为兖州四乡中近来颇不安静，不断地有些不三不四的人夜聚明散，烧香讲道，名为'三合会'。怎么叫三合呢? 便是一敬天，二敬地，三敬父母，无非是捏合天地

3

人之义挂个招牌，暗地里鬼鬼祟祟，那就不以好论了。俺姊夫本住在东乡小村中，搪不起这班人没早没晚地来拉拢入会，所以和俺姊搬家走掉，俺也探听不出他们搬向哪里，所以俺在兖州没站住脚。"

郭琼道："哟！怎么兖州地面又闹什么香会呢？这真是不以好论。前两年寿张白旗将李天栋创设清香会，和一个叫郑三娘的两人聚众数万人，闹了多么大的乱子。后来天栋伏诛，那三娘竟自漏网，可见这等事都不以好论。"

二领道："郭爷说得不错，如今兖州人很揣拟这三合会便是郑三娘的余党复滋，还有传说这郑三娘业已隐伏在兖州左近的。据说这个郑三娘俊得很也凶得很，真是个泼辣货儿。您老是闻多见广，可知郑三娘的来历吗？"郭琼道："不晓得，俺只听人说三娘善用双刀，泼水不入。不然，当那年官兵剿办李天栋时，三娘也就逃不掉了。但是你后来到长清哈捕头处，怎又没站住脚呢？"

二领道："咳，咳。这越发晦气咧！俺常说俺是扫帚星照命，走到哪里，妨到哪里，直妨得狗不咬叫、鸡不下蛋。俺到得哈老爹处，只吃了十来天饱饭。正想捞摸点儿小意思换换季（谓换时衣也），您猜怎么着？"郭琼笑道："不消说，你准是又露出没出息的样儿，被人家撵掉咧。"二领正色道："不是的，却是那哈老爹忽然学了孙悟空的分身法，被人家一个个撮了去咧。"

郭琼喝道："什么浑话，说得不明不白！"二领顿足道："可知不明白哩。那哈老爹一日正在家中闲坐，愣闯进一班江湖上挟仇的朋友，不容分说，硬将他老人家架出去，噼噼啪啪，乱刀齐下，顷刻打了包儿，分携而去哩。"郭琼一听，便赛如冷水浇背，手儿一震动，烟筒落地，因急问道："哈爷家属刻下怎样？"二领道："家属倒没受伤害，只有哈爷那位大姑娘上月里才受了人家聘，也被那班人撮得去咧。俺来时，长清新捕头马四把发誓要与哈爷报仇，以后的事俺却不知咧。您说俺的运气多么背晦，这百年不遇的事都叫俺赶上。"郭琼道:"你说的那马四把不就是哈爷的外甥吗?生得黑黢黢的,手底下很麻利。"

二领道:"正是哩,莫非郭爷认得他吗?"郭琼道:"你忘咧?往年俺在渠口办飞腿王七时,马四把来当眼线吗?他在长清很说得出站得住,便是西府里(俗谓兖、沂、曹、济一带,曰西府;登、莱、青一带,曰东府)许多捕家,他都有认识哩。"说着,从地下抬起烟筒,想起哈捕头一朝得祸,只管发怔。

正这当儿,只见从园篱上露出张雪白的嫩脸,咯咯地笑道:"原来爸爸在这里哩。俺娘说咧,您若往西关去,从城里走时把三仙居的灌汤包子买些儿;从院前街过,再买些滋兰斋的大饽饽;瑞和成若有什么新到的布匹,你随便给俺撕个裤面来;四隅首、曲水亭有新鲜玩意儿也捎点儿来。必须买来的,还有西关远香斋吴老太爷的肉(吴老太爷者,以子为邑令得名,又号吴大嘴巴子。远香斋,为其所开之酱菜店,中有酱肉最著名,群呼为吴老太爷肉,犹之杭州宋五嫂之醋熘鱼也。以上所述,皆济垣实在风光,以资点缀。作者生于济垣,故知之甚悉,回首前尘,感慨系之矣),割二斤来,若少一样儿,俺是不依的。"说着歪着个小髻儿只管憨笑,却是郭琼的爱女小妥子。

郭琼猛望见,又触起哈女被掳,不由微微一叹。小妥子道:"您可记清了?俺娘这当儿想斗牌,俺还须请隔壁张姆姆去哩。"郭琼听了,趄近篱下,随手递与她烟筒,道:"就是吧,有我这只拽套的笨牛,你们娘儿们只管快活吧!"小妥子接过烟筒,咕咚咚一阵跑去。

这里二领趁空儿掖起南瓜和辣子,向郭琼哈哈腰儿,也便逡巡而去。只剩了个闷闷的郭琼对着满眼生意的园地,暗想道:"哈捕头也是响当当的角色,如今结仇太多,竟落得这般结果。看起来,当捕役这碗饭不是常吃的,俺还是早些退手为妙。"思忖间,逡巡举步,径赴西关。

5

刚趱到县署前，拐进县东巷路口内，吩咐三仙居的堂倌给包上五十个灌汤包儿，预备着回途来取，只听县门前一阵喧哗，接着便是锵锵锵几记破锣，登时街坊上人众乱跑，震天价一声喊道："好哇！朋友，有你的，真不含糊。"便闻有人狼嗥鬼叫地高唱道："炮响三声上法台，不由豪杰笑开怀！"众人越发乱喊道："好好！再来一段儿，算我的。"郭琼暗想道："莫非今天又红差（公人谓斩决人，曰红差）吗？"忙趱出店来，就高处望去，果见缨枪对对，犯招摇摇，许多的城兵并公人等拥了一行人犯，滔滔走来。

　　那犯人都是高头扎膀的角色，也有垂头丧气的，也有瞋目秽骂的，一拉溜就是九个。那第八个业已吓得面如白纸，两条腿子堪堪移动不得，有两个健役架了他，旁边还跟着抬筐。末后一个，却是个六十来岁的老犯，生得长躯大干，驴也似一张凶脸，苍白乱发，绾了个朝天椎，骨碌碌的三角眼凶光四射。一面走，一面大骂道："吴观海，我操你祖宗！"因又喝前面那犯道，"什么骨头？像你这种脓包货，真给人丢脸！"说着赶上去，就要扑咬。众公人喝阻之间，那老犯犯招一摇，郭琼望得分明，不由心中扑扑一跳。忽想起这干人犯就是数月前自己手办之案，那老犯纠人行劫，同伙们起意轮奸人家妇女，那老犯不能独异，也只得随大众闹了一下子，所以这班强盗不分首从，一概斩决。

　　当时郭琼很不愿看他们的恶模样，正想闪向人背后，只见老犯凶睛睒睒，早已射向自己，却大笑道："郭朋友，你我这个过节儿算有在这里咧。好吧，咱们哪辈子再算账吧！"郭琼听了，不知怎的，登时觉得毛森森的浑身起了鸡皮疙瘩，心中怦怦一动，如中铁杵。正这当儿，一行人已滔滔趱去，随后便是监斩官历城县吴观海的大轿拥过，望得个郭琼怔了半晌，只觉心内不舒帖，不由又增了几分退役之念。

　　当时趱到西关，满拟和他那位朋友畅谈一回，不想那朋友本是条虎也似的汉子，忽然染了时症，已病得奄奄一息，见了郭琼连眼皮儿都懒抬。郭琼询回病状，不耐久坐，便闷闷地辞出，连吴老太爷的肉也忘掉去割，信步踅向趵突泉，到吕祖殿前徘徊一回。一时间松影泉声，湲潺谡谡，倒令人心下清爽了许多。只见殿前大池中三股大泉，喷起有数尺来高，飞珠溅玉，水气霏霏，许多的游人仕女凭栏玩赏。

这时夕阳斜抹，从高柳上穿漏光影散乱池中，便如金星万点，引得萍藻中一队队的玭瑁鱼儿来往驰逐。郭琼正望得有趣，忽闻殿上清磬泠然，接着哗啷啷签筒摇动，不由暗想道："俺正因退役之事踌躇未决，何妨求个签语再定行止呢！"原来这趵突泉上的吕仙签十分灵验，除了此处，还有县城隍庙的无常鬼跟前签语最灵。那无常鬼生前据说是个商河布客，天性至孝，被盗贼勒毙于途，死后见梦于人，说在历城当了一名勾魂使者。他因盗而死，所以凡有捕役们因办案件到那里去求签，越发地灵应不过。这两处签筒都是琅琅然终日不止的哩！

当时郭琼想罢进殿，只见一个小媳妇子方才叩头站起，小道士捡了签纸递与她。那媳妇瞧了瞧，似乎是不认得字儿。恰好有位老先生慢条斯理地从殿后踅过，小媳妇道："喂，劳您驾，你这位老先生给俺洩洩（俗谓诠解也）签语吧！"于是挓挲着胳膊扭过去。那老先生登时闻得一阵甜甘甘的脂香发气，便笑眯眯地接过签纸，略为一瞅，又耸起鼻头向空中嗅了嗅，然后笑道："你这位娘子，问什么事呢？且说来，俺好解断签语。"

这时殿上游人都围拢来，郭琼见那老先生岸然道貌大包大揽地解断签语，不由也挤上去。但见那媳妇子抿得脸儿一红，瞅瞅游人，欲言又止。少时却低了头儿，忽嘴一笑，嘟囔道："也没见你们这班人不开眼，人家求老先生看看签语，倒成了他娘的西洋景咧。"说着，凑向那老先生耳根，低低数语。

那老先生这时那副神情儿简直的就大咧。脖儿伸着，腰儿哈着，嘴儿嘻着，眼儿瞪着，鼻儿是咻咻然，气儿是喘喘然……百忙中两只手儿没处着落，却用干瘪手指偷偷地在那媳妇前衣襟上乱画圈儿。大家望得正在好笑，只见那媳妇收回嘴来，道："是病是喜，你老便断断签语吧！"

这一声不打紧，那老先生忙笑道："恭喜，恭喜，你这位娘子，包管添个白胖的大小子哩。"于是笑吟吟念那签语道，"金谷当年富贵花，罡风吹落野人家。道人不管闲非是，任尔滋荣发白芽。"念罢，又一字字解释一回道："娘子你想，牡丹花发芽儿，不是生子之兆吗？"小媳妇笑道："芽便是咧，怎么还发白芽呢？"

一句话问得那老先生张口结舌，少时却笑道："既发白芽，想是一株白牡丹哩！"一语未尽，众游人鼓掌喝彩道："好灵签哪！"再看那小媳妇，业已通红的脸儿一溜烟跑掉。望得郭琼摸头不着，向游人一问所以，方知那小媳妇就在西关中住家儿，本是一大家姬妾，外号儿白牡丹，被大妇撵将出来的。当时众游人都笑道："你看吕仙爷多么有趣，一高兴又闹回戏牡丹哩！"说罢，纷纷各散。

这里郭琼一面惊异签灵，一面叩首求过签，看那签语却是寥寥数字道："善刀而藏，亦可以已。时哉时哉，终须毕七。"郭琼看罢正在沉吟，只听背后哈哈大笑道："郭爷今天闲暇呀，没别的，咱须拼个你死我活。"郭琼回望，却是庙中老道醉琴，又号为棋道士，因他生有棋癖，只管下得一手稀臭的屎棋，却最好对局不过。并且是死蛇缠腿，完了一局又一局，非弄得对局之人哀告求去不可。

当时郭琼暗惊道："这个魔头，不管人忙闲，一上场就没完。"正想推辞趑去之间，早被醉琴一把捉牢，道："郭爷，俺今天是简急麻利快，一盘就算数儿。"郭琼不便过拒，只好趑就殿西壁下，一瞧案上棋枰上凝尘甚厚，知他今天还没过瘾，因笑道："咱话须说明，哪个死求白赖地要来两盘，就是那老官儿胯

8

下之物。"说着，向东壁上一指。

原来东边壁画是松小梦（松小梦，名年，工绘事，为咸同间人，借资点缀而已）的老子过关图，那头青牛便如活的一般哩。醉琴笑道："不必多话，你等着着家伙吧。昨天俺从百局棋谱上得了个透鲜的着儿哩。"

两人一面说笑，一面布局。那醉琴拈起一子，方大叫道："你瞧这个当头炮！"一声未尽，只见一个捕伙匆匆而入，一言不发拖了郭琼便走。正是：

　　一局澄心棋未着，十分辣手案相寻。

欲知后事如何，且听下回分解。

第二回

约良朋忽来马四把
开夜宴演说郑三娘

且说那捕伙气急败坏，顾不得说话，拖住郭琼只噪道："郭爷快转去，了不得咧。"郭琼一惊，未及致询之间，醉琴跳起来，便下死力地去掰捕伙的手。看他那光景，比捕伙还着急十倍，并噪道："你这不是成心搅吗？郭爷家便是火烧上房也须下完这盘棋再去。"捕伙大怒，使劲推开醉琴，直将郭琼撮向僻静处，方蝎蝎螫螫地说道："那会子咱家来了三个凶神似的客人，一个个骑着高头大马，行装上挂着单刀铁尺全副的家伙。为首一人生得双睛叠暴，扎腮短胡，瞪起眼睛真有牛卵大小。进得门来一迭声地便寻你老人家，并向那两人喊喊喳喳地道：'咱这次总须闹出个样儿来，俺早就惦着他哩。'众伙计见光景诧异，方拱手道：'您老贵姓哪？巧咧郭爷那会子出去咧！'那人喝道：'少说闲话，你就快寻他去。'小人听了，拔脚便跑之间，却听得那人吩咐那两人道：'马不必卸鞍子，你只把应用的东西弄清爽，少时咱完了事就走哇。'您看这班人多么岔眼，倘若是黑道上的朋友，他此来准没好意哩。"

郭琼听了，不由也心下犯起含糊，因问道："你没问他们姓名，是从哪里来的吗？"捕伙道："不曾哩。"郭琼知这捕伙是个新愣儿上班的，于是更不再问，匆匆便走。

10

一路上，想起长清哈捕头所遭之事，不由十分怙惚。将至门首，先将腿插子抽将出来，笼入袖中，趄入门房一望，偏巧一个捕伙也没得，便逡巡走入二门。只见三骑马拴在厅前，郭琼正悄手慑脚想就厅房窗隙先张一下子。忽听后院中哈哈哈一阵狂笑，还夹着自家妻子吱喳之声，郭琼暗道："不好！"一抖袖中腿插，方要拔步，只听箭道中咕咚咚一阵响，却是小妥子如飞跑出。一见郭琼，便哭道："爸爸可来咧，您快瞧瞧去吧，俺方才从后园玩耍回来，却见三个鸟大汉围着俺娘，只管要爸爸哩。"

　　郭琼听了，不暇细问，便反背右手，隐起腿插，一径地抢入后院，大喝道："是朋友快些出来，姓郭的在此领教，没的欺负人家娘儿们，可还是个人？"一言未尽，只见莽熊似的由自己室内奔出三人，不容分说，向自己纳头便拜。跟手儿自家妻子也便趄出，却笑得拍手打掌。于是郭琼扶起三人，仔细一看，不由彼此大笑。郭琼顿足道："都是俺家那新伙计报事糊涂，却吓了俺这么一大跳。"说着，红着脸儿掖起腿插。为首那人也笑道："俺因待郭爷不至，又想起给老嫂请安，所以进内谈谈。方才若挨您一腿插，才是冤枉哩。"郭琼笑道："别提咧，咱且前厅叙谈吧！"于是宾主趄出。

　　原来这为首的客人便是长清新捕头马四把，那两人便是捕伙。当时四人到得前厅上，相与落座，寒温数语。郭琼先询回哈捕头遭祸之事，甚为太息，料得马四把无事不来，因趁势叹道："看起哈爷来，真令人寒心，俺已发誓再不出马，早晚间就要退役。马兄此来没别事还好，若有别事，俺只好有却盛意了。"

　　马四把笑道："郭爷真罢了，便先将话儿拦在俺前头，咱们是打开板壁说亮话，俺此来正有要事相烦，您去也须去，不去也须去。"说着，由室内行装里取出纹银四百两、彩缎四端，便大概一述来意。

　　郭琼一面听，一面搔首直吐舌儿，待至马四把语势将终，早

11

已乱摇两手起来。马四把道："如今郑三娘现落在济宁仲家集汪天太家，济宁捕总金有业探得千真万确，所以转烦俺来聘郭爷。还有两位东府的能手，一名崔大炮，一个便是扎大杆子有名的骆五爷。俺从这里就急奔东府，约莫着会齐了崔、骆两位，就须一月四十天的耽搁，您便先赴济宁，和金朋友商办一切吧！"说着，回顾捕伙道："备马，备马，咱今晚就连夜赶下去。"

郭琼道："马兄慢着，你说了半天通不相干，金爷这份厚礼你也就势带回。你想这郑三娘往年间大闹清香会，许多的能人官兵眼睁睁看她跑掉，俺有什么能为就想办她？再者，三娘的来历俺都茫然不知，插手去办她，如何能得筋节儿。须知办案犯，一半须勇，一半须智，既不知彼，焉能权操必胜呢？马兄莫误正事，快去另请能人吧。"

马四把道："郑三娘的来历都在俺肚儿内，且待俺告诉于你。"郭琼随口道："别废话咧，俺如今就要退役，不去栽收场的跟头咧。"马四把一听，登时急得大汗满头，不容分说，向郭琼扑通一跪，道："好郭爷，好祖宗，您只当帮俺的忙如何？你想俺已应了金有业来转请你。如今您不去，这不是拉出的屎，叫俺再坐进去吗？"那两个捕伙一见，也便一齐矮了半截。慌得郭琼连忙扶起他三人，想起往年马四把曾为自己做过眼线，当时只得点头应允。一面收进金缎，一面与马四把等备酒洗尘。

须臾，就厅上掌上灯烛，酒饭停当，宾主入座，一面吃酒一面叙谈。郭琼吃过两杯，便细询三娘来历。马四把笑道："若说起郑三娘这个烂污妇人，真够编一本书的。"说着，叠起三指，便滔滔汩汩说出一席话来。

原来那山东兖州一带人民剽健雄武，异于他处，天生的性近武功，不怕小孩子相扑为戏都讲几手花招儿。一句话不投机，登时拿出木削的小刀儿，扒灰头、小舅子地乱骂。推原其故，便是熏陶渐染，所以孩儿们也如此生性。那所在讲拳勇的有两种人，一是当镖客的，一是走马卖解的。这两个行道往往代代相传，便以为业。其中卖解武功更为不凡，都是好体面的软硬真功夫，纵跃扑打以及诸般兵器，并许多灵妙技艺无所不通。再精能的还讲运气飞剑诸般内功，所以这卖解一行，在兖、沂间大家不敢轻视。操其业者都是家把子匠，无论男女老幼都须出场，所以他们出门卖艺，冲州过府，无论到哪里，也不怕当地人欺生。

其时兖州西乡中有一个著名的卖解武师，姓郑，名致和，凭着一身武功闯了多半辈子，挣起一份小小家业。膝下只有一个孩儿，取名大元，方才周岁。致和一想，下半世不愁吃穿，如再要山南海北地颠跑、风天雨地地苦挣，未免有些想不开，于是和老伴儿丁妈妈一商量，夫妻俩便停却卖艺，就西乡中务起农来。过得年把，甚是快活。但是他夫妻虽停艺不卖，那身功夫却不肯丢。清晨起来总要彼此打回拳脚，活活筋骨。致和每天亮便起，风雨无阻，必将全村绕过三周，方才回家用饭。据说这一行动真能多吃两碗饭哩。

一日，致和晨起又去村外做功夫，刚趱至一处旱桥边，却听得桥下许多乌鸦只管乱噪，飞起落下地打旋儿。致和脚步一响，群鸦惊散，无意中向桥下望望，却见草坡上一对金耳环，明闪闪地用红线系定，绳那一端还有个高耸耸的花包裹。致和诧异之间，猛见那包裹微微一动，于是下得桥去。打开包裹一看，却是个小女，不由暗叹道："这不知是哪家的私生子，不忍弄毙，却舍在此处，并系金环，分明是求人抱养之意。"沉吟间端详那小女，十分白皙，乌黑的两只小眼瞅着自己，也不啼哭。当时致和慈善念动，便取了金环，将那小女抱回家下。丁妈妈却吵道："若抱个男孩儿来，将来盼他发生旺长，还罢了的；如今你拾个赔钱货来，却不是痴？"

致和笑道："咱家大元子独独的，给他寻个现成的妹妹来不旺些吗。"丁妈妈笑道："如此说，就叫他三丫头吧，若俺那头生孩儿活着，俺就不要这野妮子哩。"夫妻笑了一回，从此便抚养那小女，因她系有金环，便取名三环。且喜三环十分慧黠，和大元从不争闹，两个孩儿终日价嬉游出入，致和夫妇倒也十分欢喜。

光阴转瞬，大元、三环堪堪已长到十余岁上。大元是粗粗笨笨，又挂点二憨头的样儿；唯有三环却出落得水葱似的人儿，娇滴滴一张面孔，红里套白，白里套红，但是眼蓄媚而蕴威，眉挂秀而含宕，也不用丁妈妈去料理她，自己扎括得便似小狐狸精似的。先缠得两只尖翘翘的小脚儿，走起路来，总要前瞅瞅后瞧瞧，将细腰儿扭八道弯。有时站在门首闲暇，不是咬指甲儿，便是瞅自己的脚尖儿，并且有一宗毛病儿，专好和三瓦两舍价男孩子玩，不怕人家拉屎撒尿，她也跟去瞧瞧。若有女孩儿寻她玩时，倒把她厌气得什么似的。

其时村中就有那等坏孩子，单等三环踅过时，便噪道："咱们赌射箭玩哪，看谁射得远。"说着，各脱出个小指样的物儿，一腆肚皮，便是数道尿线。那三环不但不怒，并且溜溜的眼光都一个个照应到。这时三环和大元已从致和学了些浅近武功，大元笨笨的，没甚奇处，三环却天生的膂力伶俐，都非寻常，并且腰身轻灵，简直的柔若无骨。十三岁上，一切的盘马舞剑、踏索蹬瓮，以及蹑高竿、踏滚球、上刀山等诸技，不消说俱已精通。便是诸般真实武功、马上步下的各般兵器，她也都很知门径。偏巧那丁妈妈是兖州著名镖师双刀丁端礼的女儿，学得乃父家传绝技，因见大元不是材料，便把来教与三环。

若说这丁家双刀法真非等闲，有一十四般大变化、三十六路小钩拦，是丁端礼用了平生的功夫，从百艺之祖单刀法中悟会出来。舞开来便如双龙戏空，真有鬼神莫测之机。再舞到变化从心处，竟能因敌为用。譬如敌人用的是长枪，端礼这双刀就能以挑、刺、决、荡，立化为长枪之用，这就是精能之至，不拘物象之理。端礼曾在曲阜衍圣公府中护过院，那府中有座藏书楼，高可数丈，端礼演技，挟双刃超越高楼，往来如飞，两团白光便似鸟之展翼。他就平地舞到酣畅处，令人从四外泼水，须臾舞罢，距他脚纵丈余之内，连滴水也无。那三环既得此秘传绝技，又搭着心灵手敏，十五岁上，偶然玩起武功，休说是大元望尘莫及，便连郑致和老腿老脚的也逊她三分。邻里大家知得她有此本领，又见她窈窈窕窕，长长的身儿，远望去就似个绝俊的小媳妇儿，便大家戏呼为"三娘子"。这"郑三娘"三字的大名也就从此起手了。正这当儿，不想丁妈妈一病死掉，致和一想，自己偌大年纪，有儿有女，也便不想再娶个老伴儿咧，从此三娘没得约束。你想她那样流动性儿，更兼是绰约省人事之时，哪里肯安生？便瞧着致和不在家，不时地站向门首，斜睃眼儿作张作致。

小村中子弟们虽不比城市人轻佻，然而见个花枝似的大闺女，未免也要多瞅两眼。久而久之，居然就有庄稼张生的一流人想吃这块天鹅肉。一般的打油辫，刮黑脸，穿一件稀溜哗啦的大毛蓝布衫，底下是箍脚面的漂白袜，却加上道蓝线直缝缘，衬着一双白丝线扎蓝花的双脸布鞋。那鞋底硬如石板，走起路来啪啪山响。若问鞋帮上扎的是什么花儿，却是小上坟的戏出子，逢赦不赦，定规是敲披布。不穿小衫褙，为的是单露露酱紫色的皮肉并那件扎八宝花儿的深蓝色兜肚。百忙中寻不到画眉鸟笼子，只好弄根三叉棍，架只大黄雀子算数儿。每踅过三娘跟前，倒弄得自己一张脸鸡下蛋似的，好容易瞪人似的飞上两眼，人家眼光还没回报，他已直挺挺地抢过去；若要踅回，又觉得不大仿佛，只好嘴里打个哨子，唱两句《王二姐思夫》，胡乱混过。你想这干宝贝晓得什么迎风待月、密约佳期的勾当？须先下小闲的功夫，竟公然在致和门首抛石掷丸，被致和瞧出行径，于是一顿拳头将这班子弟打了个鼻青脸肿，从此拘束三娘，每逢在左近卖艺，致和便寸步不离。哪知防得外边却防不得里边，为日不久，三娘却将个混混沌沌的大元给斩开一窍咧。

原来大元的技艺不及三娘远甚，每逢致和教授罢，他定从三娘重新学习，所以两人终日厮混，致和都不理会。

一日，三娘早晨醒来，睡眼惺忪，伸伸懒腰肢，方撩乱香云，微开衾幅，蹬蹬腿儿仰卧在那里，正不知思量夜间所做的什么梦，只听耳畔有人唤道："喂！妹儿快醒醒，有要紧事和你商量。昨晚老爷子说咧，今天下午咱到某乡绅家去伺候堂会，那坛蹬子一桩儿派了我。你想弄那劳什子俺始终不得诀窍，好人快起来，教给我吧！不然到晚上这顿皮鞭可好受用哩。"

三娘微睁倦眼一瞧，却是大元，只穿了短衣，累得脸儿红红的，想是方才自己习艺来。便重复一伸腰肢，故意价宕开衾幅，突地现出酥胸玉乳。因大元正立在榻脚头，便伸出段白生生小腿儿，用脚尖一蹴大元腿胯，道："你这笨货，真叫人没法料理，这会子困腻腻的，谁耐烦起来，活该你挨皮鞭，干我甚事？"说着，软洋洋的一声哈欠，合上眼，从眼角偷瞅去。只见大元望着自家，也似乎有些发怔的样儿，但是且前且却，神情儿十分好笑。忽然一伸手儿，径握住三娘腿腕道："大早晨凉气渗渗的，你也不怕冻着吗？"三娘咯咯一笑，一缩腿儿，登时拥衾坐起。正是：

　　　花面丫头省人事，含情一笑恰回眸。

欲知后事如何，且听下回分解。

16

第三回

闲挑逗娇女试风怀
卖解戏武师游庙会

  且说三娘料这次大元跑不出手去，却还恐他那半憨的性儿别别扭扭，便故意价坐起来，嗔道："你看你动手动脚，什么意思？与其这会子急得傻瓜样儿，怎不用心学艺呢？今急来抱佛脚，你也有求人的时候？俺看起来，就欠不理你，怎么那一天俺自己在屋内觉着怪发恐的，到你屋内商量着和你打个通腿儿，你死也不肯。"说着微笑道，"呸！你还记得俺要借你件东西暖暖手都不成功，就像谁要捏掉你的宝贝似的，惹得你山嚷怪叫。如今你却觍着脸子来求人。"

  大元忙道："原来妹儿你还记恨儿哩，你要暖手还不现成吗？"说着，便撩起前襟。三娘唾道："你快别傻闹咧，说正经的，要得蹬坛诀窍，须要晓得腰肢上用巧劲的法儿，灵透人一说便会。只是你这笨牛似的人，须得俺蹬起坛来当面指点，并且须光着身儿，以便你看明腰肢怎样地用巧劲。但是这会子人都快起来咧，倘或撞见俺光溜溜的，却不雅相，只好今天晚上再教给你吧！"大元噪道："好轻松儿话儿，等你晚上再教，俺的皮鞭也挨够咧！"说罢跑去，唰的声关上院门，道："妹儿快着吧，俺到后房内取坛儿。"

  这当院里就平滑，三娘这时光着下身儿，斜摊香衾，由窗眼中张那大元，憨状可掬，因低首笑道："你再这样吵塌天，俺就不教你咧。这里有枕头当坛儿就成功。"大元听了，笑嘻嘻跑近榻。当时三娘嫣然一笑，登时仰面卧倒，两脚朝天，便取那鸳鸯绣枕，蹬了个十分灵妙。诸位尽有见过蹬坛儿的，但像这样的蹬坛风光，只好盼作者笔下急急地描写下去，然而作者此段文字已到尽头，未免有负诸位的厚望哩。

当时大元不知怎的，始而真是规规矩矩的，但瞧着三娘细腰儿怎的施展巧力。后来，忽然起了一种特殊的觉悟，从此两人相视一笑，直到好久，那大元方低着头，笑眯眯地开了院门，一溜烟跑掉。这里三娘也不知怎的，反又甜蜜蜜睡了一觉儿方才起床，却猛头撒脚地先跑向僻静处，洗自己铺的那件单褥儿。当日晚间，两人在致和跟前会面，又不知怎的两人都似生客一般，脸上一点儿笑容也没得，但是从此后，大元有空儿便向三娘房内溜，致和以为他用心习艺，反倒欢喜，这也不在话下。

光阴箭激，那三娘长到十八九岁上，真赛如奇花将放，浑身堆着娇俏。她所能的技艺早已名振远近，最难能的是飞丸跳剑并赤足蹑登刀山之戏。那刀山架儿高可数丈，双引巨绠，用那明晃晃大铡刀排系成梯阶样，一层层巨刃摩天，泼风似锋芒上仰。你看三娘脱却小鞋儿只着罗袜，嗖嗖便如蜻蜓点水，一径地蹈刃而上，还在架头上凌虚翻舞，做出许多的故式。唯有下来时，由别的悬绠上那个顺水投鱼的式子，尤为险绝，便是头下脚上，一气儿倒刷下来，刚刚的头皮不擦地，若轻身提气之功稍一含糊，一个筋节儿拿不稳，顷刻便脑浆迸裂哩。

当时三娘色艺如此，不消说甚是自负，总想到远处玩玩，一来显显能为，二来扩扩眼界。哪知致和因家中不愁吃穿，自家又懒怠出门，虽不断地有人约订买卖，都被他一口回绝。

也是合该致和衰运来临，一日致和正在家闲坐，只听门首有人唤道："郑大叔在家吗？"致和趄出一瞧，却是个牵驴的客人，浑身行尘，似乎是由远道来的，因问道："足下何人？见访在下何事呢？"客人笑道："哟，郑大叔，真是贵人多忘事，连俺贾住都不认得咧？"致和仔细一看，失声道："不错，不错，你看俺这两只老眼真要不得咧！怪道乍一见面熟熟的哩。贾老弟，你真也发了福咧，你这些年在泗水混，光景很好吧？"贾住笑道："托你的福，还没饿煞。"于是致和代他拉了驴，肃客进来。

原来这贾住系致和的旧邻居，为人和气。往年致和出门做生意，都托他照看门户，后因本地年荒，贾住却向泗水投亲，做点儿小贩卖，就势流寓下来。

当时两人趱入客室，彼此施礼落座，各谈回别后情形。致和笑道："怪得你福态福相的，原来你在泗水张大户家做了管家咧。那张大户有名的厚道财主，光是他住宅左近泉林寺那片水稻租项也就可观得很哩！你至不济单落些小租儿（佃户酬起租人的陋规，曰小租），便再好没有了。"

贾住笑道："俺正因俺主人待俺甚好，所以特请您到泗水去做趟生意。"说着，屈指道，"再过十来天，便是泉林寺的香火大庙会。吓，今年可热闹极咧！全副的各档社火，还邀请了金乡的十八罗汉会、曲阜公爷府里的龙灯狮子、背阁、抬阁（社火名）。今年是俺主人的会头，这一操办，搭了许多没人知的腿，垫了许多没人问的钱，您猜怎么着？哈哈，会期还没到，不想先落出闲言怨语来咧！很有些不吃人饭的东西背地里卖嚷儿道：'今年大家花了钱，万也做不了面子，头一宗，办事的会头先是个大白薯（无能之意），他会办出惊人的热闹来吗？'俺主人听得此话，登时挂了倒劲儿咧，便不惜重资，命俺去订一份刀山解马，非叫个响儿不可。俺来时业已撒出会帖，俺想左近卖解的，除了你老人家，其余都不成功，所以俺特来奉邀，可巧您正在家中，过两天，你便收拾一切随后去吧。"

致和摇手道："不成功。俺久已不出远门，老来老来的还现的什么眼？贾老弟，你另订别位吧。"贾住道："岂有此理，无论怎样您须去一趟。"致和听了，再三推辞，当不得贾住苦苦相邀，致和却不过老面孔，也只得点头应允。

这一来不打紧，致和病根也就从此伏下。当时致和款待过贾住，打发去了。那三娘知得此事好不欢喜，便忙忙准备登程，这且慢表。

且说那泗水县的泉林寺本是著名的古刹，地势既清幽异常，又是兖、沂、曹、济四府的孔道，所以每年春月间，这个庙会十分热闹，真是百戏杂陈，商贾云集。还有些江湖杂技之流，都不远百里来赶生意。虽是五天的正庙会，头三两日，那各处游人业已拥挤不开，红男绿女真闹得锦川缛野。那寺中住持全仗这季庙会收香钱咧，敛摊子钱咧，进一笔肥肥款子，以做他吃赌钱、养婆娘的花费。

再就是放赌一事，局面更大。每一赌棚都是论百的大银子与住持纳规例。然而住持得此款项，也有许多开销，上至官府势绅，下至吏役地痞，哪一档子点缀不到，顷刻给你个眼里插棒槌，那一切陋俗都且慢提。

单说这开庙会的头一天，泉林寺庙外是人山人海，庙内是香烟腾腾，那收香的五尺高大铁炉内，烧得红蒸蒸的热气扑人。敲磬声、撒香钱、老太太念佛声、孩子媳妇们拥挤笑语声，再加着庙外面百戏鞯鞯、百般叫卖，简直地浑成一片，不可名状的声音喧喧然上彻霄汉，远闻数里。忙得个老住持跑进跑出，照应了当地官人，又应酬左近的水旱两路英雄、戴铁丝帽子的角色（地痞），花插着还有本地施主并会头门下跑腿的朋友也踅来歇腿吃茶，老住持一一接待。闹得方丈内汗臭熏人，语声喧杂。老和尚自早晨陪人吃饭吃茶，他便是弥勒佛的大肚皮，也有些顽不克化咧。

这时正憋了一泡涨肚的尿，就苦于没空去撒，好容易等得宾客稍稀，老和尚一溜烟似的跑出。刚转向殿角想小解，只一撩衣的当儿，忽觉背上嘣的一声，接着便有人从后搂住脖儿，道："我把你这秃天杀的，今天我看你跑到哪里去！好嘛，大香火庙上，你只顾进钱儿，孝敬你那一簇新新的小妈儿，就白不赤地忘掉老娘。你不是那几年死求白赖地认俺干亲家急吼吼的样儿咧？乖乖儿，趁早你给我说正经的吧！"

老和尚忙摆脱身，回望去，却是他老相好的荡妇，外号儿"白条鱼"，此时正睁开七八层皱皮的俏眼，咬着干瘪樱唇，瞅定他似嗔似笑，背后还有两个半村不俏的荡妇，也瞅定他舒眉挤眼。慌得老和尚连连挥手，四外一瞅，幸得没人，便顿足道："我的姥姥，你这不是要我的命吗？若有人撞着，这个台可塌得起？快去快去，今晚上俺早早与你送钱去。"白条鱼笑道："不怕你不孝敬老娘，不然，咱们正庙会上再见。"说着，和那两个荡妇匆匆趑过。

老和尚还听得一荡妇道："大婶子，俺听说老住持体面不过，怎么他也认得咱们这一行呢？"白条鱼笑道："他是体面人里挑出来的，他那下作法就不用提咧。"老和尚一听，正要躲开这里另寻溺所，忽听殿后一阵喧哗，便有许多游人乱喊道："打，打，打！"接着便闻乒乒乓乓并夹有妇女哭骂之声。老和尚大惊，跑去一望，是个邪眉瞪眼的恶少年，已被众人你一拳、我一脚打得花瓜一般。后殿廊下站着个老妈妈，气得脸儿通红，拍手向众人噪道："俺看那挨千刀的就不是东西，只管在俺大妮子身旁挨挨挤挤。谁想他眼丝不见，就扒人的鞋子呀！还亏得俺大妮子眼快，不然，光着一只脚跑回家去，才是笑话哩。"便见众人一闪，老妈妈从廊角下搀起个满面泪痕的大闺女。

这里众人一见，越发打得起劲。老和尚唯恐打出人命，便横身跑去，好歹劝开。这一闹倒将他的一泡大尿吓回，直待趑入后殿，也不晓得是想做什么，却就是浑身不舒齐，小肚儿鼓挣挣的。逡巡之间，忽地悟会过来，急忙忙转向殿后，方一脚踏到男厕门外，却听得里面渐渐有声，这时老和尚再也忍不得咧，只当是后院内养的那个长生猪在里面，因骂道："你这欠敲的东西，也会凑热闹。"说着，迈步撩衣。因此时那泡尿涨得肚皮生痛，便合着眼子闯进去，不管三七二十一哗哗便尿。

这一来不打紧，只听有人怪叫道："慢着来。"老和尚忙望去，要想收煞住哪里能够，只得略转脸儿，忙忙尿毕，正趁势想逃跑之间，已被那人一把抓住，道："好嘛！你这秃厮，因俺那会子麻烦你了两句，你却假公济私地淋了俺一头尿，咱们是怎么说吧！"原来白条鱼挺向庙后，一时内急起来，却撞到男厕里去咧。

当时老和尚一瞧白条鱼头面淋漓，不由好笑，只得悄悄地又许了一份心愿，敷衍过去。方转向方丈门首，只见一个雄赳赳的汉子由庙外踅进，头戴范阳大笠，穿一身紫花细布的短衣，外披一件青袖大衫，脚下是踢死牛的搬尖洒鞋，生得鹰鼻凹眼，面色微黄，左鬓上一撮黄毛迎风披拂，手弄两个大钢球，低头沉吟，一面价大踏步走来。

老和尚认得此人是沂州有名的赌徒牛玉峰，从先在江湖中很有名头，绰号儿"牛二大王"，据说一身武功很不含糊。他生平有桩绝技，便是会用百步拳法。距人百步之遥，他运足了气，一伸拳头，敌人登时便倒。这拳法虽然奇怪，其实便是罡气的作用。这股罡气练到极诣，就能化为飞剑，刺人于千百里外，就是那剑气合一的说法了。

玉峰虽擅武功，却以赌为业，因他在赌术中又练得一桩绝技，名为摘星换斗。这个名儿，明公们有好押宝赌戏的，想也略闻一二，便是施展灵妙手法，宝盒一入他手，呼吸之间，就能挪移宝位。他因有此妙手，每岁中所入甚丰。人都羡慕他赌运旺，哪知他暗含着有此毒招呢？比明打明地打杠子还狠十倍哩。

当时老和尚瞅着玉峰，不由暗想道："这个宝贝来咧，不消说左近子弟们定要上大当。"正要逡巡避去的当儿，已被玉峰瞅着，没奈何只得向前接待。那玉峰踅入方丈，高谈阔论，直待好久方去。

不提这里庙将开会，连日价闹忙非常。且说三娘好容易得着游逛的机会，真是一团高兴，直欲上天。到得起身那日，扎括得仙女一般。不一日行抵泉林寺，恰是开会的头一天，由致和带领三娘寓在店内，先去寻着贾住，见过会头张大户，回到店内。方用过午饭，业已有一班本地青皮蜂拥而至。一个个歪腔邪调，瞅定三娘只管起哄。

致和本是江湖老手儿，知得本地这班腻虫是开罪不得的。他们虽没别的能为，却会等你上场卖艺时暗地里使促狭。曾有一个怀孕的绳伎，无意中得罪了青皮，及至到场上，踏起软绳正在往来如飞，忽地那绳儿一端断落，跌得那绳伎腰伤孕堕，就此收场。后来一查看那绳端，却有烧断的痕迹，方知是有人使了促狭去咧。所以走江湖的远路人再也不敢得罪地痞。

当时致和满面赔笑地和众人周旋一阵，又交代过求照拂的客气场面，众青皮乌烟瘴气地搅了一会子，也便次第散去。致和望望天光还早，因向三娘道："明天是头一日庙会，不过是踏索滚球弄手法的小玩意儿。停会子你活活手脚，便在店养精神吧，不必到庙上胡撞去。"

三娘一扭头儿，道："俺不！怎么你老人家不在店中歇坐呢？"致和笑道："好孩子，等爸爸回头给你买硬面饽饽来。"三娘笑道："哟！这可是来到泗水县，要吃好白面咧（泗水面最著名）。"

不提这里三娘瞅着致和踅去后，一点芳心中只管怙惚。且说致和出店一径地请份香烛，先到庙中烧过明天开场的喜香，又到后殿中瞻仰一番。只见殿后院妇女甚多，也有就台阶上敞胸露肚奶孩子的，也有就席茶案上扯着茶勺喝茶的，都一个个被风尘吹晾得神头鬼脸，鬓上脸上就像罩了一层白霜。那年纪老些的，便大家分曹，席地而坐，你谈家常，我说庙景，并且扑喳扑喳地只管抽那老叶子烟。

这当儿，活堆了叫卖的小贩，你看他扭起身段，扯开亮嗓，在这跳人丛里趱进趱出。只要人家一瞧他，得咧，他立时趱上去，大姑娘长老太太短，翻花似的一张嘴，非卖点儿东西不可。这当儿正有一位老太婆，接了他一根煎饼卷油条，粗而且长，本就有点儿不雅相，不想他又由提篮中托出两枚鸡子，递将过去，招得许多游人微微含笑。

致和由人丛中挤了一回，趱向最后一层厂厅，只见用席子拦了半截儿，里面是吱吱喳喳，烟气腾腾，并有妇女骂道："他妈扯巴子的，俺万辈子上庙来也不来这浪牌咧。人穷，穷个志气，叫他夹塞了牌去得发生去吧！没的赢了人的钱也是贼腥气。与其这样的鸨儿爱钞，上庙来打嘴现眼，还不如回家养野。"又听得一妇人劝道："哟，他大嫂子，你快算了吧！没的对口厮骂的，叫人家笑话。你输的钱都算我的。"先那妇人道："不是这么说，她弄诡儿不是一遭儿咧！俺今天说实了，是成心查她的漏洞，果不其然，她捏煞俺的满儿（斗纸牌胜者曰满），悄悄地往裤兜里塞牌。今天俺不看大家的面孔，她乖乖地给我脱个光屁股瞧瞧。这不过是娘儿们凑到一块儿打个哈哈的勾当，她倒学了落道帮子（俗谓赌棍）摘星换斗的本领，在这里打马虎眼（俗谓遮掩使诈也）哩。"致和听了，暗笑道："这个娘儿准也是个老赌家，就晓得'摘星换斗'四字，俺看这庙场上，未必有那样的大手把儿哩。"

正在思忖，只听那妇人大声道："你是怎么样吧！只装回大麻木，难道就算了不成？俺这两天被你鼓捣了十来吊钱去咧。你好好地脱给我银镯子是正经，不然……"致和听到这里，趱近席栏一望，只见厅内满地下都是一场一场的斗纸牌的妇女，千形百状。只那头上的通草花儿分红缦紫，便如到了花儿市一般，都曲腿打坐，跷着花鞋子，一面抓牌一面说笑。其中就有输得粗脖子红脸的，尽力子唾骂那牌。有许多的大小孩子溜墙脚，你哭我号通没人管。

致和立处，恰好距那海骂的妇人二三尺远，一瞧她那个模样儿就知不是善道茬儿。生得白致致的瓜子脸盘儿，薄嘴唇，高颧骨，两道细细的吊梢眉，一双长长的三角眼，虽是长身细项，那光景却很有气力。此时正一手叉腰，勒着半截雪白的胳膊，又开两只半大脚，瞅定一个三十来岁的胖婆娘，咬着唇儿，鼻翅儿只管扇动。再看那胖婆娘时，致和几乎失笑，暗诧道："俺村中的王胖子，外号儿'一篓油'，她两个配搭配搭倒不错。"只见她两块肥腮便似刚凝坨的凉粉一般。此时是连羞带气，又加上着急，越发地两腮哆嗦，红而且白，正一手脱镯子，带着哭声，道："俺拙口笨舌的，也说不过你，由你混编派吧！可是大庙上佛爷有灵感，人要红口白牙地糟蹋人也不好价。谁要会偷牌，叫她手上生大疔，谁要冤枉人，叫她舌根烂掉了。"说着忽然且不脱镯，向那个排解的老妇道："这不是你老人家在这里亲眼见的，凭良心说……"

那海骂的妇人只唾得一口的当儿，这里致和方想趱去，不提防那胖婆娘瞅个冷子，呼啦声撕破席栏，向外便钻。说时迟，那时快，肥婆娘弯着腰子刚钻出半身，致和赶忙一闪身，还未站稳，忽觉背上嗵的一拳，接着有人道："哎哟，我的妈！你这老爷子是怎么咧，就踏人这么一脚。"致和回望，不由一怔。正是：

几许游人呈意态，会看赌局起风波。

欲知后事如何，且听下回分解。

第四回

识奸赌闲探牛玉峰
肆游观巧遇白旗将

且说致和回头望去，却是个小媳妇子，正一手扶着厅柱弯起一只腿来，攒着肩头直捻脚尖儿。致和自知理屈，方要赔话，只听得厅内众妇女便似摔破瓢一般咭咭地一阵混笑，接着那胖婆娘便杀猪似的叫将起来。小媳妇跑去一望，也便拍掌大笑。致和趁乱中忙向厅内看时，只见那海骂妇人捉住胖婆娘一只腿，只管向里扯。偏那胖婆娘很有气力，在席栏外面，两手一抓挠，可巧有个卖通草花的小伙子被他一把抓住腰带。小伙子山精似的，吃惊之下向外一挣，直将胖婆娘拖出大半身，只剩了肥臀却被栏上的横绳隔络在栏内。

这时海骂的妇人一只手捉住人家腿子，被牵得前抢两步，赶忙添上一只手，虽然捉牢，却没作理会处，正咬牙切齿地想主意。忽听外面小伙子急叫道："你这位奶奶还不撒手，难道想咬人鸟不成。"一句话提醒海骂的妇人，不容分说，一弯腰向胖婆娘的臀上就想一口。只口齿咬及裤儿之间，恰好那劝架的老妇人只步赶到，不暇说话，先用手一推海骂妇人的头儿，听哧一声，致和眼中登时见到白亮亮的一条肉皮。赶忙跑下厅阶之间，但闻得厅内厅外笑闹得锅滚豆乱，于是匆匆价踅回前院。又在两廊下徘徊一回，方走到山门前，却见那胖婆娘嘟哝着骂将出来。致和暗笑道："这干逛庙的妇女真没家教，俗语云：为来牌，脱裤去当。如今却为偷牌，撕却裤子。"逡巡间踅出庙。

又在四外游望一番，信步踅入一处茶棚，方坐定饮茶，只见旁座上来了两个宝局上的朋友，见致和穿着灰扑扑的，以为是个乡下老客。一人便挤挤眼儿，向那一人道："喂！老兄弟，你真走旺，才到咱局中，就要分点儿彩兴儿，你可知城内的王二乐来咧。这家伙是有名孤丁（押宝中下注之名）手，竟讲硬碰硬，越输火越大。局家子（设赌者）接着他，算是接着财神咧。兄弟，咱大家瞧着他，好歹弄他到咱局里去。"那人道："人家虽好下硬注，难道就准输吗？"

先语的那人笑道："呆兄弟，你新到局中当伙计，晓得什么？咱家局主会这手儿，还怕姓王的不乖乖地来孝敬咱吗？"说着，五指作式，这么一比样儿，只缩脖一笑的当儿，这里致和早已恍然。原来致和少年时也是千场纵博的角色，博场中许多诡秘他无一不知。当时致和不由暗暗好笑，又想道："这王二乐，不消说是个阔秧子，漫说是秧子，便是多年玩钱的机灵鬼，冷不防遇着摘星换斗的手法，一定是要吃横亏的。总算这班赌匪运气好，俺而今上了年纪，不耐烦管闲事；若俺在二十年前时，哼哼！"

正在思忖，那一人又笑道："得咧，你别哑巴说话——比招子咧。简直说，俺满不懂。"先语的那人一咂嘴儿，道："难为你吃赌局长了这么大，竟是个二百五。来吧，等老哥哥教与你这个乖吧！"说着，凑向那人耳朵低低数语。

那人大悦道："妙！妙！怪道他们说十个水旱蛤蟆子（俗谓作宝者曰宝官。宝官例须知作出者为某门，以备人问，立即高报，谓之报红。然又恐自己心知某门，倘人压着此门，未免露相，此相一露，凡在局者势必群趋此门，所以有习水旱蛤蟆者，以免露相，其法削薄木片，一如宝心之状。水蛤蟆者，则含木片于口，手转宝心，口中木片则以舌转之，一如手转之数。宝既做出，已亦不知为某门，如有人问红时，便以舌抵木片，立能高报；旱蛤蟆者，则暗以一手转木片，如宝心，报红时，则扪木片云），不如一个挪一位（挪一位亦赌中手术，揭宝盒时，能施手法挪移一门，如本系么红，可以移至二也）；十个挪一位，不如一个摘星……"

先语的那人忙瞪他道："你吵什么？你可要仔细着咱局主的厉害。今闲话休提，你往年在某局主处跑腿，俺听说也很落钱，为什么不在那里了呢？"那人道："别提咧，某局前两月里被一个愣大爷一抖飘儿，竖了个旗竿（借全局之注归一门，谓竖旗竿），一下子硬压煞咧。"先语的那人道："某局主不是很有忍劲儿吗？"那人道："唯其有忍劲，所以才丧掉命。当时他见那愣大爷直向红门上堆孤丁，便想设法搪开，因笑道：'哪位跟红手？快些来呀……'愣大爷一听，忽然心中一动，料他是实话假说，真便登时喊竖旗竿。啊哟，看起来当个宝官那也不易，那份坐功总须说是绑的力的，人家说十年纯功能练出个秀才来，却练不出宝官来，此话再也不错。当时俺见某局主面色如常，笑眯眯地仍坐得四平八稳，那一位愣大爷准压到黑屁股上咧。及至宝盒一揭，某局主哼了一声，往后便倒，登时接二连三地吐了几口鲜血，没过得三四天，活跳跳的一个人就此交待咧。所以俺又投到牛局主这里。"

致和听他们高谈赌论，有些不耐烦，方别转头去四外望望。只听先语的那人吱一声一打口哨，莽熊似的奔出茶肆，拖住一人大笑道："王二爷才到吗？久违久违。俺老远地望见个满面红光的人，就疑惑着是二爷到咧，错了您没这团彩色的旺气。您来得正好，如今俺局主牛玉峰也到咧，今年局面越发热闹，马上地现输赢，都是白花花大东西（谓银也）。局内高铺（高铺，接待豪赌者之地）上第一个位子都给您留着哩。走，走，您到那里用过点心吃吃茶就上场吧！"说着，连连赔笑，随手与那人掸掸尘土，又回头喊道，"喂，老兄弟，开过茶钱咱就去吧！"那一赌徒唯唯之间，这里致和一望那个王二爷不由一惊，暗想道："俺道是哪个王二乐，原来是泗水王善人的二儿子。王善人一生修好，怎就出这样子弟呢？不消说是王善人性儿长厚，约束子弟不严之故。今天遇着这群赌匪，准要大大吃亏，待俺去张张再作道理。"想罢，趁兴儿开了茶钱，随后蹑去。

不提致和此去种下了怄气的苗子。且说三娘在店中寂坐良久，只听得庙会上锣鼓喧天，笙歌匝地，三娘心头便似小把儿挠得一般。恰巧店隔壁又有一干妇女相邀上庙，这个道："大嫂子，别扎括咧，没的到庙上叫小伙子背了去！"那个道："哟，大婶婶，你这可是找累受，铃铛寿星的（谓小儿女也）带一大堆，架得了吗？"又有妇人笑道："他大姑哇，你别只管催俺，敢自的你们的头儿脚儿都收拾停当咧。你看俺这破鸡窠似的一个头，死耗子似的两只脚，这样儿就上庙，不叫人家笑话是疯老婆吗？你们先走一步，咱们庙后头见吧。"

即有一妇拍掌道："可了不得，那庙后头是玩的吗？你忘了上年香会时，庙后苇坑边有一班二愣子几乎动了刀子。末后却从苇坑中拾出只小鞋子来吗？"妇人笑道："等我去撕你的嘴，怎么单是你会忖度呢？俺说的是庙后头厂厂上牌局里见哩。"众妇笑道："这还罢了的，你老人家收拾整齐，快随后来吧，今天说是还有象声戏哩！"那妇人笑道："快别听那把戏去，他隔着一层布帏子撒村胡数，又挂着骂人。"

接着又听得众小儿一阵跳闹，这个道："妈呀，咱上庙去，先买个大老虎。"那个道："哟哟，三姨姨，你的花儿戴歪咧。"于是唧唧呱呱喧闹而去。听得个三娘直然地再耐不得，便略为结束，先到店首望望，只见众游人成群作队都由门首蹅过。三娘望望天色，料致和回来还须大半晌，于是命店人看守房室，即便逐队上庙。

一路上红尘杂沓，各档子生意并江湖杂耍一处处庋起棚幕，都环绕着泉林寺直迤逦出二三里。当时三娘随意游瞩，早招得许多庙混子跟在后面嘻嘻哈哈，三娘也不理他。在各处游玩良久，又瞧回各样杂耍，却当不得土气噎息，那两只俊眼被风沙迷得尤其难受（昔有一善谑老翁，值乡中有庙会，家人妇孺辈群请上庙，翁曰："诺！"则具牛车一，命众悉登。群以为将上庙也，则咸喜。俄而翁以庙场上诸食物至，众啖而思曰："殆饱食而游乎？"然觇翁殊无行意，则又请之，翁笑曰："游未必乎？"忽掬土食之，众则大愕，翁大笑曰："逛庙饱食外，亦无非再吃土耳。"竟引车还，附录一笑）。

　　三娘逐队，方由庙内趸出，只见许多游人忽地如波分浪裂，便闻后面有人大喝道："呔！快闪闪，哪个挡了太爷们的路，揪掉他脑袋再讲。"三娘忙望去，早见五六个虎也似的汉子大叉步趸来，都捻着大拳头，浑身挂劲儿。当头一人生得恶眉暴眼，晃竿似的大身量，掖起短衣襟，袒出一条虬筋盘结的大胳膊，一晃膀儿骨节山响，口内却骂道："好囚攘的外路人，他在此地卖假药，还敢和咱们的人争摊儿，非打他个臭死不可！"众汉子齐声道："打呀！"

　　三娘略为闪身之间，一干人已滔滔趸过，便有人讲说道："今天这庙场准要不安静，那袒臂大汉是大有名的铁胳膊朱老太，领了他那一窝子人不知要寻哪个的晦气哩！"三娘听了也没在意，因游逛渴燥，信步趸向一处老妈妈开的茶摊上。那老妈妈守着茶摊儿，好半日没开张，正望着一个媳妇子开的茶摊上男女客人十分热闹，相形之下，未免只叹寡气。忽见三娘到来，连忙欣然让座，一面斟上茶道："俺这里生意冷淡，姑娘且将就吃些吧！"

　　三娘一面饮茶，一面瞧她那摊棚内十分干净，并且还有隔断的里间儿，因笑道："你看茶客们也是属热羊的，惯好挤窝子。"说着向那媳妇子摊上一努嘴，道："你看她那里挤成疙瘩，你这

30

里就如此冷淡，若是匀上一匀，两下里都有生意，茶客们也舒齐自在，哪些不好哇？"老妈妈笑道："阿弥陀佛，像姑娘这般公道法，就好做天老爷子咧！俗语云：人老珠黄不值钱。人家那个茶幌儿盘儿又亮，又会伺候客人，自然生意百倍。您瞧瞧她那浪样儿，不赛如粉头吗？"三娘戏道："我看你老人家若扎括扎括也不弱哩！"老妈妈听了，得意道："您也别说，俺若倒退十来年，就不能善罢甘休地服气她。"

两人说笑之间，三娘连饮几杯热茶，不由汗淫淫面现春色，两片嫩腮便似海棠花片儿，张得个老妈妈子目不转睛。正这当儿，三娘忽觉内急起来，四下瞅瞅，苦于到处都是人，没奈何略为压压，想暂为稍息再寻厕所。不想茶沁入肚，渐次都归尿道，越胀越不受用起来。

这时老妈妈端详着三娘忽红忽白的脸儿，不由怙惬道："这位姑娘东瞅西瞟、失神失致的光景，莫非吊上（吊膀子也）什么，在这里等约会吗？"沉吟间，只见三娘向四外瞅瞅，忽低声笑道："妈妈，俺和你商量一件事，你这里可有什么方便背人的所在吗？"一句话不打紧，只喜得老妈妈心头一跳，暗想道："妙，妙，合该俺老运亨通咧！就有这样俏事儿寻来。"于是蝎蝎螫螫趑近三娘跟前，还未开口，三娘已闻得她一股汗腻腻的臭气，不由略转脸儿，用汗巾一掩口鼻，老妈妈低语道："哟，这可臊的是什么呀！哪个年轻人儿不眼前眼后地干两桩背人的事儿呢？您要方便所在，就在里间内吧，里面是枕头被子一概俱全，连完了事净身子、净手的盆儿都有。您要图写意，便多赏俺几个钱，俺破着下半晌生意不做，闭了茶摊子，专给你瞭风儿。由你们完了事甜蜜蜜睡上一觉不好吗？不瞒您说，我老婆子想当年插满头花儿的当儿，什么把戏没干过呀！您快别发脑腆，就领你那个人去吧！"说着，乜斜老眼，居然咽的声咽口吐沫。

这阵胡噪三娘登时怔住，因笑道："您胡吵的是什么？"老妈妈道："你不是说寻方便背人的所在吗，难道俺说的不对？"于是附三娘之耳喊喳数语。三娘笑唾道："呸！俺不看你是位老人家，登时便踢了你的摊子。俺问你小解的所在，你却一阵胡拉八扯。"老妈妈一听，不由大扫其兴，便向东一指道："那片高岗下草地内就可以小解哩。"

三娘望去，果见高岗下一片深草。岗上面东接一带长堤便是泗水河的支汊子，满堤杨柳，甚是清雅。树下闲有游人歇坐，并有一二处评话书场。于是三娘给过茶钱，匆匆趱去。方离得茶摊数步，却听得背后有人骂道："死妮子，你只管尾缀俺做什么？还不快家去做晚饭去。"三娘诧异中回望，却是个白致致的少妇，眉目间透着骚俏，一见三娘好生不安，忙赔笑道："姑娘恕过我，我瞧你后影儿只当是俺家小姑儿哩。"说罢道个得罪，一径地便趋草地。

这里三娘又趱得数十步，却见一群人围定一个变戏法的，场中置定一个朱漆盘儿，他却只管说白道黑。三娘欲观究竟，便强忍了内急，直待了两顿饭时，好容易见那戏人要揭盒儿，只见其中配场的道："喂！伙计慢着，你瞧那位老爷子又说了话咧！"游人中便有笑的道："这是有名的徐花嘴，要看他的戏法，明天这时来也不晚哩！"三娘一笑，连忙趱向草地。

刚到那下坡前，忽见一精壮男子匆匆价由一树后结带而出，张得三娘一眼，低头自去。三娘也没理会，便下得坡去，方蹲向深草中，却似见树后又有人影一晃，吓得三娘提裤站起，仔细一望，却是那会子所见的那白致妇人，望见三娘，登时红了脸，如飞趱去。

这里三娘略一思忖，不由觉得脸上热辣辣的，暗想道："怪得老年人说庙场上男女混杂，不像回事，这男女两人倒应了茶摊上老妈妈子胡噪说咧，准是有约会的。"怙惘间小解已毕，信步上得高岗，转向东面长堤。

这时杨柳夹道，清风徐来，三娘心目为之一爽，就一处书场上听回评话，却正是讲的明朝蒲台妖妇唐赛儿作乱的故事。那说书的口锋伶俐，赶板剁字，一面口讲，一面指手画脚，正说到唐赛儿演习天书，遍习十八般兵器，兴兵聚众，自称女帝的诸般节目，说得唐赛儿那番英武便如生龙活虎一般。三娘听了，不由眉飞色舞暗暗喝彩道："唐赛儿以一女子，竟闹得朝廷都知，人生一世也算罢了！反正人若到了说书的口中，有一分本领，就会说出十分，难道唐赛儿真有那般武功吗？说个比方的话，假如俺郑三娘，若叫那班闲得没干的先生们编起书来，焉知不是绝世奇女呢？"正在想得不伦不类，只听醒木一响，剪断回头，书场中敛起钱来，三娘一时高兴，便撒进一把钱。

漫步向东，却见大堤上宽敞之处也围拢了一群人，并且有一面白旗儿迎风招展。三娘趄去，挨入人群看时，却是个卖外科膏药的汉子，正在那里大说溜口（江湖生意话，谓之溜口）。那汉子虽是江湖朋友，却生得很透精神，黄淡面皮，双眸炯炯，再衬着两道浓眉、一方海口，行步间十分沉着，望而知为曾习武功。头戴便帽，身穿长衫，又挂些斯文态度。三娘方暗诧此人意态不俗，只见他抱拳一笑，说出一片话来。正是：

清香教主他年事，趁庙疡医此日看。

欲知后事如何，请听下回分解。

第五回

打飞拳地痞落野厕
小上庙憨女谑娇音

　　且说三娘见那汉子向众人抱拳笑道："在下非别个，世代传治外科，寿张人氏，绰号儿'白旗将'李天栋的便是。江湖朋友因俺手到病除，便如大将破敌一般，所以大家抬爱，赠俺'白旗将'三字。不瞒诸位说，俺在敝处不敢说是头等的绅富，也总算家财不缺，小有声望。却因俺生平好武，又好结纳，所以历年来奔走四方，无非是借医道济人，并多认识几个英雄好汉罢了。今天来到贵处大邦之地，没别的，要求诸位捧个场面，给在下传传名头。"说罢，一撒步使个旗鼓，打了一路拓场子的拳脚。虽是寥寥几个功架，那手脚沉稳并捷疾之势却与江湖上的一派花拳大不相同。

　　三娘正瞧得有些意思，只见一个会中人踅来，道："李先生，我劝你向别处高升升吧！俗语云：好鞋不沾臭狗屎，那会子和你争地基的人，是俺这里铁胳膊朱老太的一党，他们整治人都讲割割片片。你一个外乡人，躲却他好多着的哩。"天栋笑道："承您照应，俺发出这些药样儿也就去咧。"说罢，举药走场，散与众人。

　　刚踅到三娘跟前，彼此眼光一照之间，只见众人向西乱指道："来咧，来咧，李先生还不快走。"说着，呼一声纷纷各散。

　　这里三娘不暇去接那药，随大众一闪的当儿，早见堤西面尘土大起，火杂杂抢到一群人。为首那人正是朱老太，满面上酒气醺醺，便似个灌血猪头，想是方和他一班打手从酒场中跑来。这时打扮更为凶实，盘起懒龙似的一条大辫，只穿一件蛇皮纹袖背心儿，抢起双臂，一跳丈把高，叫道："李天栋，你是舍种的，便和俺见个高下。"便见朱老太一个箭步先蹿向堤沿高处，据了建瓴之势，准备着挥众进攻。

可巧堤沿下是一露天的野厕，那粪坑既大且深，浮满了黄花绿沫的薄稀屎，正有个乡下佬儿在庙上吃了个酒足饭饱，这时来此出恭，方龇牙咧嘴地连连鼓气，如压饸饹面一般，刚扑唧一声撇下挺粗的一段干屎橛，忽望见朱老太饿鹰似的蹿向堤沿，接着便闻众游人纷纷乱噪。这一来乡佬大骇，也顾不得去揩屁股，提裤便跑的当儿，这里朱老太已向众打手大喝道："你们这班尻种，怎还不动手？"

原来这时李天栋提着拳头，山也似卓立场口，众打手望得有些不得主意，正在那里一面价揎拳盘辫一面价你推我嚷哩。其中一个獐头鼠目的更为狡猾，只管滑上滑下地盘那辫子，却向众人道："哪位先上一场，等我抄那小子的后路。"乃听得朱老太发起急来，他登时也乱喊道："打呀！"说着，一摆拳方要奔去，却忽又摔掉鞋子。

这一乱不打紧，便有两人奋勇而上。天栋一笑，提拳迎门，只啪的一声踏脚步放开门户。三娘一见不由暗暗喝彩道："不想这瘟医先生竟有这等真实武功。虽是外家拳派，谅这干地痞如何当得！"正在思忖，天栋和那两人业已交起手来。却又作怪，但见那两人四拳齐奋，一阵价马前枪、开门炮，真闹得烟尘抖乱。那天栋只随便招架，并不还手，直绕了一遭场子，末后天栋竟自越发不济。

这时朱老太叫喊如雷，便连其余的打手也都眉飞色舞，便不待老太指挥，蜂拥而上，一个个挨挨挤挤，正拉起怪嗓子喊得惊天动地。只见天栋嗖一声跃起三丈余，趁势来了个顺风落叶，就众人头顶上横身一旋，其疾如风，便如一尾跋浪长鲸迅游水面一般，那双拳两脚直然似分风擘流。可怜这干打手被人家手足所及，无不翻跌丈余以外。

此时众观者望见这等奇怪拳势，只剩了舌挢不下。唯有三娘心下了然，不由忘其所以，便登时绽裂樱唇，娇脆脆一声喝彩。这一来众观者一齐回首的当儿，早见天栋双足落地，顺势踢开两个打手。

朱老太大怒之下，正要亲自出马，未及举足，天栋喝一声业已抢到。若说朱老太这双铁臂，委实下过好体面的功夫。因当年他创字号时，是先由吃赌局起手，吃赌局必须讲开山挂彩，方才有人佩服。怎么叫开山挂彩呢？便是由全身上舍出一段股体来，说个简便话便卖给人家咧。由赌局中人横割竖剜，不怕长血直流，创深切骨，还须眉头不皱，谈笑如常，必如此方够瞧的。北京中有句俗话，叫作"耍骨头"，就是说的开山挂彩，当场见红。朱老太未从吃赌局时，先是舍出一双大腿，不想刚一挨刀，便叫了妈咧，反白受一场痛苦。继而一想，屁股上不但肉厚，并且少骨，一定可以挨两下子。哪知屁股上肉虽厚，却因一来受不着风吹日晒，二来是吃饱了专等安坐养膘儿的机关，便如那未尝磨炼的纨绔子弟一般，未免皮肤儿特煞娇嫩。及至锋快的刀子一触去，这次朱老太只好又叫爸爸咧。经此两番痛苦，朱老太知难而退，也便不想创字号咧。

哪知他活该有数年的横运，忽然遇着一个走江湖卖拳棒的朋友，善运臂力，便如铜浇铁铸，斗大的石块他运臂一击，登时粉碎。于是老太大悦，便殷殷请到家下，一叩所以。那人道："俺这把戏便是九转还元内功中的一段偏工之技，人家纯会内功的，罡气流走，混遍全身。俺只能运到两臂，纵有利刃伤破皮肤，一般价鲜血淋漓，却毫不痛苦。因罡气支撑之故，不但痛苦都无，并且伤痕易合，咱且当面试来。"于是取过尖刀，就臂一划，顷刻鲜血飞溅。说也奇怪，但见那人凝神定气，呼吸间缓慢而深长，还没两盏茶时，那创口上四外翻努的肉皮儿竟自渐渐敛合，须臾只剩红线似一道瘢痕。

当时老太大悦，便跟那人学习臂功。他因志在吃赌局，费了一场苦功，只成就了两条铁臂，至于正经拳脚，便连教他的那人都是些挡俗眼的勾当，朱老太所能也就可想而知了。然而朱老太的臂功却从此大著，久而久之，未免居之不疑，觉着自己很够瞧的咧。哪知顷刻间就要栽跟头呢？

且说朱老太猛见天栋抢到，一伸右臂，横架敌人来拳，左臂一攒劲，用个黑虎掏心式向敌人当胸打去。因脚下无根，去得势猛，连身儿微微一探。这里三娘方暗笑道："武功中第一先讲脚下有根柱，姓朱的这等本领，连寻常敌人都抵挡不得，何况那先生方才的飞空拳势在外家派中名为八翼排天，非有轻身提气的真本领不可。看此光景姓朱的定要输咧。"这里三娘眼快心快，哪知天栋手脚发得更快，只略一闪身，用一个顺手牵羊式，啪一声攥住老太手腕，往怀里一带，那老太踉踉跄跄向前一撞，头及抢地。天栋喝声"去你娘的"，略一仰身，左脚踏牢，右脚进步，横胛入老太胸腹之间，只这么用力一并，众观者登时一个连环大彩。但闻嗖的一声，朱老太凭空而起，竟翻跌出三四丈外。恰好那落下地点正是粪坑，众人方喊道："不好了。"只听咕咚扑唧一阵响，老太业已灭顶而下。

这时堤上众人拍手大笑，四外游人不晓得什么事体，也便潮涌而至。这一哄不打紧，倒将三娘挤出老远，却当不得那一阵粪臭熏天，便掩了鼻儿跑回高岗上。回头一望，那堤上越发乱得蛆拱一般。忽见那面白旗儿已随了游人招摇向东，料是天栋已去。正在怊惚天栋武功不凡，只听背后有人笑道："好巧，姑娘也在这里玩吗？"

三娘回望，却是店东的小女孩，吃得嘴上一圈儿油迹，新布褂上弄得糖汁面粉，一塌糊涂，一只手里提了一捆子糖葫芦并粽子、油炸脍之类，一个小髻儿歪在一边，被尘土罩得都成了灰黄颜色。三娘因笑道："你这疯丫头，可是上庙过生日来咧！就吃得这样下作。"因用汗巾与她擦擦嘴，又笑道，"俺那会子出店时邀你同来，你娘却不肯，怎么你又自己跑来呢？"

女孩拍手道："谁知道哇？姑娘你可说吧，那会子你走后，俺娘只管没好气，硬掐脖叫俺在她屋内搓麻线。你想一个大庙上，谁不慌慌去逛，俺向俺娘只说了一句到庙上玩玩，俺娘骂道：'死妮子，那庙会上就缺了你哩。你给我好生搓线是正经！'俺听了，以为今天一定没指望咧，不想待了一霎儿，俺爹因向外县里去讨账去了个把月，忽然回来咧。不知怎的，俺娘登时说也有，笑也有，紧似溜地给俺寻出新布褂，并向俺爹笑道：'你看咱家小妮子，越长成了木头咧。大庙会上她也不说是逛逛去，只钻在屋里，不怕闷出病来吗？'俺爹听了，只管瞅着俺娘嘻嘻地笑，便道：'既这样，你娘儿俩就上庙吧！'俺娘笑唾道：'你倒会说，咱店中丢得一世界，就都逛去吗？'俺爹忽然道：'哦，哦！这么着，妮子快去吧！多给她些上庙的钱。既去了让她逛个够，天酉时再来不迟。'俺娘听了，抿嘴儿直笑，却不知怎的，登时红泛泛的脸儿，便刻不容缓地打发俺上庙来咧。"

三娘一面听，一面暗暗好笑，因逗她道："傻妮子，我若是你就不上庙，你爹妈准是支出你来，关上门吃体己哩！"小女一怔道："怪呀！姑娘怎么知道他们关门呢？俺来时，前脚方出了二门，果然听得吱扭扭门儿一响，莫非真个地关了门吃体己物儿吗？"说着，一晃手提之物道，"好在俺到庙上也没少吃，由他们吃去吧！"三娘听了，只笑得打跌。

小女孩忽又笑道："噫噫！俺今天逛庙，可见了稀稀罕咧，姑娘管保没见着，俺就是不告诉你！"说着摇头晃脑，十分得意。三娘道："你见什么稀稀罕，无非瞧瞧耍狗熊的罢了！"女孩道：

"偏不是，等我告诉你吧。皆因俺来瞧的当儿，俺娘道：'你逛只管逛，可别去瞧西湖景，里面画着些大老妖凶得紧，看了回来要做噩梦的。'俺心里想道：'什么叫大老妖？一定是青脸红发的，按着人啃嚼，这倒是个稀稀罕儿。'姑娘你说呀，俺一瞧那西湖景，原来是俺娘说瞎话哩！哪里有什么大老妖，都是一张张的好画儿。可就是末了两张，似乎妖精打架，压着抱着的却又是光溜溜的媳妇子和男人家，你说这不是稀稀罕吗？等我回去才问着俺娘哩！"

三娘一面听，一面笑得前仰后合。小女道："姑娘笑什么？你不信，俺领你瞧瞧去。"说着，引三娘下得冈来。趄得不远，便闻那西湖景的锣鼓鞺鞳，三娘不好意思价近看，只和小女远远地望了一回架上面的明画片儿。这时那要西湖景的只顾了招徕看客，哪管眯人眼目，不消说，隐隐约约露出些风月画片，倒招得三娘一阵价面热心荡，登时将天栋武功一段事忘掉，因一扯小女道："咱快去吧！你看天色业已不早咧。"于是两人便寻归路。

不一时趄近店门，三娘一眼瞅去，早望见店婆儿梳掠得光头净脸，穿着簌新新的青鞋子，大非那会子光景可比，正在那里眉欢眼笑地料理店务。一见三娘领了小女趄来，便笑道："可了不得，你两个怎这么巧就遇着咧？那会子姑娘约她去，俺强着按下她，不想姑娘走后，她只管哭天抹泪地抱委屈，气得俺便放她去咧，如今可跟着姑娘逛够了来咧。"三娘听了，想起小女那会子一片憨话，正瞅着店婆儿红晕晕的眼圈儿心下好笑，只见小女头儿一摇，早笑嘻嘻说出一片话来。正是：

欲知闺阁画眉事，尽在儿童笑语中。

欲知后事如何，且听下回分解。

第六回

破赌术摘星换斗
显绝技飞剑跳丸

　　且说三娘正瞅着店婆儿心下好笑，只见小女笑道："娘别哄俺咧，俺都明白咧。那会子姑娘说来，娘支开俺逛庙去，为的是和俺爸爸关上门吃体己哩！"一句话不打紧，闹得店婆儿脸儿飞红。正笑得什么似的，恰好一个小店伙由店婆儿屋内端出一盆洗脸的剩水，匆匆价趱至门首，想往外泼，一听小女胡噪，不由略站脚步，光着眼向店婆儿乱望。店婆儿骂道："难道你不认得我吗？一会儿就开晚饭，你还不爽利些哩。"骂得小店伙噘嘴走去，便倾面水，将肩上揩布一揩盆儿，却只管向地下乱抖，又嘟囔道："面盆内怎的还有两根短头发呀？"

　　这里三娘一笑之间，那小女已扭股糖似的拖住店婆儿，双双入内。三娘自行回到室内，稍息顷刻，业已掌上灯烛。不多时致和趱回，面上似有不悦之色，忽向三娘道："如今庙会上越发地没有章程，年轻人儿直然地逛不得咧。"三娘听了，只当是自己偷去逛被致和知得咧，忙拿话儿打岔道："真个的哩！明天咱开场须什么时候呀？"致和道："也不过巳分时，等会头们到庙上过香就好开场了。"父女闲谈之间，一面用过晚饭，各自安歇。

　　次日，三娘方醒来，已闻得店外游人喧杂，十分热闹，却听得致和在前面客室中和一人咭咭而谈。三娘以为是照管场艺的人们来寻址和交代事儿，当时也没在意。梳洗结束毕，却听那客人语音渐高，致和只是哈哈冷笑，并喝道："朋友你不必如此，赌场上容你摆布人、显手法，难道不许俺见不平、持公道不成？你不服气，只管向俺姓郑的来着。"那客人也冷笑道："好，好！咱们改日再见。"于是一阵步履响动。三娘大疑，赶忙跑出室一望，却见致和送出个高大身材的客人去。

须臾致和趔回，三娘便问所以。致和气扑扑地却笑道："没要紧的事，方才去的那厮是沂州著名的赌棍牛玉峰，昨天又用摘星换斗的手法儿要摆布一个姓王的富户，被我遇着，给他打了破头星，所以他寻来厮闹。这种人不知进退，俺因庙会上不愿生事端，饶过他一顿好打，不想他倒寻来咧。难道咱们还怕他不成？"

三娘沉吟道："此人既敢来寻，或有所恃亦未可知，咱也须小心一二才是。"致和大笑道："一个赌棍有甚能为？咱直然地不必理他。"正说着，只听院中有人唤道："郑掌班，就上场吧！会头爷们都上庙咧。"致和听了，赶忙答应。

不提这里致和等收拾停当即赴艺场，且说这片马戏艺场，就在庙西面平阳之地，大可十余亩，十分宽阔，四面用绳络拦定，里面是平沙净土，光洁如砥。这时场门上分左右竖起两面描金绣彩的大红旗，上绣着斗大的金字。左边是兖州郑家马戏，右边是飞仙女郑三娘。场门横额上攒花簇锦，额左右排着联珠式的两串彩球。那横额是白缎地黑绒字，大书"盖世无双"四字。场内北面上搭有一处小小的彩布棚儿，为演罢休息之所，左有兵器架，右有锣鼓场。

这时，右场的执事人等都在棚外随意散坐。銮铃响处，咻咻的一阵马嘶，却是一个伶俐小马夫，牵着一匹桃花点雪的赪白骏马，正在绕场压步。那马是软鞍丝辔，项尾上都系彩球，另有一匹无鞍的大青马，却系在棚左边木桩上，这便是临场时解戏之马。距棚右十来步远，那架高矗矗、明闪闪的大刀山早已扎结停当。巨竿直上，足有十五六丈高，顶尖上是一小小盘斗，盘斗下面有两条数尺长的悬绳，横系着一根彩棍；盘斗上面，巨竿尖儿上却插着一面缀铃的小旗儿，被风一吹，琅琅乱响。再看那盘斗下面还有三条大丝绳，都有大指粗细，一直地拖及于地。那两绳节节排刀，有如梯式，那一绳却光溜溜的，为的是演艺毕缘之而下之用。

这时场中正有两个艺场伙友，打牙逗嘴，延宕时光，一个是北京人，一个是山东侉大哥。不消说侉大哥处处吃亏，竟睹着挨骂当孙子，招得观者哈哈大笑。少时，两人又故意价笨生生地试回拳脚，上擎天下托地地拉回四门斗儿。北京人却笑道："货卖识主，艺献当场。您别瞧俺这位侉大哥模样不济，人家会的那招数儿可就多咧。张飞骗马、苏秦背剑，这老掉牙的俗套子不算数。唯有一桩绝艺，南京到北京通没有的。据说是叫作八宝护腚刀，这路刀法耍将起来，刀是嗖嗖嗖，俺侉大哥那张大屁股扭得是丢丢丢……真是刀不离腚，腚不离刀。"说着一拉身段，却扑哧声跌在地下。观者大笑之间，便见场门外喝彩如雷，就这声里，郑三娘和致和双双到场，于是观者许多眼光不约而同地齐注三娘。

但见三娘高绾一个麻姑髻，上罩青帕，余帕分作燕尾形，从脑后兜向前额，结一个蝴蝶扣儿。鬓边斜插一枝山茶花儿，越显得玉面朱唇，明眸皓齿，顾盼间光艳照人。穿一身青绣劲装短衣裤，腰束素巾，足踏一双平底软凤帮头小鞋儿，尖翘翘甚是伶俐。那致和却秃着头儿，只披件长衫，下着高筒长袜、双脸布鞋，衬着赤红脸膛儿、花白胡须，倒也十分精神。

两人趱到场中，两伙友即行退下。致和抱拳向四面一哈腰儿，道："在下学艺不精，今蒙会首张爷唤了来伺候庙会，还请大家诸凡担待。在下这般年纪，漫说是笨手笨脚，讨诸位的厌烦，便是倒退二十年，料想诸位宁自看她的扭扭捏捏，不愿看俺的抡拳舞脚哩。"说着一指三娘，并拍三娘的肩头道："女孩儿，你瞧俺这话保管不虚，你且来回跳丸飞剑，开个头场吧！"

众人听了一齐微笑的当儿，三娘早已趱回棚中，一时间锣鼓大震。这里致和霍地一个旋风舞扫开场儿，又一面向四外打恭，交代了几句场面话，便见三娘肩披彩带，手弄双丸，由棚中徐步而出。只那几步俏生生的流利步法，已现出流雪回风之致。

须臾到场，万众都静，但见三娘弄起双丸，随势作态，疾徐俯仰，不蔓不枝；继而双丸起落，势如流星，忽地三丸并跃；转瞬间，添至四丸。不知怎的，三娘两只手承接之间，或上或下，总似两丸不离掌握，那虚空中两丸飞跃，便似狐仙炼丸一般。这时三娘距踊旋折，放出浑身解数，俯仰承注，巧妙非常。但见四丸霍霍，或嘶然联升，如乱泉喷珠，或倏然横溢，如水银泻地。

不多时添至五丸，这时三娘手法愈妙，并且轻趋碎步，全神凝注，那一对闪闪横波，跟定五丸，真令人眼花缭乱。这时观者只剩了目定口呆。

须臾，锣鼓大震，三娘身段一变，彩带飞扬，越舞越急，便如凌虚蹑空的散花天女，直将五丸做了花儿朵儿，随着她浑身飞滚起来，于是观者喝彩雷动。就这声里，三娘喝声疾，倏地一丸上升，高可数丈，四丸继起，其势颇低。这里三娘腿儿略蹲，就着下稳之势，两手一分，接住两丸，赶忙握入下半掌，上面的大指、食指却结作了平环儿，眼睁睁两丸又下，三娘手势一起，那两丸早投环中，但是那最高之丸早又顺势直下。此时不但众观者直然看呆，便连致和也故意价做出些慌张样儿。说时迟，那时快，便见三娘两拳一并，啪一声，将那最高之丸夹个正着，于是观者大悦。正在互相啧啧，只见三娘笑嘻嘻手儿一放，五丸坠地，却咈咈地吹着纤指，嘟念道："都是爹爹先叫人弄这劳什子，将人手皮蹭了这么一下子。"说着，向观者笑道："玩意儿不在大小，全要看个轻巧灵妙，这套玩意儿名为五岳朝元，诸位尽有明眼的人，凭这么圆骨碌的五个丸子，要用两手去抓挠，您说不是野岔儿吗？可有一件，俺们全讲的是手法功夫，您可别疑惑着是白莲教的把戏。少时小女还有套七星拱斗的把戏，诸位屡看西湖景的往后瞧吧！"说罢，就当场玩了回飞盘转盏的小法儿。

众观者就这当儿气息略舒，早又见三娘手弄短剑，飞步临场。那剑长才八寸，宽如蒲叶，剑柄上系有红绸，你看她唰唰唰一气儿抛上七柄短剑，一如弄丸之状，两手抛接，疾如风雨。那一片闪闪白光，经日光照影凌乱，便如无数银蛇当空乱掣。

少时弄到酣畅处，三娘一个俏身，直隐入一片剑光中。观者至此唯有赞好不已。须臾三娘一声娇叱，忽地一个筋斗翻转身，再看那七柄剑业已齐齐地插在地下，形如北斗。于是致和鼓掌大笑道："傻丫头，你还有什么玩意儿？一并来献丑吧。"正说着，场中伙友推过两个大木球，致和不容分说，双足一踏，骨碌碌跌在地下。三娘一笑，回棚略息的当儿，致和站起来，攒眉道："人老了，真没出息，您看那屎壳郎还能推个球儿，俺就不成功咧！"观者都笑之间，却见三娘由棚内悄悄出来，径趋向致和背后，猛然大声道："好哇！你老人家怎的骂俺呢？今天这个球儿俺高低不玩咧！"

这一来吓得致和一哆嗦，观者不由都哈哈大笑。就这声里，三娘一跃蹬球，小脚儿一点动，已随着球儿出去老远。这里致和发了一会子愣，做出没奈何的样儿，笨实实踏上球儿，却只管摇摇欲堕。正在那和球若即若离，并满口里山嚷怪叫，只见三娘挺稳纤腰，施展开脚下的搓、移、勾、点的巧法，便似个绢制人儿安在球上，顷刻绕场一周，更做出许多式子。这里致和却越来越别扭，几次价登上球去，复重滑下，直待三娘绕场三周，他方一斜而上，却一气儿倒行去，并且那身儿歪歪斜跃，两个脚尖便如蜻蜓点水。于是观者齐声喝好。

须臾锣鼓声停，父女跳下来，便赴棚儿，这时众观者一阵价纷纷讲论。其中一个老头儿手捋胡儿直勾勾两只眼，注定三娘两只小脚儿，只管点头咂嘴。便有一人笑道："老先生，你看那姑娘脚底下不像抹鳔胶的吗，就粘得球儿牢牢的？"老头儿正色道："您这话也沾谱儿，她虽未必抹鳔胶，或者鞋底下有吸铁石片儿也未可定。你不见木球上嵌着许多的铁丝花儿吗？想是借此吸引之力。"旁有一人见他说得好笑，便笑道："亏你老人家这么一解说，不然，俺还当是您偌大年纪，端详人家小脚儿，再暗含着怙恓一下子，不透着是个老骚儿嘛！"众人听了哈哈一笑，羞得那个老头儿通红着脸，赶忙挨入人丛中。

正这当儿，艺场中设好马场，东西场边各设丈把来高的彩门，门儿狭窄，仅仅容得马过去，彩门上却仰攒利刃，照眼搓枒。观者中有妇女辈，便对小儿道："咱快去吧！少时蹿剑门，怪怕人的，看吓着你。"正这当儿，艺场中吹起一种号角，婉转悠扬，更带悲壮之声。那场中两马一听，登时昂头奋蹄，一阵长鸣。就这声里，那马童撒却辔头，一路筋斗，由棚边打将出来。方至场心，卓然立定，说也奇怪，那马早低头弭耳，随后跟来，小童一个扑虎式，由马背上一跃而过。这里观者眼光齐闪之间，便见一朵彩云似的飞到一人。正是：

　　莫谓江湖多滥技，须知身手异常流。

欲知后事如何，且听下回分解。

第七回

细马双驮蹿剑阙
么凤倒挂上刀山

　　且说众观者眼光一闪，便见三娘嗖的声一个箭步，直由棚儿前跃上马背。先做一个独掌朝岗式，卓立马上，嫣然一笑。那小童一路反筋斗，重复翻回棚儿前。这里观者细瞧三娘，却又换了一套伶俐装束，髻抹红绡，彩带全卸，上穿一件红棉短袖袄，双露玉臂，下着红棉短裤，露出藕也似的一段小腿儿。下面是大红平底鞋，正当胸是十字红绒的斜披，簇起一朵红绸结就的牡丹花儿，越显得风流俊爽，好体面的一个红姑娘。便见她小脚略踮，泼啦啦放马跑去，倏地一蹲身，便是个镫里藏身；未及转眼之间，又是一手挂鞍，来了个左右卧鱼儿，须臾，双足上绷，尖翘翘一对鞋儿，竖得笔直，观者齐喊道："好个朝天一炷香啊！"

　　这时那马发开腿已如风驰电掣，却听得有人大呼道："哟，哟！你这畜生，俺好草好料地喂你，你就好意思地塌俺的台吗？"观者望望，却是致和，骑着那匹大青马，一路上去歪歪垮垮，吆吆喝喝地趔来。看那光景，大青马十分狞性，横七竖八地一路乱蹦。致和都不理它，只双手抱定马脖子，用屁股乱颠马背，并乱喊道："女孩儿慢些跑，如此跑去，跌下我来连你也不好瞧哩！"

　　这时三娘在马上放出诸般解数，瞧得众人眼花缭乱。唯有致和死巴巴地跨在马背，忽然笑道："算了吧！俺知诸位嫌我讨厌，不如转去吧。"说着，拨回马头，和三娘背道而驰。须臾绕过半场，恰好两骑马对头跑来，这里三娘是一声娇叱，那里致和却大呼道："诸位上眼哪！"一声未尽，但听观者震天价一声喝彩，再看三娘等业已易骑而驰，于是号角吹动，那声韵随着八个马蹄儿与之低昂。

原来那两马迎头并道，相距咫尺时，三娘等各用个坠马式子，趁欲坠未坠的当儿，便交换辔头，一跃复上哩。当时众观者志满意得，眼不及瞬，又随两马望去。但见致和在前，跃马如飞，这次精神大振，迥异前时，一气儿将及东边彩门，忽地突拍马项，大喝一声，那马足势略收，猛地一个盘旋，嗖一声腾空而起，竟自跳过彩门。随后三娘喝一声，猛提辔头，也便一跃而过。众人望着彩门上，许多攒刀只离马肚儿分寸之间，无不色然而骇，却登时满场寂然，唯闻蹄声隆隆，于是号角再起，却作和缓之音。

致和等徐徐绕场，那三娘马上顾盼，好不风姿如画。须臾，角声渐急，两马趋势与之相应，不多时，又绕过两场，忽见那马童直趋西边彩门。这时三娘纵马向前，忽做个夜叉探海式，危立马背，致和却一掳手指粗细的小辫儿，也不知他预备的是什么。大家伫望之间，那角声越发紧促。但见三娘将及西彩门，忽地一抖辔，放马跑去，那马长嘶一声，眼睁睁钻向彩门。三娘喝声疾，忽然如一朵红云跃离马背，那马嗖一声钻过彩门，再看三娘时，又已稳跨马背，原来已从彩门上飞跃而过哩。于是观者大悦，竟不及喝彩。忙看致和，却见他没事人一般，在马上盘定双腿，合掌打坐。

须臾，那马行及彩门，却咯噔声一站，致和骂道："真是武大郎架夜猫子——什么人玩什么鸟，有俺这没成头的人，就有你这不作脸的马。你看人家，很漂亮地过去咧，老伙计，你拿个主意，咱怎么办呢？"说着，倾耳似听马语之状。

大家瞧他捣鬼，方在好笑，便见致和笑道："哦！原来你不愿意驮我咧。这也好办，反正这码事我也瞧透咧，你是成心和我开玩笑哇！既如此，你就请吧，我还是打我的坐。"说着，掳过小辫，辫梢上却系有铁钩儿，便一仰手挂向彩门横木上。说也奇怪，那马等他鼓捣已毕，竟自唰一声钻过彩门。这里致和一条小辫坠得笔直，竟自荡悠悠悬将起来，他却依然地合掌盘腿，少时却潜气内转，忽然滴溜溜平转起来，便似个绝大的不倒翁有人提缀一般。

这时马童业已在彩门那边收住两马，自去安置。三娘却含笑趱来，略为一跃，用手指一顿小辫，登时将致和跌在地下，原来那铁钩儿是系有活扣儿的。于是观者都笑，三娘等趱入棚儿，那两个伙友即便上场，无非是逗笑的场面。只这日一天的马戏，早已轰动远近，次日来观者越发的人山人海，三娘等又做些缘竿踏缠之戏，端的是超妙入神。

当晚，致和高兴，在店中和三娘置酒自劳，因为明天是收会之期，该着上刀山咧，正在那里嘱咐三娘小心一切，只听店伙在院中喊道："郑爷，前边客室内有人拜访您呢！"致和随口道："知道咧，俺这就去。"因向三娘笑道："这准是你贾住叔，又不知来唠叨什么。"三娘笑道："莫非又来给咱拉生意吗？"说笑之间，致和已匆匆趱出。

这里三娘自饮了两杯，忽想起大元，若同来时必定越发有趣，正在停杯默然，忽听致和在前边客室中哈哈地冷笑道："多承尊驾关照，牛玉峰有什么能为，只管请他施展，若说借钱，俺却一文没有！"便闻有人笑道："郑爷不必发咆躁，既如此，俺去回复他就是。"于是一阵价步履响动。

须臾致和转回，面上尚含怒色，向三娘道："你说牛玉峰那厮何等不知好歹，方才他竟使出他的党羽来和我借钱，吃我一顿抢白。好笑那人还拿话吓我，说那厮会什么百步拳法，恐他明天

48

到艺场上去使促狭。他这话简直的是蒙事大吉。百步拳法诚然有是不错，却断非赌棍们所能哩！"当时致和说罢，反倒笑了一场，竟坦然不以为意。这一来不打紧，竟弄得自己名头一朝丧尽还不算，并且从此伏下病根，以至于死。这也是致和艺高人胆大，轻敌太甚之过了。所以古来怀抱绝艺的人，往往都退然若不胜衣，语讷讷若不出口，他并非故作此态，实因不敢轻敌哩。

当晚三娘安歇下，虽怙悚回玉峰之事，却也猜不出他怎样的便使促狭。次日早饭毕，和致和匆匆赴场，一路留神，也不见有甚事体。

那致和不消说是越发留意，却也不见牛玉峰的影儿。不多时到得艺场，只见四外观者业已万头攒动，这大场四外高搭茶棚，并分出男女客座。男客们无非是当地绅商并城中弹压庙会的在官人役，便由张大户接待一切。因为这刀山之技不同等闲，今天张大户是成心要作作脸面。女客们便是远近的大家妇女，都靓装盛饰，来瞧热闹，一时间钗光鬓影，好不风光。

各茶棚上都准备了许多赏封，单等着当场掷彩，大家望见三娘到场，登时一阵鼓掌如雷。正这当儿，只听刀山架儿边，栏外观者噪道："你这花子也异性，不趁早去赶个门儿，却在此乱挤，难道瞧玩意儿还瞧饱了肚皮吗？"致和望去，却见个蓬头垢面的乞丐，一面在栏外人丛中乱挤，一面仰望那下架的悬绳儿，微微含笑。当时致和也没在意，便和三娘入棚稍息。

待那两个艺场伙计交代毕过场，即便自临场中，先打了一套拳脚，又耍了一回剑儿。这桩玩意儿全仗着手眼灵妙，当时致和耍到酣畅处，那剑儿满身乱滚。正这当儿，号角吹起，忽地棚儿前放起鞭炮，便有人抬过一桌整齐祭礼，置在刀山架前。致和登时收场，向棚儿用手一招，观者急忙注目，早见三娘含笑由棚内步出。

原来这刀山之戏，在卖解场中很是重大，照例地须祀神祭刀，不然就恐出乱子。因为寄身锋镝，悬命虚空，虽说是技艺纯熟，但一至临场，未免此心摇摇，须要觅个镇定此心的方法，这祀神祭刀就是镇定此心之法，便如戏场中去关帝的角儿，必须怀揣关帝纸驾一般哩。

当时三娘和致和行礼已毕，撤去祭桌，一时间锣鼓大震。三娘这当儿早已结束停当，脱去小鞋儿，只着罗袜，婷婷然站在架儿前，观者仰望排刀，无不替她捏一把汗。正这当儿，艺场上红旗一摆，那致和亲自敲起一面小锣儿，一面做起身段，一面随口唱道：

> 活人上刀山，全凭心气正。
> 节节如登天，步步踏金磴。
> 金箔祖师留此法，成仙得道古迹永。
> 神人点化作刀山，祖师竟登无所恐。流传妙术养
> 艺人。

致和唱一句，三娘高应一句，两人一面价盘旋作态。及至致和唱到"养艺人"之时，三娘一个筋斗，翻转来高应道："是!"致和厉声道："女孩儿呀，快快登山莫惜命!"说罢，挽定三娘，一个蝴蝶舞，观者但见三娘两只罗袜在地上如白莲乱飐之间，猛闻致和大喝一声，倏地一撒手儿，再看三娘时，早已俏生生站立在初级刀锋之上。略一逡巡，即便手挽旋绳，盘旋而上。

那排刀共是十三级，但见三娘一气儿腾踔飞舞，登至八九级上，业已如十来岁孩子大小。须臾，将及盘斗，观者仰望得脖儿都酸。但闻号角尖厉厉地吹得两声，三娘在上面，两手捉绳，猛用一个风摆荷花的式子，唰一声全身悬空，趁势翻上盘斗。于是下面致和盘旋作态，说起一套江湖溜口，和三娘此问彼答。

那三娘娇滴滴的语音儿俨似云端飘落，这时长风拂拂，吹得

那盘斗似乎晃动，原来这戏场中溜口之用，并非是趁热闹延宕时光，却是给当场人留些歇息的当儿哩。

当时场外万众鸦雀无声，便见致和笑道："喂！女孩儿，怎么咧？快些上去，取那红旗儿，你在那里，不上不下，俺猜众位爷台们都恨不得一下子抱你下来哩！哈哈，这话又说回来咧，假如俺这个丑脸子上去，俺猜众位爷台心中也是犯怙惚，敢是担忧俺不下来吗？"

上面三娘笑问道："担忧什么呢？"致和大笑道："他们却担忧着俺下来，又给他丑脸子看哪！"观者听了，哄然一笑。致和大叫道："伙计，打起来呀！"这里锣鼓大作之间，再看三娘，业已在盘斗上翩翩舞起。少时，手缘盘斗下两条短绳，竟跃登横棍之上。你看她用手攀棍，全身悬空，将个俏身儿横蹿竖跃，做出许多式子，飘瞥迅急，说什么莺梭织柳，燕剪裁花，满场观者正替她额汗直冒的当儿，只见她嘤咛一声，忽地双手抛绳，竟来了个寒鸭浮水式，横掸在彩棍之上，不知怎的一拥劲儿，连人带棍，竟自团团地绞转起来。

这时致和在下面故做惊惶之状，忽闻观者暴雷似一声喝彩，再瞧三娘时，竟用一对莲钩钩定横棍，唰一声一伸纤腰，来了个么凤倒挂。正这当儿，只见三娘一松左脚，观者大叫道："不好了……"一声未尽，便见致和双足齐跳。正是：

曼衍鱼龙试奇险，俨然百戏见端门。

欲知后事如何，且听下回分解。

第八回

牛玉峰硬折郑致和
计瞎抓巧挑康大气

且说众观者大叫不好，致和登时跳起来，双手做个欲接的样儿。方喊得一声："我的妈呀！"便见三娘单足着力，一个倒卷珠帘式翻上身去，两手一伸，绳儿如握，趁势复上盘斗，还没有眨眼工夫，早又缘竿而上，直至顶尖，用两腿夹住竿儿，且不去取红旗，却拍手叫道："爹呀！"下面致和却急得抓耳挠腮，极力地应了一声，却是有气没力，招得观者无不失笑。

三娘却笑道："喂！你老人家这是怎么咧，有手没有？"致和又极力挣说道："有，有，有手。"三娘大喝道："有手快接旗儿。"一语未尽，唰的声旗儿抛落，场外观者震天价一声喝好，那茶棚上掷彩如雨之间。再看三娘又早跃落盘斗之上。于是致和哈哈大笑，道："女孩儿，快些谢赏。"上面三娘向四外深深万福的当儿，却听得靠架栏外有人鼓手大笑。

致和望去，又是那个乞丐，百忙中不暇理会，正在指挥伙计等收拾彩钱，只听三娘叫道："啊呀！"致和忙望去，不由大惊，只见那根下架的绳儿不住地东摇西摆，便如活的一般。三娘在上面几次价伸手去捉，却就是捉摸不住，于是致和骇甚，料有缘故，急四下忙一瞅，却见那乞丐对准那绳儿，不住地用拳虚揳，气得观者乱喝道："你这厮真正讨厌，怎偏偏跑到这里来发你娘

52

的羊角风呢？"那乞丐冷笑道："老子的拳头要这么打空泡玩，谁也管不得！"

致和仔细一望他面目，却是牛玉峰。当时这一气非同小可，知他是成心来找碴儿，气愤之下，就要提拳闯去，无奈上面三娘连连惊叫，眼睁睁没法下台。

这里致和略一逡巡的当儿，却听栏外有人唤道："郑朋友，且请借一步说话。"致和望去，就是昨晚上来居间的那人。俗语云："光棍不吃眼前亏。"你想致和也是江湖老手，他岂肯叫人当面塌台？于是纳气趱去，和那人就僻处接洽停当，是由致和将这次马戏所得之资全数儿把给玉峰，彼此解开这个结儿。

当时致和气吼吼趱回艺场，再瞧玉峰业已影儿不见，只有观者不散，都仰望三娘指手画脚，并且乱噪道："今天这绳儿好生作怪，又没得风来吹摆，直到这会子才稳住咧！"

于是三娘缘绳，用一个顺水投鱼式匆匆下来，业已惊怔得花容失色。当时致和这股闷气简直地不可言喻，便就此停锣罢鼓，草草完场。

不提这里众游人纷纷各散，且说致和父女等一径地趱回寓店，一面价吩咐伙友，收拾起一切杂物，即刻回程，一面清算店账。正忙碌得什么似的，那居间的人业已趱来，坐索付款，致和冷笑道："足下便是不来索取，俺姓郑的也正要亲身送去，便请寄语牛朋友，俺明天定要登门请罪哩！"说罢，交过银两，一径地拂袖而入。

这时三娘不知缘故，只管诧异绳儿自动之事，致和道："不必诧异，今晚上俺叫你明白此事。明天起五更咱就登程，且将行装马匹收拾好，早些歇息，准备上路吧。"说着，目注案上一柄短刀只管发怔。

三娘见致和气色不善，虽料得绳儿晃动定有缘故，却不敢再问，只得如命收拾一切毕。父女用过晚饭，业已初更敲起，致和一言不发，踉向东间室内，竟自沉沉大睡。这里三娘因今天献技跳荡了大半日，也实在有些撑不住，便拉过鸳枕，和衣卧倒。

一合眼儿，还似闻得艺场中锣鼓喧天，一会儿又像在盘斗上捉绳不得，一失手一个倒栽葱跌将下来。激灵灵一睁眼，只见孤灯如穗，再一合眼，却似自己扬鞭跨马，和一人并辔，驰驱于危峰绝涧之间。方暗诧道："好没来由，俺怎跟此人涉此危险之地？"忽见那人一回头，却是那疡医先生李天栋。三娘一怔的当儿，忽闻四面喊杀连天，旌旗鼓角火杂杂地如飞拥来。三娘马儿一惊，正要跑去，忽见大元从丛草中跳将起来，不容分说，跃上马背，从三娘背后紧紧一搂，三娘嘤咛一声，一阵摆脱，却听耳畔有人唤道："我儿醒来，如今四更将尽，咱也快上路咧！"

三娘睁眼一望，却是他父亲结束伶俐，手提短刀，气愤愤地站在床前道："可恨那厮竟自跑掉，不然俺总要斫杀他哩！"于是三娘大惊，忙起来一问所以，致和先述出绳儿晃动并玉峰恃艺索资一段事，然后接说道："是俺气他不过，方才俺暗去刺他，不想他竟早早藏躲咧。"

三娘一听，这才恍然那绳儿自动之故，只得劝慰了父亲一回，一面价束装备马。鸡声初唱，即便匆匆登程。致和一路上时时叹吁，甚是不乐。落店用饭毕，便觉胸膈不舒，及至抵家，竟每次饭毕必须大呕大吐。原来被牛玉峰那一口暗气竟得了噎食之症，这宗病症不但讨厌，并且没法医治，任凭你虎也似的汉子，不消数月便面黄肌瘦，奄奄一息。

不提致和病魔缠身，且说这兖州西乡中梁家垞地面有两个浮荡子弟，一个是土财主，诨名儿叫康罗锅，生得闷闷混混，俗臭不堪，正经事体上是一毛不拔，唯有沾了色字边儿，你瞧吧，漫说挥金如土，便连命都舍得。财主家有此偏好，自然有一班应伯爵的角色前来凑趣，因此他宅中酒肉场面十分热闹。并且经这班篾片们广搜美色，康某后房中已有四个花朵似的女孩子，因取名春霞、夏云、秋雯、冬雪。便有一干没行止的落拓秀才，为沾润财主的余沥起见，大家摊起份资，制了一方绣缎匾额，大书"四季联芳"四字，并缀着上款儿道："香圃主人雅鉴。"

大家衣帽齐楚，命人抬了匾额，鼓吹着送将去。这一来康某既受风光，又得雅号，直将他欢喜得要不得，便盛待来人，吃了一日酒。众秀才吃得脸儿红扑扑的，辞了出来。一路上大说大笑，甚是高兴。当时所谈自然是送匾的那桩事了。不想行过垱西头，早被一班吃了自己的清水老米饭专管闲事的朋友所闻。原来这班人另是一派腻虫，和康家门客素不相能，他们所依附的便是垱西头一个浮荡子弟。此人姓汪，本名大器，人家却循名责实，就叫他汪大气。因他负气好胜，呆得过分，说起话来又乌烟瘴气，故得此名。

他少年时，曾见人家有一匹好黑驴，便一火心地广购黑驴，直至数十匹，便都系在绝好的厅院中，闹得呱咭乱叫，驴市一般。他却从容赏鉴，偶然在驴身上寻出一根杂毛儿，便登时宰掉，因此又得个"驴将军"的绰号。原来大器的老子以武科起家，曾仕至广西提督，在任时很落下几个钱。大气系一婢女所生，后来大气之父提兵剿苗，鲁莽失机，便死在阵上，照例地有个云骑尉的荫袭，所以大气得号将军。即此一事看来，可见大器是个半吊子了。

他拥有巨资，闲得没事干，不消说生声色狗马之好，服饰饮食等一切考究。又有一群捧臀抱腿的人，单拿着康罗锅来形容他，不怕是一服一食之微，有人说不及康家的好，大气便登时毁掉，从新仿作，务要驾乎康家之上。在门客的用意，是利他有所作为，大家便可从中捞摸钱，大气却不晓得，只认是大家给他撑门面，于是群儿自贵。梁家垱中盛传东康西汪的大名，不知者以为两个阔绰人家，其实是一对儿大呆鸟。

这时大气后房中也有三个绝俊的美姜，都是从娼妓人家买来的，一名金仙，二名玉仙，三名珠仙，单看这金玉等字面，其俗可知，然而大气却甚是得意，自题后房小额为"三仙洞"，这也不在话下。

且说大气门下帮闲的人既闻得众秀才与康罗锅送匾之事，其中有一人姓计，有些歪智，素号喜事，人都叫他作"计瞎抓"。当时瞎抓挤挤眼向众人道："喂！你瞧咱们捞摸油水的机会又来咧。"众人道："怎么呢？"瞎抓道："你不见有人与康家送'四季联芳'的匾额吗？咱设法儿叫大气上个脑肆（即争胜之意）。这期间咱一经手，还怕没彩兴吗？"因如此这般向众人一说计划。

众人拍手道："妙！妙！再巧不过。新近临清地面钞关街河房中由南省来了两个姐儿，标致得狠，咱就去撺掇他办起来吧！"计瞎抓低着脑袋，微笑道："这件事儿须由我分派，得了油水也须我独得一份，你们大家共分一份。再像上年造花园与康家争胜一段事，落了钱竟大家平分，我可有些干不着咧！"众人道："得咧，计老哥，俺们大家不是都靠您吃饭吗？什么份不份，俺们磕头听赏就是。"瞎抓道："既这么说，你等便去联络送匾的人，他们弄群酸秀才，咱索性连东乡里孔举人、白麻铺的吴乡绅也都拉上，务要高他一头。至于撺掇大气，是我一个人儿的事。"

当时大家议定，各自散去。这计瞎抓更不怠慢，便飞也似跑向大气家中，一进大门，口内是骂骂咧咧，不容分说，一脚踏进厅房中，啪的声向案上一摔帽子，坐在那里气喘吁吁，直气得红虫一般。

这时大气正在炕榻上斜倚隐囊，背后有个小童儿捻着一双美人拳，慢慢地与他捶腿。炕几儿上摆着新烹的香茗，方斟了一杯，似饮不饮，忽见瞎抓那副嘴脸，便笑道："老抓呀，怎么咧？敢是俺老嫂嫌你当差不济事，一顿棒槌将你撵出吗？"瞎抓正色道："你别数白嘴，俺这会子简直地气坏咧，等俺舒舒气再说。"于是趱近榻前，先咕嘟嘟灌了两杯香茗，然后舐唇砸嘴地一屁股坐在大气对面，合着眼儿，晃着头儿，伸出四指，一面价念诵道："好嘛！这小子，真敢抖两下子，屎壳郎戴花儿，又臭又美，还四季，还联他娘的芳！真俊样得眼子没缝咧！"

大气见他胡嚼好笑，便回顾小童道："你看这花子恁懒样儿，好不讨厌！快给我叉他出去，把坐褥掸一掸。"小童听了，真个笑嘻嘻地跳过来，提住瞎抓一条腿子向外便拉。瞎抓连忙笑着打开，并骂道："糊涂东西，我为你主人的事来，你倒来狗仗人势。"大气听了，便笑道："你若说为你的事来俺还信些，这准是又没落儿咧！你要用钱大爷这里还有的是，你直说不结了吗，何必装这嘴脸？"

瞎抓正色道："不是，俺真为你的事来的，但是这事不说也好，若说出你一定生气。"大气听了，不由哈哈一笑。正是：

狎客词锋故擒纵，伧人心下且沉吟。

欲知后事如何，且听下回分解。

第九回

门客设计致三娘
武师扶病探娇女

且说大气微笑道:"俺生气与否,也看是什么事体。你且说出来,咱大家斟酌,果然值得生气再气不迟。"说着微合两目,十分暇逸。瞎抓暗笑道:"这呆鸟也居然学滑咧!但是俺老计这圈套一出手,不怕你不上道儿哩。"于是指手画脚,一述众秀才与康家送匾之事,语势将毕,却大声道:"你瞧姓康的,这不是使出人来与他作脸,特地来形容咱们吗,怎的不可气呢?"

大气笑道:"奇哩,姓康的有人缘儿,有人给他送匾,俺为什么生气呢?又怎的便是形容我呢?他不怕家中挂的匾像城隍庙一般,又干俺鸟事。"瞎抓顿足道:"怪道人家都说你是个大咧咧,明摆着形容你的事儿,你都瞧不透。你嚼嚼那匾文的滋味,你就许明白咧!"大气听了,便伸出四指,然后次第屈下,道:"四、季、联、芳,四季联芳……"念了两遍,忽张目道,"这匾文没什么滋味呀?"

这时瞎抓业已笑得打跌,猛然拍手儿道:"我瞧你混得真长气,就欠不说与你,然而我又替你气不过。我的老哥,你想想这'四季'两字是对着什么用的呀?"大气怡然道:"四季两字春联上常用,四季平安咧,花开四季咧,对什么?无非是一年福禄等

58

等罢了。"瞎抓大笑道:"你这是成心怄我呀!你不用怄我,等我说出来,你不生气,我就给你磕二十四个响头。你想你家的三仙洞谁不晓得,他用这'四季联芳'的匾文,不明是笑你所蓄名花不及他的美且多吗?你如此被人打趣了,你还发呆,如今话既说明,我还是没空管你的闲事咧!"说着,由案上抓起帽儿就要趱去。

这一来大气直蹦跳起,先一把按住瞎抓,然后大跳道:"走,走!咱快齐合咱的人,先到康家去砸匾额,随后再寻那班酸子算账。"说着,扎手舞脚,当啷声将茶杯摔在地下。

瞎抓暗道:"有因儿。"便笑道:"你不是说不生气吗?这件事不甚讲打的勾当,咱不会想法儿形容他吗?只要你肯出钱,不消十来天的工夫,管保姓康的顷刻塌台哩!"于是如此这般一说他的计划,大气大悦道:"既如此,事不宜迟,好在临清地面有俺的商号,你用若干款子只管去取,只要弄得两个姐儿来就得咧。"瞎抓听了,暗喜财是发定,却故意推辞一回,然后慨诺,别过大气,一径地跑回家来,只觉连走路都轻松许多。

到得家门一望,不由气往上撞,只见门前尘土多厚,碎柴狼藉,通似走掉人家一般,暗骂道:"这种惫懒老婆,哪里能作人家,俺计大爷就要发财的人,被这老婆妨也妨背了气!"于是尽力子一推门,高唱而入。

原来计瞎抓因家境贫窭,也不知受了他老婆多少窝憋气,每次回家,或值他老婆不高兴,便被人家指着脸子数落个尽兴,瞎抓连大气儿都不敢出。这次觉着发财在即,所以登时壮起气来。奉告阅者诸公,若有在令正跟前得不着好气的,趁早想发财主意要紧。

当时瞎抓兴冲冲跑入,方唱了两句"金钟三响王登殿,薛平贵也有今日天"，一眼便瞧见他老婆当门坐地，猱头撒脚地在破席荐上补缀破衣，旁边卧着只腿瘦毛长的小花狗，听得有人行动，有气没力地张得一眼，仍然睡它的。他老婆偏背着脸儿，正用大针锥哧哧地挑拆破衣线。

若说计瞎抓的老婆姿首儿满够瞧的，生得细皮白肉，头儿脚儿都不累赘，不过嫁得个瞎抓穷光蛋，饥一顿饱一顿地跟着苦挨。再加上衣衫不整，膏沐无缘，虽有几分颜色，未免也就淹没许多；便如那不得草料鞍辔的马匹，虽负千里隽姿，也莫邀市人一盼了。

偏搭着计瞎抓一向穷得断筋，更没心情去熨帖浑家，所以夫妇间越来越别扭。然而这时瞎抓却因处喜之下，忽然瞧着浑家的后影儿，绰绰约约心下竟有些动动的，正悄手蹑脚地趱向人家背后，想从后抄等，冷不防地拔个萝卜（谓捏腮也），只见他老婆哧溜一锥子却误扎在左手大指上，只痛得哟了一声，接着便骂道："俺也不知哪辈子烧了断头香，嫁着个死没出息的穷鬼，叫人成日价缝他娘的穷。他昨天还说给我撕个褂子布来，如今躲得影儿也无，连块夹布子都没得。少时他撞回来，非得给我说个四六加开（即结果之意）不可。难道老娘便跟他活受一世不成！"语声方尽，忽觉有人从背后紧紧一抱，不容分说，扳过脖儿来，狠狠地嘬了个嘴儿。

这一来老婆大骇，一阵摆脱开，方要随手一锥，只听那人大笑道："好朋友，真是咯吧吧的，俺计大爷这辈子绿帽子算是戴不上咧！"

老婆惊定，一瞧是计瞎抓，便恶狠狠地唾道："难为你那副肠子还来寻穷开心，你有本事抓得钱来，老娘不怕给你……"瞎抓耸肩曼声道："哈哈！"老婆道："呸！你也像个人！哈哈，如今你待怎的?"瞎抓正色道:"真的吗? 大爷有的就是钱。"于是拉过老婆低低数语。说也奇怪,那老婆登时笑逐颜开,一扭头儿道:"阿弥陀佛,你这次由临清回头,再不给俺捎褂子布来,真有些下不去咧!"不提计瞎抓安顿了家事,即便匆匆价直赴临清。

且说康罗锅自经有人送匾后,十分得意,这日正在厅事中和一群门客闲谈,便有一客笑道:"上年时因造花园,那不知自量的汪大气愣敢和您比胜,如今您这'四季联芳'的匾额,不羞煞他那三仙洞吗?"众客听了争相附和。

正说得热闹,忽闻大门外鼓吹喧阗,并夹着人声笑语,大家跑去一望,只见许多绅衿乡众,一个个衣冠齐整,拥定一方绣金软片匾额,从容趱过,匾上大书"五美萃艳"四字,行至罗锅门首,大家都笑吟吟地向内望,略为徘徊,方才一拥而过。张得康罗锅一时间还不醒腔,这时门客们早已耳有所闻,恍惚知得汪大气有意争胜,却不知底细。当时,便有人随后跟去,一细探听,方知计瞎抓新由临清与大气买来两个绝俊的姐儿,光身价银就费了三千来银子,合之大气家中三仙,所以称为五美。方才是由东乡里孔举人出头给大气送匾额哩。

这事儿报到康某耳内,依着他给汪大气个白不理,也就没乱可捣咧! 哪知他门下那班篾片也如计瞎抓一般想挑起事来,以便从中捞摸钱,于是你一言,我一语,非撺掇罗锅争气不可,便有人献计道:"俗语说得好:'宁吃仙桃一口,不吃烂桃一筐。'汪大气便弄十个寻常姐儿来也不算什么。康爷只要不怕费钱,俺有本事给你将郑三娘邀来,那才是顶呱呱的人儿,登时就争过气来咧!"众人一听,附和称妙。康罗锅本是受耍的角色,有甚主意? 便登时应允,遣门客们携了重金,去接三娘。这且慢表。

如今且说郑致和自受人一口暗气,一头病倒,噎食症是随吃随吐，一个人没得饮食资养，如何当得？虽经百法调治，终是无效，到家后不过两月余，业已骨瘦如柴。亏得他是习武功的人，还能以扶杖出入，但是见三娘不断地和大元撕皮打掌，并且随便出外游玩，虽然心下不是意思，却也没精神去束管她。

一日，致和卧病，忽见当地康罗锅家遣人持金，来接三娘去做堂戏。致和知康家没正经，便吩咐三娘不必应这档子生意。哪知过得两天，只见大元在家，问起三娘竟已前赴康宅。致和叹口气，只好由她。不想过得半月余，不见三娘回头，问起大元来，他却直撅撅地道："你老养病吧，管这闲事做甚？她在康家快活够了自然趱回。难道还在外湾了丧不成。"

几句话撅得致和只管睁大眼，又听得"快活"两字不像句话，想问大元时，他已愣头愣脑地跨出去咧。于是致和强挣起来，拄了竹杖，想自赴梁家垞探探三娘。以为梁家垞距自己家下不过十来里，无论怎样也能挣扎得到。哪知病人是逞不得当年英雄的，致和一路上慢慢趱去，初时但觉腿子发软，晃晃荡荡，后来竟越走越酸，脚步发出，竟满地上画起符来，只离家四里多地，早已累得虚汗如浇，委实地寸步难行。忙四下一望，亏得距道不远有处小小的茶饭熟食棚儿。致和强勉趱赴棚前一看，那棚儿是四间敞房，还有破苇壁隔断的里间，外间是横七竖八的矮凳，黄沙粗碗、白竹筷等一概俱全。棚外亮灶前歪斜木案上摆着蒸馍、粉汤、鸡子、盐豆之类，正有个佝佝偻偻的老头儿坐在灶前打瞌睡。看光景是个专做过往小贩生意的野店。

当时致和到门，脚下一蹶几乎跌倒，老头儿惊起，赶快一把扶住，便笑道："你这老客似有病容，怎独自走到这里呢？"致和喘息一回，慢应道："俺是想赴梁家垞，走累了，且歇歇脚吧！"老头笑道："哦！您真是不辞辛苦，抱着病儿还瞧热闹去。本来近些日郑三娘在康、汪两家玩的好把戏哩。"致和听了，不暇闲话，便跟他进棚，老头道："你老自己且闹个雅座儿吧！"说着，引致和直入里间，随手儿放下苇帘。致和坐在靠壁座儿上，方要了一壶茶，只听棚外奔马似一阵大乱，并有人大呼道："老方，老方。"正是：

未向邻村探音耗，偏从道路得传闻。

欲知后事如何，且听下回分解。

第十回

逞淫风巘戏梁家垞
求奇药拟探天王寨

且说致和正要吃茶歇息，听得有人大呼老方。老头儿急忙趸出，致和这里从壁缝望去，却是一群短衣小贩，各捎着货挑儿趸将进来，一阵价放下挑担，纷纷就座，这个唤酒，那个喊端蒸馍，乱成一片。

老头一面接待，一面道："方才是哪位喊魂似的喊俺老方，莫非是来还酒账的吗？"中有一人耷鼻道："你倒是一千头的鞭——响了个到。还酒债？你且属老太太鞋带子的——绊着吧！今闲话少说，你且给俺来个白白白是正经。"老头一怔道："你且说人话……"正说着，又一人道："老方哪，你莫理他的鸟语，咱说正经的，你给俺来个咯吱吱，外挂着忒喽喽，再找补点儿咕唧唧吧！"

众贩听了，都用筷子敲案乱笑，老头赌气了向外便走，却被那人拉住道："你这老儿连这话都不懂？白白白是叫你用白水白面，加点儿白盐，做碗糊涂汤；俺吩咐的，是叫你来碗凉面条儿，多加生菜，你想嚼到嘴里，不是咯吱吱、忒喽喽吗？"老头恍然道："这也罢了，怎么又咕唧唧呢？"那人笑道："呆老儿，你想吃凉面必须蒜泥，那大蒜捣起来……"老头道："就是吧，我明白咧，果然是咕唧唧。你要晓得，若咕唧得过了劲儿，就要

64

捣掉底咧!"于是大家谐笑之间,里间致和也便嗒然就座。

致和吃过两杯热茶,略觉气力稍加,不由暗叹道:"俺致和英雄一生,谁想得此孽症,更可叹是大元不成材料,三环又近来不受束管,将来俺一口气不来时,这两个孽障如何能安生过日?偏偏两人的婚姻都迟咧,不然男婚女嫁后,也了俺一桩心愿。"正在想得心下凄惶,只听众小贩在外间一壁吃喝,一壁却谈起来,一人道:"咳!真是人赶一步运,俺向梁家垡晚了些日,就没得生意做,把个两家抢活宝似的郑三娘如今却两家公用咧。玩意儿呢也不要咧。俺若早去几天时,管保利市。"

致和听了此话,不由倾耳,便闻又一人笑道:"你老兄还算罢了,到底还做了两天生意,俺去得更晚,连一天的玩意儿场子都没赶上。真个的,这郑三娘毕竟是怎么回事呢?起先是康、汪两家争她做戏,几乎打起吵子,动了刀子,后来康、汪两个怎么又好得一个人似的,大家同乐呢?"

众人听了,一阵价七嘴八舌,便闻有一人笑道:"你们莫瞎三话四,这事该来问我才是。我到梁家垡最早,一切底细俺都知得。你可知康罗锅接得三娘去并不为做堂戏,确实和三娘拉个交儿,以为自己得到这样俊人儿,便可以气坏汪大气咧。哪知汪大气不怕花钱,也遣人向三娘订戏,三娘本做生意,不能不应。于是今日康家,明日汪家,连轴转地做起戏来。吓,那些日子,简直地热闹极咧,两宅中酒肉熏天,人客出入,闹得门首市场一般。郑三娘每当住在哪家,哪家便登时悬灯结彩,不消说康、汪两个都和三娘拉了甜蜜蜜的交儿。"

致和听至此,只气得手足无力。正这当儿,那人又接说道:"你看郑三娘小小人儿,真是干这个的。她就看透康、汪两人争这气是上了门客们的恶当,于是她便一下子给门客们揭穿咧。康、汪两个大呆鸟这才如梦初醒,便越发看三娘为活菩萨一般。三娘一想,他两个都是憨财主,乐得地受他两家供养,于是由她从中一斡旋，康、汪两个不但鸟气都消，并且互相置酒，彼此谢过。后来两个竟大家无忌，迭为宾主，吃喝足了，便拥三娘同榻而卧。哈哈，你猜怎么着？两家奴仆传出来的话好不笑人，他说三娘真会摆布两个大呆鸟，叫他两个双双地服侍毕，她一个身儿颠来倒去，整夜价便在两人身上滚，通不着床褥哩！"

致和猛闻，不由颜色大变，却又闻一人笑道："你别看康、汪两个快活，将来就许出麻烦事。你想郑致和在咱这一方也是说嘴打面的人，他若晓得三娘忽然被康、汪欺负了，他能依吗？"其中又一人唾道："你别俊样郑致和咧，他养女和他儿子大元子早就有一腿子，他都装不知道。这当儿卖艺连卖身，更不算回事咧！"

正这当儿，老头端进饭食，众人便只顾吃喝，不暇再谈。哪知里间内业已气昏了一口子。当时店家老头打发众贩去后，因许久不闻里间客人的声息，便悄悄掀帘一瞧，登时吓慌，连忙跑进去，捶唤良久，致和悠悠醒转，只觉胸膈间十分难受。老头道："我的老爷，你这样病势还去瞧什么热闹，依我说你就此请回吧！"

当时致和急气之下，还想去寻三娘，无奈两条腿子不做主，只得长叹一声，给过茶钱，慢慢地扶杖出店。直至日色将落时，方好歹挣回家中，一见大元不由得气冲两肋，只得姑且忍气，待三娘回头再为发落。

哪知三娘又过得十余日仍然未回。那致和自野店趔回，一头困倒，早已饮食不进，到这当儿早已一丝两气，言语不得。大元这才慌了手脚，忙命人去接得三娘来，致和只恶狠狠望得三娘两眼，竟自长逝去了。

不提致和丧葬自有一番忙碌，且说郑三娘自致和下世后，越发地任性而为，和大元公然淫纵自不消说，并且广为交接，凡有可意郎君无不款洽，竟弄得郑家门首蜂喧蝶舞。她又看中了康家四个女孩子都是解戏中可造之才，便撺掇罗锅道："你拥有这般财势，家中人不习武技，未免盗贼堪虞。如将这四个女孩教会武技，便护院的人都不须用咧！"罗锅大悦，即请三娘做了教师。

光阴如驶，那四个女孩只受教了两年有余，业已武功可观。有时节跟着三娘招摇过市，便如一群花蝴蝶一般。好笑康罗锅不知三娘用意，还得意到十二分。只这两年多工夫，罗锅不但财势耗去大半，并且腰添上软，气短盗汗，痰中挂血，原来已成了色痨之症咧。于是康族中人都怒，硬怂恿罗锅去掉三娘。

三娘虽去，然而罗锅病势已成，又过得数月，那一缕色魂早已投向牡丹花下。这时三娘在家早已暗探消息，为日不久，果然听得康家嗣子开放诸妾，并且身价无多，任其所之。于是三娘大悦，方准备银两命大元去买那四个女孩。不想那汪大气也看出便宜来咧，三娘暗中随大元到得梁家垱时，恰是大气遣人向康家商买诸妾之时。

原来大气为人比罗锅少为机警，自三娘到康家去做教师，他便暗含着退了钩咧。那三娘本来恨他狡猾，这时哪里容得？于是火杂杂握刃闯去，直入大气内室，不管三七二十一，揪住大气便扯裤儿，明晃晃刀光一摆，就要去割。吓得大气死紧地握住所以然，亏得家中人拥上，一阵价作好作歹，方将三娘劝住。大气没法儿，只得任凭三娘将康家四个女孩子买得去了。

从此三娘雌威大著，便领了春霞、夏云、秋雯、冬雪，成立起顶呱呱的一班解戏。在左近地面生意兴隆自不消说，却就有一样儿，未免乡评籍籍。因这时三娘业已公然和大元成其夫妇咧。虽说是当年三娘是从抱养来的，然而名义上总算兄妹。当时三娘每逢出入往往见人家戳戳点点，未免脸上有些讪讪的，便索性地和大元商量停当，竟领了春霞等流转州郡，向远处大做起生意来。于是三娘解戏名震一时，所到之处，许多的风光热闹自不消说。

久而久之，就有绿林豪客因慕三娘的色艺，往往易装相访。款洽之间，就有劝三娘入伙，去做没本的生意的。三娘因那时法令森严，一来不愿冒险，二来恐连累大元，便一概谢绝诸人。但是从此却很认识几个绿林大盗，如峄山刘大眼、久霸小清河水路的独角蛟田文敬，还有许多的江湖游盗，这也不在话下。

光阴荏苒，那三娘流转各处转眼三年之久。这时三娘业已二十四五岁的年纪，正如奇花放满，明月正中，那番艳丽容华，简直地见者心醉。

一日三娘流转至寿张地面，因时当夏月，暑热不堪，便寻了个清幽村落暂且歇伏。又因春月间大元病殁，三娘颇动倦游思返之念，所以在此暂住，打算秋凉时再回家乡。

这村落名叫风洞峪，只有百十户人家，十分僻静。东去七八里路，便是柴岭山的山脚。那柴岭山树木最多，距寿张县城不过五六十里路，左近县分用的山柴皆出此山，所以名为柴岭。此山虽没有出奇的风景，但是里面层峰叠嶂，地势险阻，当明末流寇作乱时，便为群盗所据，直至清朝康熙年间，还有个大盗姓谢，自号谢天王，聚众数百，打家劫舍。后经官军痛剿，方才肃清。至今山里面有座残破寨基，土人呼为大王寨，便是谢盗的遗址。据父老相传，此山形势凶险，主藏恶盗，经数十年必要闹回乱子，这也不在话下。

且说三娘住在村中，除教练春霞等外，无非漫游左近并逛逛柴岭山的风景，再暇逸时，便寻村中妇女们谈天儿，却往往听她们清香会、清香会地念诵。三娘问其所以，方知寿张地面出了一种清香道会，男女入会的很多，大概是吃斋念经，至于其中详细连村妇等都不晓得。三娘听了也没在意，住得十余日，倒也十分自在。

一日三娘偶在村头上，见一班村中少年在那里扑打拳脚，虽是怯手怯脚，倒也有些意思。其中一个少年精精壮壮的，三娘村居久旷，未免注目。正这当儿，恰好那少年一个扑虎式扑空，直撞到三娘脚下。三娘咯咯一笑，趁势一扬腿儿，早将个虎也似的少年轻松松钩将起来。那少年经此一钩，简直地酥了半边身儿，于是两人笑嘻嘻地一接谈，三娘邀他到家，方知那少年姓朱，名希贤，就是邻村人，性好拳棒，却苦于没有正经传头。当时两人款谈之间，不消说是眉来眼去。暑热时光，方便得很，三娘先自回眸一笑，踅入复室。那希贤岂有客气，于是弯着腰儿，也便跟进去咧。

不消说是两人交易而退，各得其所，从此希贤两只脚便似线牵的一般，总不离三娘门首，便以请教拳棒当个名目。三娘也喜他精壮，值她有兴便不推辞。

一日三娘新浴罢，方在那里赤身拭抹，三不知希贤闯来，一见那梨花带雨的丰姿，登时又要没人样。三娘唾道："今天却不成功。"说着微跷着腿儿。希贤略瞟一眼，便笑道："这不打紧，一个骑马热疖子，过两天自会好的。"三娘皱眉道："你别胡说，虽是热疖，生在这个所在，热辣辣，痛酥酥，也甚是恼人哩。这左近可有什么外科先生吗?"

希贤大笑道："外科虽有，但是这疖子所在不便瞧看。俺村中却有个游方摇铃的医生，时常往来，他会画符水治病，甚是灵验，等他过来时，俺领他与你治治病。"说罢踅去。

次日三娘用过早饭，正因胯下不得劲儿，淹淹地托腮闷坐，只听希贤在院中唤道："李先生来咧。"声近处，同一人闯然而入。三娘一望，早已一百个不高兴，只见那人面目上尘垢狼藉，破笠布衫，脚下跂双打板鞋子，唯有两只眼睛灼灼有光。进门瞅定三娘，竟不转睛。

三娘被他瞧得没好气，赌气子别转头去，正怯惚此人好生面善，已听得希贤一阵价肃客就座，并代述所患症。那先生笑道："这不打紧，但请娘子转过脸来，俺望望气色，一剂符水下去，自然就见奇效。"三娘没法儿，只得掉转面孔，因不欲瞅那先生的小模样，却合着眼儿。便闻那先生哈哈一笑，向希贤道："病情已得，咱且到外厢准备符水吧！"于是两人匆匆趋出。

这里三娘随便歪在榻上，只管怙惙那先生似从哪里见过一般。却见希贤捧了符水跑来，道："李先生说来，这符水吃下，管保病就清爽。三天后，他再来整治。但是他行踪无定，他若不来时，请你到柴岭山天王寨左近相访，但问先生是没人不知的。"三娘听了，随口唯唯，以为符水治病，是没有什么准考究的。不想吃下去甚是清爽，当日甜蜜蜜安睡一宵，次日觉胯下竟自便利许多。

转眼间三天已过，那疖儿只剩了尚未收口，却不见李先生到来。这日希贤又来瞧望，三娘道："李先生竟没来，俺只好赴山一趟咧。"希贤听了却只管摇手。正是：

　　　但知山谷求奇药，谁料萍逢结薴缘。

欲知后事如何，且听下回分解。

第十一回

走柴岭三娘访医士
渡板桥二悍戏娇娃

上回书说到郑三娘要赴柴岭山中，去访那游方医士。只见朱希贤乱摇两手道："喂，去不得，去不得！我劝你不如静养静养为是。他一个医士家，虽在山中，却行踪无定。况且山中大王寨左近道路不但险峻难走，并且虎狼出没，你这样娇怯怯的又害疬症，如何去得？"

三娘笑道："俺当是怎么去不得哩。道径险峻，俺只当游山玩景，若有大老虎，俺便顺手打两只来玩玩，且是有趣哩。"于是不听希贤之语，次日便匆匆结束，即行入山，但是因希贤一番话，也便带了防身短剑。

出得村不多一霎儿，业已行抵柴岭山麓，只见连山复岭，逶迤相属，从一片苍莽中现出一片嵯岈山口。三娘逡巡入去，四外一望，转觉土地平坦，许多山家随山势之高下错落点缀，其中林木映带，间以炊烟，一处处萦青缭白，甚是清雅。

三娘久处村墟，芳心郁闷，这当儿山风健体，不由心旷神怡，暗笑道："这等的坦适山道，有什么险峻虎狼？偏那朱希贤就说得十分凶实。"思忖间，健步飘忽，趱过一程，忽觉那疬疮微微痛痒，三娘情知是奔驰过疾之故，只得慢步行去。

山道中往往有割草的妇人孩子，望见三娘翩翩然独行山中，

71

不由都错愕相视。三娘一路上询问起医士李先生来，却都说不知。须臾，行抵一道沙溪，两岸上槐柳交荫，清风徐拂，溪面上却是一座独木板桥，既长且狭，偏又桥中间木朽一段，极坏处，却用粗绳联络。这时岸边柳荫下却有两个男子藉草歇坐，一色的庄农打扮，只是眉目间略带狡猾之态。两人正在闲谈说笑，忽见三娘，不由都抬头望望，相视一笑。这时三娘走得发热，也就柳荫下坐下来少为歇息。溪流照影，随手儿抿抿鬓角，只见自己的俏庞儿竟自清瘦了许多。三娘方捻着脚尖儿，暗叹病能困人，忽见那两个男子四只眼睛只管萦注将来，一个便道："老二呀！今天咱运气不错，彩兴儿巧得很，你瞧怎么办呢？咱是自己用，还是再想个大彩兴呢？"那一个一面瞟着三娘，口涎拖下，一面笑道："你这呆鸟，真不会想生发，咱自己用够了，再想大彩兴还不迟哩！"说着，乜起一只眼子，却向空直耸鼻儿。

三娘始而听了，以为他们讲甚庄村生意，也没在意，及见那男子如此贼形儿，不由暗笑道："瞧不透这两个村厮竟有些不像善类。你要转老娘的念头，俺且会设法儿摆布你哩！"沉吟间，嫣然一笑，方望着那独木板桥略皱眉头。恰好有个壮健村妇，携着个小厮相与过桥。那村妇上得桥去，业已腿子发颤，及至走到中间儿，不由神摇目眩，正满口里皇天菩萨地向前苦挣，不想那小厮身形一晃，吓得那村妇山嚷怪叫。亏得距那边溪岸还有十来步远，两人便挣扎着直跑过去，望得两男子哈哈大笑。因向三娘道："娘子，莫非也想过桥去吗？这险道儿真不是玩的，休说你女人家，便是俺们也有些怯手怯脚。"

三娘听了，略溜眼儿，便笑道："你不晓得，俺这也是出于无奈。俺在天王寨左近住家儿，俺这是从俺娘家回头。"说着，脸儿一红道，"俺来时有他跟着，还能壮胆儿；如今他忽然病在家里，你想两口儿听说是谁病倒，有个不着急吗？所以俺急急地自家转去。"说着，越发捻弄脚儿道，"如今俺跑累还不打紧，偏偏那会子又被碎石渣子扎了脚。少时过这桥，真有些不是玩的，但是这也说不了哇。"说罢，略瞟二人，十分踌躇。

两男相视一笑，便道："娘子快别心焦，你若向天王寨去，真也好大胆儿。休说此桥难走，便是过得此桥，那一路崎岖山径怕不将你累坏了。如今却巧，俺两个也在天王寨左近住家儿，咱一路搭伴行走还算便宜许多。你若走累了，俺沿道上有的是熟识家儿，也可以随便歇息。"

三娘笑道："咱搭伴走也好。不瞒您说，俺如今是因脚痛，所以略歇歇。像这桥，俺若脚下得力时，怕不跑得溜溜的，你二位只管先走，俺随后也就过去咧。"说着，咏地一笑，道，"你二位快过桥吧！俺背背脸儿也就来咧。"于是一扭纤腰，转脸过去。

这里两男子但见三娘云鬟低嚲，平弯起一只腿儿，料是收拾鞋脚，因笑道："如此，俺们便先过桥候着娘子吧。"

这里三娘嘤咛一声，两男子匆匆站起，即便过得桥去，回望三娘也便婷婷站起，却笑着招手儿道："你二位且慢走，好歹在那边也替俺壮胆儿。"说着慢慢上桥，一路上俏摆春风，两只小脚儿真赛如金莲乱飐，却又俏身儿任意摆荡，翩翩翻翻做出了许多姿态。

可笑那两男子只顾贪看了姿色，他也不想想深山之中，妇人独行，又这等大方不拘，到底是怎么档子事。两个正在瞧得有趣，只见三娘行至桥中间，忽然脚下一蹶，险些栽倒。登时吓得脸儿通红，趁势蹲向下去，忙叫道："如今俺只是眼眩，你二位快来着个手儿。"两男子哈哈一笑，急忙跑来，这独木桥上一时间载了三个人，未免被溪风一吹似乎晃动。前面一男子便噪道："这所在不好耽搁的，娘子快站起，等我抱你过去吧！"三娘笑道："那不像模样儿，怎的你两个人一前一后挽住了俺，还罢了的。"

前面那男子吐舌道："这可是难题目咧。你如今横在中间，俺怎能到你身后呢？"三娘道："你且蹲牢了，等我跳向你身前，俺便到了你两个的中间儿咧！"可笑那男子仍不醒腔，当时见三

73

娘眉欢眼笑，只顾了心下迷糊，便真个蹲将下去。

这里三娘从容站起，只用手略按那男子的头顶当儿，早已嗖一声跳将过去。要说三娘这般地显露身手，那两男子应该怙惗一下子方合道理。哪知他们虽然怙惗，却没怙惗到筋节儿上。他们只认准了山村妇女能跑险道，这时是因脚病之故，所以才过桥为难。

当时三娘势头跳过，那男子仰着脸儿，直着眼儿，耸起一个驴嗥天的大鼻头，只顾了力亲香泽，哪里还顾得诧异别的，当时站起，掉转身，早见三娘上了他伙伴儿的肩头，却回眸笑道："今天亏得遇见你二位，不然，这座桥真难过哩！"于是三人逡巡下桥。

这时两男子十分得意，便厮趁着三娘，一路调笑。三娘也不理会，反倒有搭没理地随意谈笑，因问道："此间离天王寨俺记得没多远路咧。"一男子瞅瞅日影道："虽没多远路，但是过得前面这片松林儿，都是连牵窄道，像娘子如此走法，到得那里怕不要三更半夜？近来山道上不但虎狼多，并且有时有歹人，咱还是快些走吧。"

三娘笑道："俺有你们两个大汉子，怕什么呀？"说笑间转过前面松林，果然是窄径崎岖，举足挂碍。三娘纳着头，趔过一程，不但累得香汗淫淫，并且觉饥肠辘辘。原来三娘只顾贪凉爽早行，连早饭也没用得，又搭着劳动良久，那疖疮所在越发地痛痒起来。三娘勉强挣扎，小脚儿乱踏乱踹，招得两男子都笑道："可恨这山道上通没放脚的，不然，雇头驴儿也省娘子如此费力。"说着，都笑嘻嘻凑上来。

一男子见三娘鬓角上的汗珠儿，竟公然举手抹拭，三娘含笑引手略推，不由暗念道："我好发呆，这两个混账东西大概是不怀好意，俺如今既累且饿，这现成的脚力饭东，如何不扰过他再作区处呢？好笑这厮们无端来调笑老娘，俺略显本领他也不觉得。这等呆鸟正堪做驴子用哩！"思罢，略走数步，忽然软软地坐在地下，皱着眉儿道:"你二位只管先走吧,俺简直地走不得咧。"两男子厮趁凑近,向左右一蹲,一个笑道:"咱既搭了伴儿,好歹还是一路走,这半截子上,俺抛掉娘子却不对的。"

三娘道:"不是这等说,俺脚既不得力,如今又肚腹空虚,料想山中也没得卖饭食的,俺只管慢腾腾地走,没的倒耽搁了你们路程。"一男大笑道:"原来娘子是脚痛肚饥,你有此话何不早说?"因指那男子道,"如今再巧没有,只他家便离此不远,只转过两个山冈儿就到。娘子到那里,吃饱歇足,俺再同你慢慢赴天王寨,岂不甚好?"三娘抱了脚,连连皱眉道:"不成功。俺这当儿一步也挨不动。这所在又没放脚驴的,俺便是老着脸儿打搅你们,却怎生挣扎得去呢?"说着抿嘴一笑,道,"你两个空有气力,难道还能抬着俺走吗?"两男子都笑道:"俺瞧娘子这一捻捻脚儿,便是纸包绢裹还愁磨损,如今走这山道如何成功?俺两个虽没法抬着你,若说背着你总还可以,只要您不嫌俺脊梁硬,咱马上就这么办,你道好吗?"三娘笑道:"哎哟!这可使不得,一来俺不敢劳乏你们,二来远行无轻载,你瞧俺身个细相,俺在家时,骑了老笨牛去串亲戚,压得它哞哞的还似叫妈哩。"

一男子笑道:"娘子莫转弯骂人,你快请上来吧!"说着,就蹲势掉转身,方一拉架势。那一男子登时吵道:"老二,你且闪开,等我来。"蹲的男子道:"岂有此理,凡事有个先来后到哩。"两人这一争,竟招得三娘咯咯地笑,于是慢慢站起,凑向蹲的男子身后,故意价一迈腿儿,就要跨向他两肩,道:"你若嫌脊梁压得重,便耳格(小儿坐人项后肩背之间,分垂两股于前,俗谓耳格着)着俺吧!"

那男子笑道:"哪有这么大的人耳格着的?一来俺肩项粗硬,磨得你裆内不受用;二来晃里晃荡,人家见了,还疑惑是来了抬阁社火哩!咱还是背了走吧!"于是三娘一笑,扑抱其背,那男子身儿一长,这里三娘双腿一拳,两膝盖早已夹住他两肋。那男子趁势反过两手，抄住三娘两只小腿儿，向上略颠，便道："你只管搂住俺脖儿，贴实实地稳住身，俺脚下倒得劲儿。"说着一回头，恰好三娘脸儿一低，两下里碰个正着。那男子猛触香肌，又亲色味，正在精神陡长之间，后面那男子又吵道："老二，你别只管背了没够，少时咱须倒替着来，敢是的，你粗脊梁上驮着绵团似的，又温又软，好不受用。"说着，只作去扶三娘的腿儿，却趁势捻了小脚一下。上面三娘暗笑之间，那男子早已拔脚便走，还一面笑道："娘子若嫌走得慢，只管说话。"

不提三娘笑应，暗使促狭，且说后面那男子，见他伙伴起先是健步如飞，十分高兴，后来越走越慢，只趔过七八里地业已喘汗相属，因叫道："老二呀！你走累了，我来背吧。"那男子勉强应道："俺还不累，少时你再来。"话虽如此说，但是背上越压越重，并且觉得三娘初上身时，胸腹如绵，两只软笃笃的乳峰揉在他肩胛之间，十分有趣；便是两条玉股，就像棉花瓜儿似的偎在他两肋下，好不写意。

这时三娘忽身如石块，硬邦邦的，两条玉臂既如铁缒一般束紧他的脖子，更难受的是，觉得三娘小腹之下有一处其坚似铁，其热如火，正偎在自己尾巴骨间，便似烙着一个大熨斗一般。那男子一面强走，一面想道："这小娘儿也特煞作怪，娇怯怯的人儿倒这般实胚胚的死沉。俺如今偏不服气，且转过前面的山冈再说。"于是一挺腰板，仍然跑去。偏偏前面有一偏棱儿略陡的夹道，那男子一脚蹭滑，扑哧声向前一栽。上面三娘方哎哟一声，亏得后面那男子一步赶到，一伸手扶下三娘，却将那男子闪个狗吃屎。便笑道："俺说你跑累了，你还不服气，只顾了脊梁受用，却不道苦了腿子，你瞧我的吧。"说着蹲身于地。

这里三娘翩然便上之间，那男子捶着腰胯，站将起来，道："你快去受用吧！少时，你不真个叫妈，俺才佩服你哩！"不提他拉着腿子随后赶去。且说那个男子一时间背了三娘,心下大悦,故意价歪肩耸背,触擦着三娘的玉乳香肌,反回的两只手却兜紧三娘小腿儿。三娘都不理会,在上面随意价说说笑笑。

那男子一面奔走,一面又想快活眼睛,不住地回头答语。须臾,转过一层山冈儿,回头望望他伙伴,业已落后半里之外,因笑道:"娘子身个如此轻细,可笑俺那伙伴儿属王八尥蹶子的,有前劲没后劲。只背你走了不远,便不成功咧!"

三娘微笑,便附他耳朵道:"你不晓得,俺是嫌他那讨厌样儿,并且瘦得刀棱似的脊梁骨,硌得人不舒齐,所以俺使劲子压他。如今你平板似的脊梁又软又稳,俺不但舍不得压你,还须提轻身儿,咱两下里都得劲儿哩!"

那男子一听此话,登时大乐,精神振奋之间,果觉三娘身轻似燕,便一气儿趱过五六里的当儿,不好了,忽觉两肋下便似上了两道铁箍一般。他以为三娘怕闪跌下来,故此两腿紧夹,欲待声唤,又恐三娘笑他没用,只得强忍奔去。

哪知又趱过里数地,两肋下痛彻心髓,只觉三娘两条腿竟赛如铜浇铁铸。又强忍片时,不由失声道:"我的妈,你快下来吧!你只顾怕跌下来,俺这两肋却受不得咧。"一言方尽,恰好后面那男子赶到,因大笑道:"怎么样?你果然受用得叫了妈咧。如今是一客不烦二主,便请你一直背到家,俺先走一步,去准备中饭是正经。"正说着,只见三娘翩然跳落地,却笑吟吟说出几句话来。正是:

美色由来富魔力,玩人股掌只寻常。

欲知后事如何,且听下回分解。

第十二回

望中峰风云逗兵气
落莹园游戏惩淫凶

　　且说三娘跳落地，笑道："咱三个既搭伴儿，还是同走，如今俺脚力歇过，咱便慢慢去吧。"于是袅娜前行之间，却听得后面两男子喊喳道："少时咱们真正受用的当儿，却须有匀有让，别像方才争着背人似的咧。"一男子笑道："少时再说，如今俺的肋叉还似小刀儿划的生痛哩。"那一男子笑道："彼此彼此，俺这是脊梁上才似去了统大石碑哩。"

　　三娘听了，只好不作声，忍笑前进，却一路留神张去，只见行抵一处岔道口，两男子却忙忙地抄向自己前面，向自己道："娘子随我来，由此赴天王寨近得好些。少时再过个山冈儿，咱便歇息用饭，你瞧瞧日方过午，不须忙的。"

　　三娘笑应之下，却见他两个趋向道左，一路上草树丛杂，颇为荒僻，那路儿曲曲弯弯，林谷亏蔽。三娘望着分明该经过山村，两男子却向荒僻处纳头奔去。三娘自恃本领，也不在意。

　　须臾，果然过得一处山冈，忽然间山色四开，又是一番气象。但见峰峦杂沓，远近回合，正北面一峰拔起，十分峻削，那峰形有如旗纛，端的威严。峰左是一带浑厚高峦，形如卧鼓，峰右面更有一处巉岩峭壁，青宕宕直插青冥。远望去岩头中裂，有如剑劈，石脉双分，便似门户一般。

这当儿长风徐起，中峰之上正有一片云气飞扬。须臾，天矫变化，余势迤逦，更及于高峦巉岩之间。又一转眼的当儿，忽地风吹云气，蒙蒙四散，一点点一片片飞舞奔逐，便似千军万马，一时间蹴踏驰驱，倏分倏合，赴敌陷阵一般。须臾，云气都净，山光豁然，仍是精宕宕三处山岩，便如连垒峥嵘，中藏数万貔貅之士。

三娘望得有趣，便喝彩道："好气概山形儿。正北上那座中峰是什么所在呀？"两男子失笑道："娘子真是妇人家不理会事，如何走娘家一趟便把自己的家都忘咧。那中峰之下不就是天王寨吗？那中峰名叫朝阳，左为石鼓冈，右为剑门岩，你细瞧正是个天然旗鼓之势哩。"三娘心思来得快，也失笑道："真个的，俺好没记性，听你这一说，俺才明白过来咧。那峰下可不正是天王寨，约莫着离这里敢也有个三四十里吧！"一男子笑道："你又来咧，从此到天王寨，还没得十来里路。"那一男子便道："你也别这般说，若不识道路的走了瞎道儿，怕不就有个三四十里！"

说话间向冈右一指道："娘子瞧那片陂陀高处，便是咱歇息之所哩。"三娘循他指势望去，只见青葱葱一片林木，却不见什么房舍。逡巡间却见一缕炊烟微微漾起，于是三人奔去。

三娘趱到那里，仔细一望，原来是人家的一处茔园，靠园墙东偏上只有几间草房儿，篱落四围自做一个小小院落，篱门深闭，那缕炊烟便自里面郁郁而出。三娘暗想道："这分明是处看坟的野屋，哪里是什么人家？这厮们引我至此，可知是没安好意。"思忖间，便见一男子笑道："你这位娘子真是有福不用忙，俺今早出门时，便吩咐家里的准备中饭，原为俺两个回头来吃，如今娘子到来，好不便当。"

三娘微笑，也不言语，大家厮趁到篱门，后面那一男子居然笑嘻嘻地来把握三娘的手儿。三娘这时只给他个憨笑不语。便见前面那男子啪啪啪一叩篱门。不多时，听得里面有人一路嘟念道:"老娘哪辈子没干好事,给人家看守死人,还遇着你两个挨刀的来磨害俺。夜里闹一夜,闹得人一堆泥似的还不算,又不知从哪里偷鸡摸狗,剜你娘的肉来,叫人整治。老娘从早晨忙到这时,裤子都累掉,你两个该死的却这时才撞了尸来。乖乖儿,闹着你的,你等我查落着再说。老娘这头儿、脚儿、模样儿、心眼儿,哪一桩对不起你们,你们还只管肚饱眼馋,狗搅八泡屎,又恋着什么张大嫂、李二嫂的,你等咱们打了对面再说,我不把浪蹄子们生劈叉了才怪哩!"声尽处,篱门一启,三娘望去,却是个三十多岁的肥胖妇人,生得白白致致,倒也有三分姿色。只就是团头大脸,吊梢眉,横丝肉,踹着两只鲇鱼大脚,一只胳膊白亮亮地勒出半段,那一手却提着菜刀,绾一个钻天髻,上插一朵山花儿,一张脸粉堆脂垩,便如那十字坡前开人肉作坊的母夜叉一般。猛见三娘,不由咯吧吧一挫牙儿,指着前面那男子骂道:"我说你们没屎不掉屁股,怪不得今早弄些臭肉来支使老娘,原来你们又领了小妈儿来咧。既如此,咱们是沙锅子捣蒜——一锤子买卖,谁也不用想囫囵了。"说罢,推开男子,抢起刀便奔三娘。

这里三娘一甩那男子的手,方要躲闪,便见前面那男子从妇人身后一把抱牢,先夺下刀,但后附耳一阵喊喳。那妇人笑骂道:"你们再也不做点儿阴功事,既如此,将来得了大彩兴,俺须分个大份儿。不然,咱大家闹散,你们休说是得彩兴,便连受用也休想吧。"说着,哈哈地一阵笑,便来挽扶三娘,道:"你这位娘子走路辛苦,如今既到俺家,都是自家人咧,快到里面歇息用饭。"说话间,一拉手腕。

三娘觉她手势甚有力气,不由暗笑道:"这婆娘孤单单地住在这里,听她方才一路骂语,不消说是和两男子狐搭狗干,都是一路,少时俺倒要处处留神。"思忖间,故意身儿略晃,却笑道:"大嫂好大气力,人是力大胆儿壮,怪不得你有本事一个人儿住在山中。"

妇人笑道："娘子别笑话俺咧！俺要是长你这副好模样来，谁耐烦孤鬼似的住在这里，俺不会向天王寨去享受吗？"三娘听了方在略怔，两男却噪道："如今客来，不说是让人进内，却只管胡扑哧，少时饭罢，还有许多正经事待做哩！"妇人唾道："你们那正经事不做也罢！"

说话间，大家进得篱门，两男子登时价嬉皮笑脸，不容分说，各捉住三娘一只手儿，后面妇人也便拥在背后。三娘暗笑，只给他个一言不发。

须臾拥入一所房中，里面是长榻木几，颇为干净。那外间案上早已杯著横陈。由穿堂后门望去，还有院棚小灶，却闻得一阵阵的酒肉气味。三娘到得房内，故意价摔脱手儿，拉了那妇人，向榻头一坐，道："大嫂，你有什么随便饭食，快与俺些，俺用罢自赴天王寨去。"

两男子听了，方嘻着嘴凑将来要来偎坐。三娘登时正色道："你两个如何通没人样？那会子和人捻手，俺不理你也就是咧。如今有这位大嫂在这里，难道俺们妇人家就该由你们取笑不成？"说着，一挑眉儿方要站起。只见一男子噫了一声，那一男子登时一跳丈把高，嗖一声由腿里拔出明闪闪的短攮子，先一个五指拉锋，拢住嬉笑，一探身形，比准三娘的咽喉，却大笑道："不瞒你说，你如今着了道儿，便是乖觉也迟咧。俺哥儿们在此山中虽不敢说是头儿脑儿，若在天王寨一带说起来，也是响当当的角色。今闲话休提，你遇着俺们，总算是一段缘分。你若想走天王寨也不为难，却有一件，须俺们受用够了，自然是送你去的。"

三娘见状，故意价战兢兢地搂住那妇人的当儿，一男子便叫道："老二不必多话，她既拗手拗脚，咱便马上来一下子，你用攮子比准她，你瞧我的。"说着，扑抱三娘便揪腰带。不想三娘倏地向榻里一滚，闪得男子向前一扑，却正扑在那妇人怀里，那妇人不提防，仰面便倒，只双脚一扬之间，却闻得后院小灶下哧的一声。这里三娘在榻里方在故作张望，只见那妇人尽力地推开男子，跳起来便骂道："也没见你们这等猴急形儿，就当面锣对面鼓地和人家明说明讲，如今小灶上锅都跑咧（俗谓锅汤沸出也）。你们还不替俺去看个手儿，人在这里，难道还怕她跑去不成？"

两男子笑道："既如此，就交给你，俺便去搬弄饭食。"这里妇人唾了一声，两男子业已趄向后院。好笑那妇人只认是三娘羞怕，便不打自招地道："你这位娘子，莫要瞧不透事，既遇着那两个魔头，就须好歹顺着他，然后慢想脱身之计。就拿俺说吧，住得好好的家居，他两个无端跑来，说声怎样，你哪敢道个不字？俺不怕你见笑的话，有一天，俺低三下四地服侍了这个，又服侍了那个，不知怎的，他们忽然不高兴，竟将我光溜溜地捆在榻上，扬长而去。"

三娘失笑道："你不会照样儿收拾他们吗？"妇人道："你倒会说轻松话儿，谁不怕那大攮子呢？俺悄悄告诉你是好意，少时，他们无论怎样，咱们憨憨脸儿便过去咧。不然惹起他们野性儿，不是要处。这所在四无居人，他杀掉你，向荒草中一丢，不是白送一条小命儿吗？"

三娘点头道："多承你一番好意，少时俺自有道理。但是俺因肚饥之故，才被他们引到这里，大嫂有甚饭食，快快取出，俺吃罢也要办点儿正经事哩！"正说着，两男子拍手跳入，道："娘子早若是这等识趣，不省了这番耽搁吗？"于是笑吟吟拥了三娘便就外间，那案上早已酒肉罗列。

三娘都不管他，索性昂然高坐，一上手杯箸齐举，便如风卷残云一般。不多一霎儿，盘中肉炙业已只剩骨汁，两只酒壶也便底儿朝上，随手一蹾酒壶，叭嚓声大盘立碎，望得那妇人等正在发愣。

只见三娘嗖声跳将起来，一只脚儿踹住坐凳，一面价抢起一只碗，却将妇人等的杯酒尽数儿倾入碗中，大笑道："酒须是这等吃方才痛快。"说着一仰脖儿，咕噜噜一气灌下。一瞧房门外有块青花石砧，便只作倾泼溅沥，随手将碗抛去，但闻清脆脆一声响，这里三娘拍掌大笑之间，那俏庞上早已泛出一片红霞颜色。

　　这时两男子猛见此状，猜不透三娘是嗔是喜，正在怙惙之间，不想那妇人两杯落肚，又经两男子一阵调笑，忽然有些高兴发作，便笑道："我说娘子如此个俊人儿，哪有不知识趣的呢？咱们只吃闷酒却没有意思，依我看，咱大家爽爽利利乐一下子。这样热巴巴的天气，咱大家都索性脱光，难道谁还笑话谁吗？"说着乜起眼儿咯咯地笑。

　　这时两男子虽然心下怙惙，但是一时间被三娘姿色所迷，又当酒后兴起，哪里还思忖得许多。又一想当场现彩，倒省了三娘羞怯，拗手拗脚，于是都齐笑道："正是，正是，咱要脱，是大家一齐脱，里间榻上且是宽绰哩。"说着各自站起，拥了三娘等便入里间。

　　这时三娘仍然是憨笑不语，只缩在里间门首，一面价略敞衫襟，一面价偷眼瞅去，只眼光一瞥之间，早见妇人等一阵脱光。两男子背着脸子，赤条条山精似的，还略瞧得过；唯有那妇人白亮亮一身肉彩，叉着腿子，坐向榻沿，一面价牵住一男子，却向三娘努着嘴儿道："你怎么还不快脱？你瞧靠窗案椅儿上还不好吗？"正说着，被牵的那男子一个虎式，那妇人大脚高跷，一阵宛转的当儿，这里三娘双眉轩动，恰如飕飕飕一阵风过。那一男子赤体转面，正要奔熊似的直奔三娘，只见三娘霍地一翻身，便奔门外。

　　那男子方要赶去，却见三娘一弯腰，掇起石砧，嗖一声高举过顶，下面莲步略移，竟自置石当门，却笑道："你等只顾了一阵脱光，这门儿敞在这里如何使得？俺且与你们遮个门儿，也省得有人撞来，不好看相。"说着，笑吟吟坐向石砧，忽地一敞衫襟，那白莹莹酥胸玉乳正跃入男子眼睛的当儿，便见那男子大叫不好，猛一回身便奔木榻。说时迟，那时快，便闻扑通咕唧一阵响，三个人光溜溜地在地下互相跌滚之间，却见三娘拊掌大笑。正是：

　　漫笑摩登闹淫席，会看山寨聚魔星。

　　欲知后事如何，且听下回分解。

第十三回

二悍设伏螺蛳峪
三娘大闹天王寨

　　且说那男子猛见三娘力举那数百斤重的石砧，这才心下恍然，不由暗惊道："这事儿透着糟咧。怪道她单身妇人就敢山行，原来却是个大手把儿。"想至此，正要忙唤那男子准备对敌，只眼光一瞧，早又望见三娘衫儿下内藏的短剑，于是仓皇之下不暇言语，只喊了一声，猛回身去拖那男子。不想那男子正在尊臀高耸，业已几乎得其所哉，猛然被拖，只当是他伙伴横来胡闹，便尽力子扑牢那妇人，右足着力，赖糊糊左足后蹬。偏巧他伙伴来的势猛，吭哧声跌倒，扑到他臀背之间。

　　那男子本是一足着力，又搭着俯着身儿，还想着大有经营。忽然背后经此猛扑，只右腿一软之间，扑通一声，早已连妇人一齐拖跌。好笑他背后伙伴也不客气，趁势一个擺擺儿压下来，所以一时间竟闹得一塌糊涂。

　　当时三个人一阵跌滚，招得三娘拊掌大笑，并喝道："你这班无耻男女，料想都不是好人，哪个若动一动，即便杀却。"说着嗖一声抽出短剑，突地奔去，先一脚踢开最上的那男子，下面那男子还愣怔怔的不知就里。

　　亏得妇人有些觉察，正尽力蹬踹之间，早被三娘捉住腿子，明晃晃短剑一挺，方要戳去。哪知妇人情极，失声大叫，只两条肥腿子互相合闭的当儿，望得三娘哕了一声，赶忙释手，一回身，咔嚓一声，剑光起处早已斫向案角。那石火星儿一闪之间，这里两男子早已双双跪倒。

原来那临窗之案，却是一方青石板，厚可数寸，剑过处竟自斫落一角。两男子见三娘如此力量，只好碰头祈命罢了。正这当儿那妇人也便战抖抖跪爬将来，瞧瞧三娘，只好以手掩面。

这时三娘提剑顾盼，见他三个人白羊似的，不由心下好笑，因喝那妇人道："你这婆娘，一些羞耻也没得。你曾说他两个光溜溜地捆起你来，俺如今替你出出气，你也照样儿去捆他们。"妇人听了，不敢违拗，真个的寻了绳儿，将两男子次第捆好，拉过一旁。正想重新跪倒央及三娘，不想三娘脚一踢，那妇人往后便倒，随机进步取绳，顷刻间捆缚停当。

不提这里男女三人光着眼互相乱望。且说三娘一径地结束衣衫，藏了短剑，出得篱门，望望日色业已转西，遥望那朝阳峰，觇准方向，便觅路拨草，匆匆行去。

须臾穿过一带树林，却得两条岔路，一条是稍为平坦，那一条乱石纵横，从十分诘曲中，还夹杂些野兽蹄迹。三娘略为徘徊，便就那平坦之路，原想是随路问途，哪知那条道越走越僻，只趔过四五里，不但草树连天，并且歧路错出，向四外延项望望，连个人影也没得。

三娘没法儿，只得北望那朝阳峰做个标准，拣稍宽之路胡乱行去。不想那路儿煞是作怪，虽是明明的羊肠窄径，却如钻到八阵图内一般，不是崇冈高阻，便是巨涧横拦。那条窄径弯弯曲曲，盘纤高下，闹得三娘如蚁儿转磨一般，逡巡之间，哪里还辨得什么方向。

瞧瞧日色已渐西落，四外是乱山合沓，暮鸟悲鸣。三娘奔驰良久，不由十分急躁，这一来步下歇蹶，百忙中那疥疮所在又复微微痛起。须臾，暮风暴起，尘埃乱飞，那一轮荒山的落日眼看着沉降下去。

三娘这时脚下慌忙，方趑至一片深草坡前徘徊觅路，忽听两旁深草中一声喊，绊索起处，突地跳出两个男子。那三娘脚下疲乏，急要躲跳时业已不及，只一颠顿之间，早被两男子一把捉牢，一个便去反剪双手，那一个却扬起一方黑布，蒙在三娘脸上，绞回布角，趁势束向后髻。

　　这里三娘方在踊跃挣扎，却闻两男子大笑道："你这婆娘，压得俺们好白摞摞儿，俺们也给你个黑漆漆，你不必害怕，俺仍然送你到天王寨，咱们到那里再见面儿还不迟哩。"三娘听了，不由暗诧道："这厮们都被俺捆翻，怎的却又在此埋伏呢？"思忖间，情知是被人暗算，也只得由人扶走。

　　书中交代，你道那莝园中的两男子既和那妇人都被三娘捆翻，如何却又在此呢？

　　原来那妇人捆缚男子都是活扣儿，三娘匆匆地不及觉察。及至三娘去后没多时，三人都松缚跳起，两男子不暇说话，便匆匆取了绊索等物赶将出去。此间道径他们是熟习的，赶至那两条岔道间，登高一望，早见三娘踽踽然直岔入螺蛳峪那条道中。原来这螺蛳峪是赴天王寨的一条捷便道儿，就是其中弯环歧路太多，两男子道径熟习，所以抄了便道儿，遮遮掩掩，反预伏在三娘前面哩。

　　当时三娘眼被布蒙，只得如瞽先生一般，挽扶了前面一男子一路乱撞。却听得后面那男子道："老二呀！你瞧俺这法儿妙不妙？咱那主儿虽好俊娘儿们，他又有些怕人张扬。他倒不是怕别的，就因他正在交朋接友，闹得火腾腾的，恐露出好色毛病儿未免不够瞧的。咱这么静悄悄给他送去，管保他欢喜之下多赏点儿彩头哩！"

　　前面那男子道："我看他老人家也不必蝎蝎螫螫，抄总说，这柴岭山中他还不是个头儿脑儿吗？提起他来，左近方圆数百里创字号的朋友哪一个不捧人家呢？别说是弄个娘儿们，便是马下插了大白旗（谓揭竿作乱），那些没能为的官府和官兵也只好干眙眼哩。"

三娘听了，以为定是什么山中的歹人搜求妇女，但是自恃能为，也不介意，但觉一路上道渐平坦。约莫趱过十来里，遥闻村犬乱吠，夜柝敲起，似乎是趱入一处村墟。

须臾行抵一家门首，后面那男子跑向前，啪啪地一叩大门。这里三娘奔驰颇殆，索性儿伏在前面男子肩上，只听门儿启处，便觉眼前红澄澄的，似乎是有人提灯趱出。三娘蒙着头，略为一扬，便闻有人大笑道："你两个又干这种把戏哩。如今李爷事忙，只日夜价在寨圩里和众人们商议正事，没得工夫玩女人，留下话在这里，不要你们来献活宝哩。"说着凑近前，似乎来揭那蒙布。

前面那男子便笑道："慢动手，露了宝光不是耍处。好阿哥，不要作难，少时得了彩头时，难道还白了你不成？"那人笑道："既如此，俺便引你去。"

这里三娘扶了一男子方一举步，忽闻宅内一阵欢呼拇战（猜拳，酒令的一种）之声，一男子便道："李爷莫非又在和朋友吃酒吗？"男人道："正是，今晚上热闹得紧，红术岭病太岁姜世杰、双溪涧镇泰山杜远威、黑马营小天王施大春、螺蛳峪金娃娃秦九兄弟，还有那本城的活喜神于三乐、济宁的硃砂掌汪天太这一干大头大脑，今天前半晌是齐集寨圩，指天画地地闹过半晌，如今却在大厅上吃酒哩。少时咱进去，先到厢室内候候，不然当了许多人你去献这活宝儿，怕不惹恼李爷，倒赏你一顿窝心脚吗？"说笑间大家趱入大门。三娘但觉趱过两重高门限，又转过一带甬路，那欢饮之声越发切近，又觉着有许多小厮们在自己身旁嬉笑跳跃，却都被提灯的那人喝过一旁。

三娘不由暗忖道："这光景院落甚远，一定是个大家主儿。但是他们方才又说了许多人，又是什么大头大脑，莫非都是一伙歹人吗？少时只要俺双手被解，倒要仔细一二。"怙惚间似乎是趱入厢房。两男子依然是紧拥自己，相与就榻而坐。那提灯的人便道："你们少候，等俺先去回一声，这班大爷们不差什么也该散咧。"说着跑去。

这里三娘倾耳动静，便闻得大厅上喧噪过一阵，却有一人拍案道："不是俺汪天太当面奉承，像李兄如此本领，如此意气，正该轰轰烈烈做他一场。难道皇帝老儿还有根有苗吗？哪个不是耍大胳膊挣来的江山？如今在座已有众家兄弟，大家再分头各为号召，十来万人真是一呼而集。咱只小小玩一下子，先占了山东省，然后由李兄发号施令，传檄四方。咱众兄弟再一分布，各联络手下人，扰乱各省。李兄这里一面价巩固省基，一面价长驱北上。只要李兄洪福齐天，咱大家都有个开国元勋的命儿。不消数月，怕不杀进北京城，连正宫娘娘都抢来陪咱吃酒吗？"

众人哄然道："好哇！李兄慷慨好义的名儿哪个不知？只要插起大旗来，怕不登时闹翻山东？况且这天王寨险固所在，自古来就是英雄起事之地，便是近些日寿张童谣也是李兄的大大吉兆，那童谣且是古怪，说是什么'白旗翻翻半空动，天塌天陷有梁栋，十八娃娃骑龙挣'，你想这童谣中，分明透出李兄该有龙飞九五之兆，这还不是天命所在吗？"

又一人哈哈地笑道："诸位慢吵，如今若要起事，却正有个绝好的机会。刻下寿张县官儿横征暴敛，无人不恨，近来他又私自添了许多的无名杂捐，又养了许多护勇，只以清乡为名，到各村中简直地赛如强盗。不多时日，挟恨诬良，愣去剿东乡里某富户，连抢带烧还不算，连人家的闺女媳妇都被他们剥得光溜溜，那底下事就提不得咧。所以近些日来，老百姓没法过活，入咱们清香会的很多。李兄若趁此时举起义旗，只以驱杀贪官恶吏为名，还愁不各县响应吗？"便闻众人一齐拊掌道："好哇！今天咱们在寨圩里也就谈到此事，李兄不必踌躇，咱就这么干他娘的！"说着，哄堂大笑。

这里三娘听了，方在骇诧不已，便闻一人低语道："诸位好生鲁莽，这是什么事体，岂可酒后乱噪？俗语云：隔墙有耳。倘被人听去，那还了得？"三娘听去，那语音似乎厮熟，正在凝神倾耳，却闻众人乱噪道："李兄不必推逊咧，有咱们一班兄弟，何愁大事不成？且待寨内通天阁落成后，咱便开坛祀神，大集会众，共商大事吧！"

三娘听了，越发地骇诧万分，不由暗想道："这是一班什么人，怎就敢公然谋反？听他们口气竟非同寻常歹人，少时真须仔细一二。"想至此，且喜腰间短剑不曾被两男子搜去，正在胆气立壮，暗作计较，便闻众人哄然告辞，接着便一阵价脚步杂沓，都由院中过去。

这里两男子方悄悄地道："这光景酒筵已散，不知他曾给咱回话不曾？"正说着，便闻有人慢慢踅过，又一人随后低语，前面人笑道："既如此，且领来瞧瞧。"

三娘方在留神，便闻提灯的那人一步跨入，先给自己解了双手，并吩咐两男子道："你两个便去听候领赏吧。"说着，拖了三娘一只手匆匆便去。三娘那只手只顾了按牢剑柄，并暗想道："这厮们合该晦气，无端来拨撩于我，我且杀他个痛快，也除了山中的患害。"一面思忖，只觉又穿过一重院宇，仿佛踅到一所敞厅门前，三娘猛省，正要悄拉蒙布觑个分明，早被那提灯人匆匆拖入，只回手与三娘一揭蒙布之间，但闻座上有人哈哈大笑。

这里三娘久蒙的目光，忽睹满厅的辉煌灯烛，急切间望不分明，但见隔案座上虎也似坐着个雄大汉子，头戴软巾，身披长袍，望见自己，正笑吟吟抱拳站起，想要下座来扶。三娘匆忙中不管好歹，一矬身形，嗖一声拔出短剑，用一个老鹘搏空式跳将起来，向那汉子当头便揸。那汉子大叫："慢来！"略一偏身，从斜刺里抄起案上一支鹤胫形的铜烛檠，随手儿一挡剑锋，便是一个轻燕斜掠式，方一足跳落案前，好三娘霍地挈回剑，迅如旋风，轻躯急转，又是一路贴地流云的式子，那剑光泼开，直向那汉子下三路攒刺将来。

那汉子一路闪跃，十分矫健，正在大叫住手之间，恰好一退身碰着厅柱，三娘喝声："着！"一剑刺去，忽然眼前人影一跃，咔嚓一声响，那剑却扎实实戳入厅柱。说时迟那时快，这里三娘拔剑未出之间，忽觉背后那人笑一声拦腰便抱。三娘不暇拔剑，用一个鲤鱼打挺式方想挣脱放对，不想那汉子力大手快，早两手抱紧纤腰，一反手势，又下面用脚一拨三娘的金莲儿。三娘但觉小腿微麻，一个翻扑虎儿，登时颠入那汉子怀里。两人对面一阵撕扯，三娘瞧那汉子正觉有些面善，只见那汉子笑赞道："好个郑三娘，真是名不虚传。但是你为何独自撞入山中，可还认得俺这游方医士吗？"说着，将三娘轻置于地。

三娘仔细一瞅那汉子，原来正是她所访的医士李先生。这当儿，精神气概迥然一变，再仔细一端详，忽又猛想起便是这年在泗水泉林寺庙会上所见的那个卖膏药先生李天栋来，于是三娘失惊道："李先生，你的行踪好生蹊跷，俺正来访你治疖症，怎的你遣人戏侮俺呢？俺还记得曾在泉林寺地面见过你一面哩。"

天栋笑道："娘子倒好记性，俺也从那时访知你的大名，好生倾慕。近日又在山外村中与你有缘相遇，医治疖症，俺本想与你治愈后，然后说明俺的来历，邀入山中相叙。不想娘子性急，亲来见访，偏又被俺会中伙辈误打误撞地撮将来。方才娘子那一剑，若不是俺李天栋跳向你身后，也就好险哩。"说着趱近柱子，尽力子拔出短剑，只见漆柱上登时现出个寸余深的孔儿。于是三娘一笑，接剑归鞘。

两人就座之下，三娘细瞧天栋，越觉得威风凛凛，正在暗想那会子所闻众人之语，怙惚天栋是何人物，那天栋业已微微含笑，顾盼飞扬说出一席话来。正是：

满拟深山求药石，翻从险寨遇枭雄。

欲知后事如何，且听下回分解。

第十四回

结孽缘箐狐倡教乱
剿山寨杰阁走妖姬

原来那李天栋便是寿张柴岭山中一名住户，他老子名叫铁算盘李茂生，生平是横算竖算，滴水不漏，真有数过星星的能为。在本县中，当了一名户房书吏，人见他行步低头，无故自笑，便都悄笑道："你瞧他这一笑，不知哪个又该倾家破产。"但是茂生通不理会，趁着自己一时壮运，暗地里伤天害理，那算来的不义之财本已不在少数。

哪知这种人偏走洪运，一年本县灾赈，户房里存了十来万赈款，他三不知弄个手眼，和县官儿一阵喊喳，竟将这笔款子两个暗地侵吞。说也奇怪，那官儿吞款后没得半个月，有一日骑马下乡去验水灾，那马忽然惊跑，那官儿跌下马来，却一足绊住镫，一气儿直拖出七八里，及至随从人赶到好歹捉住那马，急瞧官儿时，早已闹了个肝脑涂地，一命呜呼，于是天报哄传，人言啧啧。

李茂生知得，未免栗栗畏惧。那时本县中的城隍爷十分灵应，因为那寿张城池先时节曾被捻军攻围，当时有位姓梅的县官率领绅民，登陴据守，亲自发红衣大炮。不想捻军却用魇胜（以镇物，符咒制胜、压服。是旧时的一种巫术）之法，登时脱光许多妇女，劈着腿子，向城辱骂。梅官儿自点那炮，那火线只管在

92

炮门上哧哧地打旋儿，却就是点它不着。于是梅官大怒，踊身跨炮，轰然一声，虽打倒捻军无数，但是梅官儿一缕忠魂也就此骑箕而去。乱过之后，有个城隍庙左近的醉鬼半夜回家，却瞧见一行官舆仪仗，火燎如飞，直向庙中拥去，中有一个翎顶辉煌官服官帽的伟丈夫，跃马如龙，那醉鬼仔细一瞧，确是那殉难不久的梅官儿，于是失声一呼，顷刻间所见都杳，从此由醉鬼一张扬，大家都道梅大老爷做了本县的城隍爷，那一时的香火灵应好不热闹。这事儿虽涉玄虚，然而忠直之士死而为神，也未尝不在情理。

当时李茂生既起畏惧之心，便携了香烛祭品，到城隍庙神前便如那张别古在土地跟前许愿一般，方才祝毕站起，只见香风飘处，却由殿后转出个三十多岁的俏俊妇人，一身缟素，十分风韵，后面跟着个老妈妈，手捻香楮，似乎是从后殿烧香趸出。

李茂生待那妇人去后，向庙祝一探听，不由大喜。原来那妇人新寡，是西乡中有名富户，手内积蓄甚多，虽有意招夫，却恋着一个两岁的小孩儿，那老妈妈便是看孩子的仆妇。于是茂生心生一计，便夤缘和那寡妇走动起来，更认那孩子为养子。那寡妇正愁偌大日子门户儿不易支持，得县中有势的公人做个干亲家，也自欢喜。不想李茂生坏计早定，只走动不久，那寡妇已被他勾搭入手。但是茂生之意却不都为好色，趁那寡妇情热的当儿，便撺掇她改嫁自己。寡妇笑抚那孩儿道："俺有这孩儿，还巴巴地改嫁做甚？"茂生听了也没说什么，但是为日不久，那孩儿忽然死掉，是因出天花儿由李茂生寻了个海上奇方之故，这其间狠心辣手也就不言而喻。

那寡妇却依然蒙在鼓里，所恋既失，又加着茂生终日蛊诱，一个女人家有甚见识？过了些时，居然嫁了茂生。那茂生不消说是人财两得，大得其意，从此经营资财，好不阔绰。大家都道李茂生坏到如此地位，定有天报。哪知他事事如意，家道日富。

过了年把光景，那寡妇又生了个白胖的大小子，便取名天栋。这一来锦上添花，大家暗叹天道，都诧异得没入脚处，便有人发论道："你别瞧李茂生人财两旺，这孩儿长大起来，还许是李茂生的祸害哩。"大家只管如此议论，哪知那孩子长到十来岁上，不但相貌魁梧，并且性情伶俐。读书之暇，酷好拳棒，又能交朋接友，意气慷慨，二十来岁上居然是个豪侠少年。喜得个李茂生沫沫溃溃，有时吃醉了便掉臂街头，大言道："哪个烂掉舌根的说老子没阴功，且叫他睁开狗眼，瞧瞧俺这儿子。"大家听了，只好由他。

　　但是为日不久，李茂生一病死掉。他那病症却有些古怪，是初起之时吃饭没饱，并每日须脱出屁股，令家人轮替着持杖敲打，直至皮脱肉飞，尻骨皆见，他还喊着不爽利，后来那病症越发变得离奇，似乎是身躯日缩，似乎是筋骨变易，通体黄黑，有如焦烤，趴在床席上索索颤动，便似鬼嗥，及至临死只缩得二尺长短，却戴着个鬼怪似的大脑袋。

　　这时那寡妇先已病殁，便由天栋办过丧事，从此天栋一身撑家，越发地慷慨结纳，并延名师日夜价熬炼武功。他曾一试不售，便慨然弃去学业。遨游之余，更究心于杂技方术等书，便以游医消遣，到处里矜言结纳。后来又遇一异人，说他骨相贵不可言，因此天栋越发自负，便杂取释道等教之粗义，又附会以虚诞不经之邪说，创立一种教门。因入教者先须清心净念，焚香通诚，便取名为清香圣教，义守秘密，寻常价并不开坛设会，所以天栋到处诱惑人入教，并在天王寨时聚教友。那各处官府虽也略有所闻，然因教会中人并不滋事，也就没人去管这闲账咧。

　　那天栋既存了不轨之念，又有雄资笼络一切，如姜世杰、汪天太一班人，都是他的心腹党羽。诸人来历无非是些椎埋恶少并绿林朋友。一来是浑愣儿，真瞧着天栋不可限量，巧咧将来就许闹个皇帝做做；二来是依附教会，大家气粗。因此大家都举胳膘，恨不得捧着天栋登时火杂杂地闹将起来。但是天栋却不敢鲁莽，仍然借医术到处煽诱，以待时机，却暗地里大修寨圩，以为窝巢。

官中既没人理会，那左近人等又每得天栋的区区小惠，乡愚无知，哪里知他葫芦里卖什么药？所以天栋在山中为所欲为，每暗使手下人掠取美色，以自娱乐。那两男子便是他手下人，不想孽缘凑合，这次却巧逢三娘。

以上所述，便是李天栋一段来历。但是天栋自叙却不能如此详细，不过略言姓氏出身并自己的志趣罢了。作者本无须费笔申明，因为有些单拣漏洞、善挑眼的先生们看到这里，未免笑道："李天栋自叙来历，如何将他上辈的丑恶都说来呢？这一节似乎不贴理吧？"不知作者叙事是有种种笔法的，以上天栋一段来历，是用代叙法写出，您若不懂这代叙法，就无怪耻笑作者了。咳！作书真难，看书也不易，诸公别乱，且瞧下文吧。

且说天栋滔滔叙罢，并极言爱慕三娘之意，听得个三娘秋波乱转，不由暗喜道："俺郑三娘自负一身武功，正愁没处发买，今遇此人，料想亦是前缘，将来共图大事，岂不快意！"于是故意价扭头笑道："俺一个风尘贱女，何劳见爱？今俺既为治疾而来，便请暂留两日如何？"天栋大笑道："由你，由你，但是今天咱天缘巧遇，也非偶然，且请慢慢相叙吧！"三娘会意，不由莲颊微酡，嫣然一笑。

当夜天栋款待三娘，十分丰盛自不消说。两人又谈起一切武功，越发地融洽异常，没过得三四日，三娘疠症早被天栋治愈。至于两人新欢乍结的一番风光，也就不必细表。从此三娘除流转卖艺外，便携了春霞、夏云、秋雯、冬雪四个弟子，时往来于柴岭山中。四弟子是不消说，都次第被天栋收用，及至天栋将要作乱之先，那三娘等早已移入寨圩，都做了天栋的姬妾。

那天栋欲坚教众信仰之心，便称三娘是天赐神姬，特来助成大业。当在那通天阁内开坛集众、誓盟起事之时，便叫三娘装束得衣服奇丽，恍如仙女一般。那通天阁共有七级，高可数十丈，四面价翚飞鸟革，峻岭崇山，修得来十分壮丽。顶尖上却竖起一面三角形的小白旗儿，是天栋一向用的药幌子，便作为起事的徽识。

当时天栋盛装佩剑，在阁内祷神誓众，一切捣鬼都罢，众教友等和汪天太等一班大头目次价誓盟已毕，便大家簇拥天栋都至阁外。

这当儿，由天栋率众拜旗礼罢，便须摘取那面小白旗，供奉到阁内神座前，大家翘首一瞧那阁尖高势，正在怙惚怎的取下的当儿，只见三娘略为扎拽，一路价莲步趋风，直抵阁下。嗖一声跃上初级的阁檐，略为徘徊，即便按级上跃。不消顷刻，直抵顶尖，纤手一挥，白旗入握，趁势卓立顶尖，举白旗迎风一摆，那一番清虚独立、衣带飘扬的风致，真也和神女差不多儿。

大家见三娘驾云似的直上阁顶，本已惊得目定口呆，及见三娘按级地盘旋跳落地，那一番矫健之势，便疑非人力所能，于是大家不由坚心信仰。这其中唯有那汪天太自从见了三娘之后，便存了爱慕之意。那天太生得白皙精壮，若论脸子漂亮，比天栋又高一筹，三娘的水性儿，只要见了如意郎君，岂有厌多之理？于是彼此间暗暗有意。

当天栋起事之后，分拨手下各头目攻掠各处，三娘、天太偏又分向一路上。这期间两人欢会自不消说，但是三娘仍爱天栋，便竭力地辅助天栋，只管跳梁。三娘每临阵，装束奇丽，跨马如飞，舞动双剑，风旋电掣，后跟四弟子都作魔女装束，每人一杆烂银枪，便如一片彩云中乱飐梨花，所到之处，无不披靡。所以为日不久，三娘在这清香教匪中早已铮铮有声。

当时山东巡抚提兵会剿，也不知被三娘折损了若干人马，因非本书节目，这也不必细述，唯有天栋事败的当儿，那官军万余人鼓行入山，围攻天王寨。这时病太岁姜世杰、汪天太等都已被官军次第擒杀。天栋和三娘敛合余匪，在寨圩内坚守数日，情知事坏，天栋便慨然置酒，和三娘痛饮寨中，并令春霞、夏云、秋雯、冬雪四弟子盛装侍宴。少时，忽闻寨外喊杀连天，那官军进攻之鼓并火炮砰訇之声恍如雷震。

四弟子都花容失色，一面进酒，一面战抖抖的。三娘大怒，方要翩然站起喝令备马，却被天栋一把按牢，哈哈笑道："古人说得好，悲欢苦乐，更迭为之，亦复何伤。今嘉会不常，盛筵难再，娘子且莫理会那鸟官军，咱且极今日之乐。凭你我一身本领，少时冲出重围，还依然能另图事业哩。"于是携了三娘直赴内室，并令四弟子伺候枕席。大家一齐脱光，登时就那钿榻绣褥之上现出许多的形形色色。三娘可怜天栋连日忧愁，劳瘁备极，只得宕动风情，随他宛转，以适其意。

这时寨外是奋矸如雷，内室是春光缭乱，春霞等赤条条立在榻旁，或推珊枕，或进素巾，一时间被两人声容所感，也只好暂释惊惧，各逞媚态。须臾，天栋推开三娘，更及四弟子，便如狂易一般。三娘方在诧异，只见天栋大笑而起，大家结束起来，仍至筵前。

那天栋痛饮两杯，目视案头横置的利剑，却慨然向三娘道："吾恃此剑，纵横一时，今事虽不就，终不失英雄好汉。俺一颗头颅，与其被官军矸去，还不如赠予娘子，倒大大地有些用处。昔日项羽尚欲以头颅赠故人，今娘子不但爱我，并且相从至今，难道还不该消受此头吗？娘子但持俺首级去降官军，管保可全自己的性命。"

三娘听了，正在失声惊呼，极言不可，只听寨门前一阵大乱，喊杀连天，便有帐下卒飞步入报，道："官军已攻破寨门，火速价杀将来了。"这一声不打紧，但见天栋踊跃大叫，嗖一声抄起利剑，只就项下一横之间，早已溅血满案，扑通声死尸栽倒。于是三娘大呼，跳起来立拔双剑，也顾不得料理天栋，方率领了四弟子抢至内寨门前。只见拥来的官军业已旗帜布满，喊一声，刀枪如林，齐望三娘等风雨般裹将上来。

三娘大怒，喝一声舞开双剑，原想突出重围，不想官军奋勇，就内寨门外围之数重。那三娘双剑如风，大呼跳荡，随剑过处，血肉纷飞，尸扑如麻。无奈官军越来越多，密杂杂长矛齐奋，只一转瞬之间，春霞、夏云次第价中矛跌翻。

三娘望见，急欲使剑来救，只听身旁一声喊，又有一队生力官军，都是大刀阔斧，已由内寨墙上登软梯爬将进来。秋雯、冬雪急转身前去迎敌，无奈那队生力军势如排墙，雯雪两人只冲突了两个回合，也便尸横地上。望得个三娘肝胆都裂，情知势无可逃，只得把心一横，施展出生平本领，且战且退。两柄剑神出鬼没，便赛如电光霍霍，杀得众官军不敢近逼，只遥作围势，伺隙猛逼。相持之间，业已日色将落，那三娘只顾后退，更一面抵挡围众，正在危急之间，又闻背后一声喊，三娘忙回望，叫声苦不知高低。正是：

通天阁上天魔女，剑术惊人一瞬中。

欲知后事如何，且听下回分解。

第十五回

通天阁兔脱天魔女
仲家浅豹变夜游神

且说三娘急忙回望，只见自己身后已到通天阁下，并且又有一队官军弓箭手业已从寨后排墙闯入。三娘暗道不好，弓箭手一声喝号，顷刻间箭似飞蝗。好三娘！真是会家不忙，你看她舞动双剑，说什么飞虹掣电，但听嘣里啪啦一阵响，箭到处纷纷堕地。

正这当儿，背后官军中有个彪形大汉，瞅个冷子喊一声，挺矛急进，那明晃晃的大矛头只离三娘脊背后分寸之间。只见三娘霍地一翻身，势如健鹊，趁那大汉一矛刺空，向前猛撞之势，三娘喝声："着！"斜顺矛杆一剑劈去，只听扑哧一声，那大汉连肩带项竟自被抹了个斜岔儿，一阵血雨溅出数步之外。

这一来，官军大惊，猛一后退，三娘方想趁势觅路逃走。哪知寨内外火光四起，但闻得众教匪鬼哭神号，纷纷乱窜。三娘情知大势已去，没奈何，一挫牙儿重复杀入官军。众官军翻翻滚滚，顷刻间围得通天阁便如铁桶一般。

这时三娘业已累得香汗如浇，委实支撑不得，人急智生，便一摆双剑，直奔阁下。后面众官军大呼急赶之间，早见三娘双足一蹦，嗖一声便是个旱地拔葱式子，跃上初级阁檐。下面众人还未及转眼，那三娘身似清空，早又跃上三两级儿，于是官军大呼放箭。

好三娘，只趁弓弦响处，顷刻间闪占掠挪，放出浑身解数，一阵价剑花错落，镞羽纷飞，下面众人再望三娘时，早已影儿不见。

这时节天光已暮，众官军张皇仰望，正没作理会处，只见阁的东面影绰绰似乎人影一闪，四面围众都要争功，便呼的一声都向东面，一阵价乱箭齐发。这一来果然得手，火燎照处，彩衣翩翩。那三娘竟自一个翻筋斗直跌下来。众人大喜，喊一声拥上便捉，仔细一瞧，不由乱唾起来，原来落下的却是三娘的一件外衣。

那三娘趁众人都围东面之间，竟自由西面人疏处脱身逃走。那时多少官军眼睁睁看三娘跑掉，这三娘也真称得起天魔怪女了。

当时那马四把滔滔汩汩叙罢三娘这段来历，酒都忘饮，只说得口干舌燥，一瞧郭琼，按杯瞑目，纹丝不动，竟似乎睡着一般，不由暗笑道："怪不得人都说老郭诡计多端，他居然装出颓唐神气，要躲清静儿。"于是猛然拍案，笑唤道："喂！郭爷醒醒吧。真个的，俺说了一本书似的一大套，您就没听着吗？"

郭琼张目一笑，却摇手道："马兄莫乱俺心思，且容俺细细地怙惙怙惙这个郑三娘再说。"说着，依然闭目，并且颠头播脑，一会儿嘟念道："好本领，若讲硬捉，不成功的。"一会儿沉吟道，"这汪天太家，俺听说早已被抄，如今他家还有什么人就敢藏匿三娘呢？"

马四把见状，方在好笑，只见郭琼张目道："马兄，你好说了一大套，还不算详细，这婆娘闹事之由，本领厉害，不过如此。但是她既有此悍鸷能为，定有些异常的性儿，她所好的是什么，所恶的是什么呢？"马四把笑道："咱办案子又不想娶她做媳妇，只管问她的脾气做甚？"

100

郭琼正色道："不然，狞龙猛虎总要先识其性方可降伏，这正是咱们捕家的第一秘诀。你想当日若干的官军剿捕都被她跑掉，如今咱强煞了不过约几位朋友去捕她，若只仗蛮来硬干，只怕不会得手的。"

马四把见郭琼说得颇颇有门儿，因搔首笑道："你这可是难题目咧。俺又没当过郑三娘的随身丫头，谁晓得她有甚蝎蝎螫螫的浪脾气呢？俺就晓得她妖淫非常，简直地夜不虚度，并且不一定专爱小白脸子，只要精壮，不怕是黑麻大汉都成功。她在寿张作乱时，所爱尚不止汪天太一人，至于其余的什么脾气，俺却不知。"

郭琼道："话不是这等说，俺所欲知的，是她极没要紧的琐琐小性儿，俺想从这里面投其所好恶，或亦是制服她之一法哩。"

马四把沉吟道："啊呀！若问这个，可真没处打听去，但是俺听人传说，当李天栋初得三娘时，不知怎样博她的欢喜才好，那穿的戴的、吃的喝的，由她性儿挑拣了供奉上去。哪知三娘珠翠绫罗穿够了，却爱个村姑打扮，一般价布衣椎髻，倒也别有风致。她又因是小家村户出身，总爱些乡村意思。在天王寨时，便就那幽雅所在筑起一处茅檐草舍，外挂酒帘，那三娘身自当垆，嘻嘻哈哈地卖酒与寨众们吃。天栋有时高兴，也就三娘玩耍一气。其时做三娘酒伙的有两个小寨卒，一个叫黑儿，一个叫白儿，因他两人一丑一俊之故，后来两个都升了大头目。官军破寨之时，两人一并跑掉。金有业探得三娘现藏仲家浅地面，就因黑、白两人在那里开了一爿临河酒肆，所以才侦迹着三娘，也隐伏在汪天太家。汪天太家虽抄封，汪天太的儿子叫汪六，也不是个安分之徒。当时在外县鬼混些时，依然悄悄跑回，又置了一所宅院，便离那酒肆不远。三娘有时节出入酒肆，绝像个乡村娘儿们，这是她穿着上的偏好。

"至于她食性偏好，却就是专爱一样儿焦炸鸡豆，是用肥大蚕豆炸作兰花形儿，和以红椒白鸡脯。她在寨时每天必要杀鸡数只，天栋只求她欢喜，真是百依百随。饶是如此，有一天，两人携手出游，经过一片水泽所在，也不知天栋瞧见泽边有个甚物儿，猛用脚尖戏蹴起来。三娘一见，登时软洋洋一个整颤，忽然晕倒，良久方苏，便大怒之下就要辞去，经天栋央及半晌方才了事。"

郭琼听了，霍地一闪目光，忙问道："马兄可知得天栋瞧见的是甚物儿吗？"马四把大笑道："好啰唆，郭爷怎么单问这些没要紧的事呢？俺不过就所闻的，略知三娘的小性儿罢了。"郭琼听了，索性儿不再致问。

当时酒罢各自安歇，次日马四把束装备马，临行之时，又切嘱郭琼早赴济宁，和金有业斟酌办案。郭琼笑道："马兄放心，左右你从东府里约人回头还有好些日的耽搁，咱们是不见不散，准不误事便了。"

不提那马四把领了伙计直奔东府，去约那崔大炮并骆五爷。且说郭琼送客去后，在自己精室中反复沉吟了半日，便吩咐他娘子整理衣装，明日出门。吩咐毕，依然上街逍遥散步。他娘子知他又有捕务，便将郭琼久已不用的许多物件一一地收拾出来。

须臾，郭琼趄回，见他娘子正忙得头松脚歪，他那小女孩也跟着东抓西放，一见郭琼进来，便笑道："爹明儿向济宁去，回头时俺也不要别的，就把那马牙大枣和玉堂（玉堂为著名之酱园）一咬咯吱吱的糖醋萝卜与俺买点儿来就得咧。"

郭琼笑道："你这妮子，就是嘴馋。"说着，向榻上一瞧衣装，只见氅衣裹腿、夜行衣靠，一弄儿俱全，还有镖囊、百宝软袋等物。一柄单刀也擦磨得照眼雪亮，都放在那里。郭琼不由大笑道："你娘儿们将俺这些老行头都摆将出来，难道是叫我唱黄天霸去吗？"他娘子笑道："哟！俺真是费事不讨好，人家累得什么似的把你这一套家具才找齐，你倒这般说。你昨晚说那郑三娘母夜叉似的，你去捕她，不用这老行头用什么呢？"

郭琼笑道："你快就手儿还收起来，这堆物件俺都不用。"因吩咐那女孩道："你到咱隔壁张老实家，你就说我借他一副赶集的行头用用，连他那鞋都拿来。"他娘子听了正在不解其意，那女孩业已撒脚跑去。果然不多时，连挎带抱拿了许多物件，往榻上一堆，却笑道："俺张大婶说来，这是她老头子的一份家当，您用只管用，却不许弄坏了。"

郭琼的娘子一件件细瞧诸物，忍不住咯咯乱笑，原来是一身油晃晃的蓝布短衣裤，一顶瓜皮小帽也油腻腻的，通没布纹；一条青褡包裹着一双实纳帮的旧鞋，还有一只荆条小篮儿被油吃透，又黑又亮，赛如漆过一般。

当时郭琼娘子向郭琼道："你又想弄什么鬼八卦？难道你也学张老实卖肴肉去吗？"郭琼听了，笑而不语，欣然将诸物收起。当晚夫妇话别，一宿晚景，不必细表。

次日，郭琼特地价起个大早，居然将张老实那身行头扎括起来，揣了赀斧，掮了他常用的一根杆棒，便将那荆篮儿荷起来，向他娘子说声再见，大叉步向外便走。

不提他娘子笑吟吟送他回头，且自静听消息。且说郭琼一路上打定主意，且不去会那金有业，便随路留神，直奔那济宁西乡仲家浅地面。

在路上打尖落店，果然闻得来往客人们谈论兖、济一带三合会闹得十分兴旺。有的说是李天栋的余孽，有的说是近来另有人创立，却没人谈论什么郑三娘。

这日，郭琼行抵仲家浅左近村落，先就一所小店中安置下。那店翁姓何，十分和气，问知郭琼是做卖肴肉小生意的，便笑道："你这份生意来得正好，如今就是仲家浅那村中专能销此等馋嘴货。因为那村中赌局、酒肆、玩笑场、大烟馆一概俱全，要说去挣钱真不费事。可就是一件，你到那里去做生意，第一须处处留神，少说闲话。因为那村中住户并来往之人都是些歪戴帽子，敞披大衫，腰里是刀子、攮子，三句话不投机，就要瞪眼抢胳膊的角色。这才没多日，那临河酒肆中还打坏了个吃酒的客人。因为客人酒后混说，偶然提起这一带的三合会来，便痛骂地面不静，不以好论。那肆主人听了，就有些不是意思。不想这当儿忽从肆后面踅出一个俏俊娘儿。本来那娘儿长得也真漂亮，正挽露着藕也似的胳膊，向各客座添换温酒，恰好行过酒客身旁，要说这酒客挨打也不屈，他竟老实实一伸手儿，摸了人家胳膊一下，所以那肆主大怒，登时将那位酒客打了个王八蛋样儿。这虽是酒客自己找打，但是也足见那村中霸气。"

郭琼听了，料那肆主便是白儿、黑儿，俊娘儿定是三娘，便笑道："多承你老嘱咐，俺一个小生意人，和气为先，到那村中不会挨打的。但是话也别说满了，俺如果时运一别扭，要挨了打，你老既是俺店东，可好歹地着个手儿呀！"店东笑道："那是自然，俺这里是有名的孟尝君子店，千里客来投，你客人既落在俺店中，俺岂有不照应的道理。"两人这一戏语不打紧，不想郭琼竟大得其力。

当时店翁与郭琼安置一切，又指示本地的生意情形，殷殷勤勤，就如多年的相识一般。郭琼心思何等伶俐，便揣摩着店翁的性儿随口逢迎，只落店一晚之间，主客业已款洽异常。

次日，郭琼早起，就村中买了鸡肉、蚕豆等物，忙碌碌整理肴货，及至煮、炸、装篮已毕，业已早饭时光。店翁一瞧肴货漂亮，喷鼻儿香，不由拖着馋涎道："你这份货真是顶呱呱地叫，仲家浅是个落拓庄，就能消遣肴货哩。"

郭琼知趣，就早饭之顷，便切了一大盘烂熏肘肉，邀店翁同食，喜得个店翁无可无不可。

须臾饭毕，不提店翁笑吟吟自去忙碌店事。且说郭琼提了货篮儿，慢步出店，只踅过里把地，已到仲家浅村外。遥望去村势广阔，屋宇树木很有气概，并且南临清水河，樯帆来往，居然像个小小的水陆码头。

原来这仲家浅虽是一处村聚，却是兖、济两处一条孔道。那济河东通南阳湖，西接汶上黄流坝。若说旱路，由东南向行去，不过十来里便是一片苍莽山原，其中径路迤逦纷错，能一直通到沂州一带的大山。郭琼素日价虽也闻得济宁地面的仲家浅久为歹人出没之所，却还不知如此的气概。

当时郭琼行至村外，逐处留意，果见许多不三不四的人纷纷往来。有的把臂说笑，有的丑态踉跄。郭琼逐队趱入村坊，就各处一面叫卖，一面留神。

须臾趱过三四条街坊，却也没什么诧异之处。正要去踏看那临河的酒肆，只见从对面撞来两个少年，一色的短衣紧辫，脚下穿着踢球的搬米酒鞋，一个气吼吼道："方才俺那个鸳鸯拐（踢球式子），分明啪的声将那黑黪的球儿踢出多远，他不但不认输，还向我瞪大眼睛，若不是你拉着我，我一定和他干上咧。他开间鸟酒肆，觉着是在他门首摆的球场，他便充这份炕头上的光棍，好不可恶哩。"那一个便道："算了吧，什么打紧事呀！"

郭琼方要闪道，那先语的少年不容分说，抓住郭琼的荆篮儿便喝道："你这厮弄了新货，怎不先给老子送去呢？难道老子吃东西不给钱吗？"

这里郭琼方在含笑略退，那一少年便劈开他的手，笑道："你这是何苦呢！耽搁人家生意做甚？"回手一指，向郭琼道，"你穿过这半段街坊，向南一拐便是临河的街道，那大酒肆对过球场里正在热闹，你趁去做点儿生意不好吗？"

郭琼听了，方含笑说声"你老费心"，两少年业已歌呼趱去。于是郭琼转向那半段街坊，只见路北里有所高大房舍，围墙、草房十分齐整，门首却静悄悄的，只有个卖瓜子的老头坐在人家阶石上直打瞌睡。郭琼一面端详着趱近门首，一面暗想道："这宅

105

子如此坚峻，又近于临河酒肆，莫非便是那汪六家吗？"正在怙悯之间，只见那老头儿猛然一磕头，却啪的声撞在瓜子篮梁儿上。正是：

　　　　未来河下寻奸迹，巧向街前遇盗巢。

　　欲知后事如何，且听下回分解。

第十六回

勘汪宅老贩逗闲话
踏酒肆名捕受虚惊

且说郭琼见那老头儿猛一瞌睡竟碰在瓜子篮梁儿上，便搭趁着趑近，笑道："老伙计在这里歇腿儿吗？怎长天大日的如此盹乏，何不向热闹酒肆前趁生意呢？"说着，一面价向大宅仔细瞧望。

那老儿擦擦睡眼道："伙计才来吗？人老了真没出息，俺那会子方从酒肆间来，球场中一群小伙子跳闹得乌烟瘴气，生意没法做。因为俺老胳膊老腿的，挤不上摊儿。到这里叫卖了半晌，连个人芽狗芽也没从宅内出来，所以俺索性盹睡起来。"

郭琼一面唯唯，一面道："您瞧这所宅舍儿多么体面，想是此地的阔家儿吧？"老儿道："那还用说吗，你想是乍到这里，人地生疏，这不就是赫赫有名的汪六家吗？"郭琼听了，不由哦了一声，老儿又道："便是那临河的大酒肆也是他的财东。咳，看起来人该发财，也不算什么，若说汪六那长相儿闷闷浑浑，就晓得吃喝拉撒睡，从哪里看也不像发财的样儿。可有一件，人家就是修了个好汉爸爸，给他挣的家成业就。你但看这片瓦窑似的房舍有多整齐！这还不算，人家新近又不知从哪里认了个阔绰干娘，所以越发闹得锦上添花哩！"

郭琼听了，料他所说的是汪天太和郑三娘，因想觇觇那宅

107

势，便笑道："老伙计，你此话不差，人要发财，先须修个好爸爸。但是俺瞻此宅修造得还不得法，虽是藏风拢气，就怕有些旺脉不长，忽起忽落，左右咱是叫卖，咱何妨就宅左右望望呢？"

老头儿笑道："看你不出，莫非你还懂得瞧阳宅吗？"郭琼随口道："俺哪里懂什么瞧阳宅，咱转个圈儿，不省得你瞌睡破头皮嘛。"于是彼此一笑，厮趁着便向宅左。郭琼一面说笑，一面留神，只见宅左边是一带峻围墙，距墙两丈来远，却是一片积水浅坑，势如湖塘，还有一处旱板桥直达地岸。岸左边树木丛杂，隐起陂陀，似乎是远通河港。

那老儿便笑道："伙计，你瞧这汪子水坑，人家都说是财窝儿，你怎说旺脉不长呢？"郭琼笑道："财窝儿吗，依俺看来，宅中若发火，从这坑中来打水，倒近便些。"老儿听了，不由瞪了郭琼一眼。

须臾踅到宅后，那地势十分宽敞，许多的丛杂短树高下相望，距宅后墙百余步外，有一条人工挖就的壕沟，引致河水，宽可三丈余。沟那面便是一片菜圃，其中却有几间很高大的草房儿，仔细望去，菜圃中还落着几处平塌塌的坟头，大概当年是所荒茔遗址。再望到宅后墙，越发的坚固高峻，上有雉堞，俨若城垣。墙内面树株森茂，似乎是个后花园的模样，远望去葱葱茏茏，真似乎聚些旺气。

郭琼至此，徘徊四顾，因笑道："老伙计，你瞧人家财主家看菜园的草房儿都那么高大。"老头儿失笑道："你这句话可露了怯咧，那是人家上夜的更房，每天晚上都有人轮流值夜，便是这条河沟也新挖不久。从先汪六爷是闷吃憨睡，哪里有这份精神？这都是他干娘到他家，叫他如此布置的。"

郭琼暗笑，却故意点头："如此说，这个老妈妈子真可以呀。"老头儿笑道："喂！人家汪六爷的干娘还是个花不溜丢的媳妇子，那长相俏生就不用提咧。你怎说是老妈妈子呢？"

郭琼笑道："如此说，这汪六定是个七岁八岁的没娘的孩儿，所以才认个媳妇子干娘。"老儿道："你这伙计倒会说笑话，人家汪六爷和他干娘差不多的岁数，如何是孩子呢？若说句不好听的话，他两个站在一处，不知道的只认是两口儿哩。但是人家有钱有势，外边也没人敢瞎猜胡说。"

郭琼听了微微含笑，正自端详那后墙之间，恰好有一群鸟雀儿呼一声从墙内树间飞起，那老儿便叹道："人都说宅院内有雀巢一定丧气，怎的到了财主家就不然了呢？想是人家福大，镇得住。你瞧那墙内树木黑压压绿油油，多么茂盛，这不是地气旺的缘故吗？"

郭琼笑道："老伙计，你不晓得，那鸟雀报丧也是有时候的，你别瞧一时没效验，那树木茂盛算甚事？无非遇着着急上吊时，好寻歪树杈罢了。"一句话不打紧，招得那老儿扑哧一笑，便道："你好端端一个人，这张破败嘴却不仿佛。老实说，你在这村中趁生意，少说闲话比什么都强。少时你若向酒肆前去趁生意，更须仔细，你别当汪六爷是什么善道财主，一句话抄百总，他这财势就不是从善道上发起来的。如今自他干娘到他家，又兴发了一种三合会，拉拢得入会的人到处都是，不断地开坛集众，夜聚明散，也不知干些什么营生。跟他干娘来的，还有两个精壮壮的小伙子，人家都称他黑爷、白爷，如今和汪六爷都做了三合会中的头儿脑儿。临河的大酒肆便是黑白两人开的。就是前日里，有个外路生客在酒肆中偶然谈起此地的三合会来，只歪着嘴儿，笑了一笑，说了一句烧香聚会总不以好论的话，这一下子可撩了马蜂窝咧。那黑爷、白爷登时把那生客打了个臭死还不算，又硬揿脖，叫他跪香谢罪，罚了大大的一注钱，方才饶过他。你说这村中多么霸道哇。咱一个小生意人，说话总须留神，俺告诉你是好意哩。"

郭琼听了"三合会"三字，越发觉得金有业访案不虚，因笑道："老伙计说得不错，咱再转向宅右瞧瞧吧。"老头儿道："宅子右边倒没什么瞧头，连连延延的都是些街坊家，咱就从这条小巷儿穿过去吧。"于是伛偻前行，直入小巷。

郭琼在后面一路留神，果见那宅右高垣之外便紧接一带街坊的宅舍。须臾仍到宅前，郭琼一面和老头儿闲谈，一面东瞧西望。正这当儿，只见从内宅大叉步趱出个黑黪黪的汉子，光着头儿，拖一条蝎子钩子小紧辫，敞披大衫，里面是青洋绉劲装短衣裤，脚着踢球的肋巴扇十纳帮搬尖洒鞋，手内搓动两个钢球儿，嘟嘟山响。

方一脚踏下阶沿，这里郭琼忙将碧莹莹的眼光一转，方向那老儿道："老伙计，咱也该趁点儿生意去唎。"一言方毕，那汉子骨碌碌两只眼睛也自射将过来，略为一驻足，方才扬长而去。

郭琼见那汉子一副凶相，料是三娘的外宠黑儿，因正在怙惚之下也没留意他瞧望自己，于是和那老儿前行数步，方要分手，不想那老儿脚下一绊，提篮略歪，哗的声洒落许多瓜子，及至郭琼帮他一一捡起，却遥闻那酒肆前喝彩雷动。

老头儿道："伙计，你此时去趁生意正是当儿，咱们回头再见吧。"

不提那老头儿撒开老倭瓜似的嗓音儿，喊着"卖好嗑大瓜子"自行趱去。且说郭琼一面价沉吟着汪六的宅势，一面价直奔那临河的酒肆。只又转过一道街坊，已至河下，举目一望，果然好一片热闹所在。但见长堤陡起，下临运河，河下船只泊聚得桅杆麻林一般。堤上下许多的小贩摊铺，东一攒，西一簇，都用席子搭就窝铺，虽是不成街道，然而市声喧喧，衬着河下水音儿，就如一片大市场一般。那堤下西首儿却十分荒僻，远望去，林薄森翳，微露着一角剥落的红墙，似乎内有庙宇。

郭琼不暇仔细游瞩，一面趱向酒肆前，一面暗想道："人都说这郑三娘长相妖娆，又爱修饰，不知她到底是怎生个模样的怪物妇人。巧咧今天她若在酒肆中俺倒要觑个仔细。"怙惚间已至肆外。抬头细望，只见许多的游人酒客纷纷出入。肆内七八个伶俐酒伙正穿梭照料酒座，一面喊酒唤菜，门灶上刀砧乱响，酒炙之味直扑鼻儿。更有许多的怯头馋嘴的村人，都拥挤在门灶前光着眼乱望。肆外左右空地上，诸般杂卖的小摊儿直迤逦出多远，更有些年轻的缝穷婆儿扭扭捏捏遮遮掩掩，单在那肆门外墙根壁脚吱吱喳喳地兜揽生意，都坐着小凳儿，舒出两只半大脚，还有勒出半段雪白小腿儿来搓线绳的。每人跟前针线篮儿之外，还有饭篮。不知怎的，那些伶俐酒伙们见了乞丐，便尽力子地喝逐，却将酒座上剩的残肴剩饭用大盆价掇了来把给她们，还一个个笑得眼睛没缝。

那酒肆层楼之上是明窗四启，座客如云，一连五间，甚是宽敞，唯有最西一间却没得客人，漆案临窗，仰望去，案上有簿籍笔墨之类。

正这当儿，只见一个三十以来的长身妇人踅近案前，翻弄簿籍，一面唇吻略动，一面手指频屈，似乎是计算账目。那妇人低着头儿，但见鬓光如漆，穿一件粗蓝布裋，就如庄户娘儿，下身儿为窗栏遮蔽，却不得见。

郭琼见了也没在意，正想移目他瞩之间，只见妇人忽一仰脸儿，若有所思，那面庞俏丽还没说，唯有那两汪水池似俊眼儿却将郭琼登时怔住，但是一瞥之间，那妇人已置下簿籍，转身踅去。当时楼下人众正在热闹，郭琼不便久站，方要再蹭近肆门觑觑光景，恰好有一班短衣球鞋的少年呼一声由球场方面把臂闯来。一个个都闹得尘头土脸，并互相乱噪道："今天咱们彩兴不错，咱大家统算起来总算赢家子，少时吃过酒，咱们再玩他一场子。"说着，一窝蜂似的闯向肆门。

这里郭琼方趁步跟去，就见从肆内踅出个漂亮男子，生得面如傅粉，唇似抹朱，细眉长目，一团喜相，只是顾盼间眼光轻飘，很透着不正之气。要说郭琼这双神眼，办案多年最能识货，他曾有一番议论道："要办人的邪正，先须瞧他两只眼睛。譬如歹人贼盗，任他怎样地矫扮掩饰，唯有他两只贼眼再也掩饰不得。"人就问他道："怎么叫贼眼呢？"郭琼道："这却难说，那贼眼也不必定挂凶相，也不必异常难看，只是他眼光到处，大概似恶狼一般。你的眼光若碰将去，他必要转盼他处，等你眼光方收回，他早尖锐锐、恶狠狠地又盯将来。俺曾在某处旅店遇一华衣男子，瞧气象十分正派，正在结束行装，就要扳鞍上马，偏巧有位别的客人无意中行过马尻后面。那马一惊，略一尥蹶子，那男子猛地回头，只双眼一闪之间，俺登时猛地望天冷笑道：'好嘛！你在河边上结着伙儿玩够了，却跑向这里闯孤雁儿。'原来那时空中正有只独雁飞过。当时那男子一听，登时面色大变，便向俺道：'朋友，真有你的，不必多话，俺跟你到案就是。'原来那男子正是俺所踏缉的一名水路盗魁，却被俺识破贼眼光，一句话诈出实情哩。"郭琼持论如此，可见他名捕的声闻绝非虚得哩。

当时郭琼见那漂亮男子一副贼眼光，正疑惑着就是白儿，恰好众少年已拥向那男子对面，彼此价含笑一点头儿，其中一少年便笑道："白爷，这当儿干吗去呀，咱一处吃酒吧！"那男子笑着逊谢，方要趱出，却被众少年一拥拖入。郭琼不由暗想道："果然这厮就是白儿，那三娘若在酒肆中，必定是坐向内柜，且待俺混入瞧瞧。"于是提了鸡豆篮儿，一径地趱入。

里面是五间敞厅，还有东西厢房的整齐雅座，酒客虽多，却没有什么斯文人物。郭琼留神趱过一周，更不见个妇人影儿。逡巡间，趱至敞厅楼梯下，方想登楼瞧瞧，却又被往来的酒伙一阵喝住。郭琼仔细一瞧楼梯旁壁上，原来贴着闲人止步的字样，于是一径地又复趱出肆门。

这时，闻得球场中越发地欢呼喝彩，四面游人都流水似趁将去。郭琼一面怙惚，一面逐队，向楼上一望，却又见那个穿蓝褂的妇人影儿一闪，郭琼不由暗想道："莫非这个庄户妇人就是郑三娘吗?"他那眼光虽觉少异，但是郑三娘便是为避人耳目，也不至于穿这样的村妇衣装，或者是今天她没离汪宅也未可知哩。想到此，不由意兴嗒然，方趋着脚子略为踌躇，只听后面有人破锣似的喊道："啊哟，我的小乖乖，今天我可捉住你咧。"声尽处闯上一人，拦腰便抱。郭琼百忙中但觉两只肉腻腻的大妈妈（俗谓乳也）早已实胚胚偎向脊背。这一来竟将个足智多谋的郭琼直惊得魂飞天外。正是：

险地自宜防暗算，突如难免动惊魂。

欲知后事如何，且听下回分解。

第十七回

闹球场无心露破绽
对酒伙信口说根苗

且说郭琼正逡巡驻脚，怙惙郑三娘的踪迹，忽然被人从后抱牢，便如上了一道铁箍一般，并且闻触之间居然又是一妇人。你想郭琼是何等的机警老手，他既来侦踏人家，岂有不防人识破自己之理？

当时郭琼这一惊非同小可，以为定是自己露了什么破绽，那来抱捉的人铁准的定是三娘，于是头也不回，先想摆脱，便尽力子一晃两膊，跄踉踉向前撞去。哪知背后之人更不松手，一面乱端小脚随了直跑，一面娇滴滴地骂道："我瞧你这东西就透着贼人胆虚。一面耗子偷油似的暗瞧老娘，又一面遮遮掩掩躲着老娘。你觉着小心眼儿不累赘，哪如老娘的心眼儿更是煞溜哩。如今咱们是冤家路窄，你不必来装模作样，乖乖儿，你给我说正经的吧。"

郭琼听了，越发惊得额汗直下，暗料自己绝非三娘敌手，只一着急之间，便使出浑身气力，趁那跑发之势猛地一收脚，接着便屁股一耸，就是个老虎大偎窝的架势。只听后面背上的人啊呀一声，立松双手，似乎跌倒。

这里郭琼猛地跳转来未及细看之间，先听得许多游人哈哈大笑，其中有少年们再望着地下一人，乱唾道："你这歪刺骨，便是没羞抓孤老也须有个分寸，怎就拦腰硬抱，吓人家这么一跳呢？"

郭琼急忙向地下望，不由又气又笑，哪里是什么郑三娘，却是个四十多岁黑而且肥丑八怪似的妇人，擦了一脸的浓脂厚粉，大嘴上一遭油圈儿。望到足下，却是一双小脚，正在那里两手揉着小肚儿，痛得龇牙咧嘴，忽地望见郭琼，登时又发怔又要发笑，那副神情儿越发难看。

这时郭琼被她从后面搓揉得衣襟都皱，并踢踹了两脚尘土，正要向前问其缘故，忽地肩头上飞来个雪白的嫩手儿，轻轻一拍道："哟，这是怎么说呢，那老没人样的瞎桩似的，却叫您受这种累。她是认错人，只当您是她的干亲家何老五咧。您别动，等俺与你收拾收拾吧。"声尽从胳肢窝边钻过一个嬉皮笑脸的小媳妇子，满头花朵，并穿得花花绿绿，一手撎着旱烟筒，那一手却抬着条洒汗花巾，不容分说向郭琼举巾便掸。

慌得郭琼忙道不消，那媳妇一瞟眼儿，道："你站稳了吧，等俺再与你擦擦鞋子。"说着，挓挲两手只向下一蹲之间，郭琼鼻头但闻得一阵骚哄哄、馊腻腻的气息，也不知是她的腋风儿或裆风儿。慌得郭琼急欲躲开，早被她按住一只脚举巾便擦，并仰着脸儿微笑道："你老有空儿，到俺们那里玩玩吧，俺们就住在酒肆左近，不远的呀！"郭琼一听，方知这小媳妇和那丑妇都是烂污女人，这一场虚心惊汗出得好不冤哉！于是满口里连连道谢，瞅个冷子闪开那小媳妇拔脚便跑，还听得小媳妇向丑妇道："你真是个瞎业障，人家何老五几时又挎过小贩篮儿呢？"

不提这里众游人一笑各散，纷赴球场。且说郭琼一路上留神趸去，遇有妇女越发地加意审察，因恐有三娘在内。须臾球场在望，那四围观者真个是人山人海，场之后面竖起一面小小的彩旗，旗下设着桌凳等类，以为入场较艺者休息之所。另有一案，上置笔墨册籍，大概是记录胜负之用。

这当儿许多的较艺少年都列坐在旗两旁长凳上，一个个扬眉吐气，大说大笑。须臾，两人把臂直赴球场。

郭琼细瞧场中，那彩球有黄柚大小，沾脚就起，仿佛小儿玩弄的线缠行头一般，却是球外面都系皮制，上施彩绘。当时那两人到得场中，各展身段，先由上首的人噢的声蹴起彩球，下首人急忙进步接踢。一时间进退颉颃，斗了个龙骧虎跃，或彼此穿插，团团乱转。那彩球或起或落，便如粘到身上一般。须臾一人抢接落空，扑哧的声倒闪了个狗吃屎，招得众观者鼓掌大笑。便见旗下长凳上又跳起两个少年，中有一人笑唤道："喂！李大哥，你碰坏人家场主的地皮怎么算呀？"

那跌倒的脸儿一红，忙拉他球友儿闪向一旁之间，这里两少年噢一声，一个箭步业已跃落当场，接着便是个楚汉争锋式，彼此价抢踢抢接，又从争竞之中放出了许多的巧妙身段。但见那球儿东游西走，倏起倏落，两少年踢到酣畅处，有的便肘磕膝碰，特别巧妙，有的便筋斗频翻，以显暇逸。这一来众观者眉飞色舞，好不起劲。

唯有郭琼并不注意，两只神眼只管向妇女多处瞧去。但是一丛丛一簇簇都是些田姑村妇。原来郭琼见踢球少年们都是虚飘腿脚，所以不高兴去瞧他们。当时郭琼就场外徐行一周，只顾了大睁眼睛去瞅妇女，将一只鸡豆篮儿歪拎在胯骨边，通不照顾。人多乱挤，泼洒得一世界还不算，就有那等顽皮孩子悄悄地跟在后面，你掇一撮，我抓一把，并有故意价紧跑两步，挡住郭琼，好叫他后面同伴得手脚的。这一来招得游人都笑。

正这当儿，有一人斜瞟郭琼，一掉健臂，从身旁擦过。郭琼望去，却是在汪六门首所见的那个黑儿。这时却又换了一身土布短衣裤，似乎是准备踢球。

郭琼稍作沉吟，那场中忽地喝彩声动，郭琼延项一望，这次却不同寻常，只见场中分四面站定四个少年，都一个个结束伶俐，精神抖擞。先由一人蹴起那球，依次价互相传接，四个人移形换步，且蹴且接，都撒开巧妙步法，足下是轻尘不起。每一遭接那球儿，彼此价互玩式子，更妙在绝不高蹴，都是腿腕脚尖上的软巧细工儿，弄得那球儿滚滚流走，极低处竟似擦着地皮，不知怎的却就是不使落地。这时四个人聚精会神，一阵盘旋，那球儿渐起及胸。郭琼定睛细望，不由暗暗点头道："这四个人倒还罢了，虽说是游戏勾当，看来腿脚上很有些真功实力的。"

正这当儿，忽见四人一变身法，喇一声拓开场儿，一阵价凫趋鱼跃，那球儿每一起落，都有三四丈高。四个人相距既远，自然地赶变出许多姿势，有的来个苏秦背剑；有的来个张飞骗马；有的来个单足直接，金蹬朝天；有的来个外拐双翻，玉钳铲地。这一阵翻翻滚滚，有声有色，便如四只狮子争戏彩球一般。

四外观者正在相顾啧啧，只见其中一个少年嗣的声蹴起那球，直有三丈多高，从斜刺里便奔对面。不想对面那少年特意价耍抖个漂儿，眼睁睁瞧那球儿就要落地，他这才急转身形，方咱的声一跺右足，要用个绷尖儿蹴起那球。

说时迟，那时快，呼一声长风暴起，那球儿顺风势略一外宕之间，这里少年百忙中再要进步，业已不及。但见那球儿喇一声顺势直下，其余三少年正一齐地大叫不好。余声未尽，忽见由人丛中一声娇喝，登时伸出只小脚儿，用脚尖就地一顿，登时陷入一寸有余，及至那球儿刚刚落下，微尘飞处，但见那小脚轻轻一腆，说也不信，就见那球儿凭空地飞起丈把高。

这一来郭琼大惊之中又是大悦，忙运神眼向人丛一瞧，不由得失口叫好。这一声不打紧，不但多年的老娘婆几乎倒绷孩儿，还须准备着皮肉受苦。这也是智者千虑，必有一失了。原来郭琼瞧那巧起球儿的，就是那酒楼上穿蓝布裯的妇人，既有这脚尖陷地的本领，不消说定是郑三娘咧，所以他惊喜之下失口叫好。但是众观者都是呆眼儿，哪里理会到什么脚尖陷地，不过只见蹴法巧妙罢了。

当时郭琼既望见三娘，更不怠慢，便匆匆地一晃膀儿挤出人丛，方眼张失落地瞧着三娘衣襟飘拂，相距数武，正要蹭近细细觇审，恰好球场收局，呼一声一群游人竟横不椰子直撞过来。闹得郭琼不但觇望不得，并且随大队哄出多远，及至驻得脚儿再寻三娘，业已影儿都无，郭琼略怔一回，仔细一瞧已到酒肆之前。

这时楼上下酒客都散，肆门外颇颇清净，郭琼正在瞻望沉吟，恰好有个老婆儿拈了数文钱来买鸡豆。这时郭琼未免有些心不在焉，仰着脸子，信手抓了一大把递给她。若论起物之所值，这一大把就须百余文钱，招得肆门外闲人们都暗笑这个小贩挂些呆气。不想那老婆儿得一望二，反笑吟吟赶着郭琼道："喂，你再回回手儿呀！"众闲人都笑道："你这老妈妈子也没有的，人家给你那么一大把，你怎么还嫌少呢？这所在你若胡缠，单等黑爷撞了来赏你顿窝心脚吗？"正说着，其中一人忽向郭琼背后一望，向大家忙挤眼儿，当即各散。

郭琼回望时，连忙闪路，原来那黑儿已从门旁一株大树后慢慢踅出，随便价一瞟郭琼，一径地低头入肆。

这里郭琼又复逡巡一番，瞧瞧日色已渐西，正想再去觇觇汪六的宅势，以定计划，才一转身却听得肆门内有人唤道："喂！卖鸡豆的转来，你篮内还有多少货呀？"郭琼回望，却是个凶眉暴眼的酒伙，勒着两条青筋暴露的壮胳膊已自踅来。

郭琼赔笑道："你老买货吗，是零买是包圆儿呢？"酒伙道："俺正想包了你哩。"郭琼笑道："你老别取笑，俺是外路庄户人，初到贵地做生意，你老照应则个。"说着提起篮儿。那酒伙却端详着郭琼脸儿，笑道："朋友，随我来取钱吧。今天你这份生意总算走运气哩。"于是转身前导，径入肆门。

郭琼刚一脚跨入，只见许多酒伙都望着自己发笑，并向那酒伙挤眉弄眼。郭琼以为是自己做作得法，便越发伛偻腰子，愣怔怔地大步前撞，见门灶边有抛弃的葱头蒜脚、鸡毛果核之类，便把来揣起，并一面走，一面自语道："这所在就这么阔绰，一天的花费，不抵俺小贩们过一年日子吗？"那酒伙也不理他。

须臾穿过后厅，又是一层院落，地面宽敞，坐北是五间正房，帘幕深垂，静悄悄的。那院中花木杂列，虽是幽雅，靠西墙却又是一所马棚。向东厢一望，越发地不伦不类，一列敞厦，内中是七谷八杂，并有些明晃晃的长短兵器，插架的插架，挂墙的挂墙，拉杂之中，细瞅去更有粗绳、藤鞭、马棒之类。郭琼乍见，便如到了自己捕班房中一般，不由暗自怙悔道："这班亡命之徒如今是藏头匿尾，还敢如此张致，也就可恨得紧。"

那正房帘幕整齐，大概是郑三娘坐落之所，倘凑巧她在里面倒须仔细一二。一面思忖，已至正房厅外，从玻璃窗儿向内张去，果见里面锦帷罗帐，铺设得便如香闺绣阁。郭琼大悦之下，正在暗揣三娘狡狯，坐落处如此齐整，自己却穿件蓝布褂形同村妇，不消说，是防人物色之意。

只见那酒伙猛地回头道："朋友，别走咧，这里就是你的所在。"郭琼一听，很觉着不像句话，但是这时他正在心注三娘是否在房内，也便不甚理会，因笑道："既是如此，您拿进货篮去，俺便在此等领钱吧。"

酒伙道："岂有此理，你好歹地到屋内候候，俺再寻肆主领钱去呀！"于是引定郭琼，一径地踅入最西头房间内。里面是长榻桌椅之外，却空踈辣的没甚摆设。东墙是纸壁，还有纸门儿掩在那里，唯有那偏梁上却死长虫似的挂着一条挺粗的大麻绳，似乎是系挂物件之用。

当时郭琼望罢，便笑道："今天俺可是做着好梦咧，货物既出脱得痛快，俺又到这所在开开眼睛，如今时光不早，您就请收货交钱吧。"酒伙道："你忙什么？俺肆主还须待一霎来看货开钱，咱且闲拉嗑儿候候他吧。"于是和郭琼相与落座。

酒伙笑道："你贵姓哪？俺听你口音好像济南府的人，那大邦之地生意好趁，你怎巴巴地出远门，做这点儿小生意呢？再者你既出远门，想也到过济宁州，那所在的人情儿你一定是熟识的咧。"说着，眼光略闪，微微一笑。

你想郭琼是何等精细的人，忽闻济宁州三字，不由心头一跳，暗想道："这小子有些尴尬，他问俺远出做生意还在情理，怎愣插杠单说济宁州呢？不消说，他们是才怙惚着金捕头的缘故，但是你们这点点乖觉法，向俺郭琼跟前来掉弄，真是戴着草帽香嘴儿——差得远哩。"于是笑道："你老不晓得，俺这出远门卖苦力，也是没法的勾当，俺姓周，就在省城东乡里住家儿，虽有十来亩薄田，却是十年九发水，俺本有三个儿子，也一般地像您这么高大……"

　　酒伙听了，不由略瞪一眼。郭琼绷着脸，接着说："好王八蛋们哪，他们虽都是魍魉似的大汉子，却只顾自己的老婆孩儿，谁也不耐烦养活老子。偏偏地祸不单行，上年时节，俺那个老伴儿又挺着腿子去了她的。这一来俺简直地成了老业障咧！吃也没得，穿也没得，十来亩薄田，早已属了人家。俺一想，这可没法活着咧，便将俺儿和媳妇都叫到跟前，吩咐道：'俺如今废物一般，只管累着你们也不是事，俺生前虽没产业留与你们，俺死后，倒有些小体己儿，叫你们做个纪念。但是俺这时饿得心内发慌，你们哪个叫俺吃顿饱，我就把这个小体己儿单把给他。'当时俺儿俺媳等一听，果然都眉欢眼笑地争去端饭，及至俺吃罢，您瞧吧，这个也来叫爸爸，那个也来唤达达，俺便叹道：'实对你们说吧，俺哪里来的体己，如今趁着俺还有点儿膘头儿，等俺死后，你们便三三见九地将俺身体一分，把去当老牛肉卖，好歹也赚些钱钞。却有一件，你们兄弟们分肉，切不可争多论少，一来是自家家里出的爸爸，不算什么；二来也须防人家笑话。更有一句最要紧的话你等切记，咱隔壁王老二既爱占便宜，又惯赊账，你等切不可卖与他肉哇！'"

　　酒伙听至此，不由一笑，郭琼道："当时俺只管闹死，原是想好歹地骗顿饱饭再说。哪知俺说到伤心处，真个泪下，这一来，您可别说，还是妇人家心肠儿毕竟软些，当时俺那三个儿媳便一个个擦着泪，道：'咳！你老人家别想不开咧，好死不如歹活着，俺们哪怕是多将养一只狗呢，一定养活你就是咧。可有一件，你老吃饱了蹲膘儿也不像话，如今咱这么办，只当俺们三家儿合雇了个老做活儿的，一月里每人十天，你道好吗?'俺听了自然欢喜，以为这一下子可找着饭落儿咧。哪知只过了两月光景，俺还须自寻生活。原来俺那大儿素以帮人裁缝为业，每从铺内偷摸点儿乱线断布拿到家，俺大媳不耐整理，便叫俺替她收拾，活儿轻松倒也罢了；俺那二儿是当厨子，二儿媳又是大咧咧的脾气，只知串门儿、斗小牌，各处去闲磕牙儿，家中活计俺做也可，不做也可，遇着她高兴，还真能打酒买肉，背地里把给俺些吃；唯有俺那三儿子，这个王八蛋却没法说咧，他每日回来，总是喝得醉猫一般，横着眼儿，只是寻人的邪岔儿。偏生俺那三儿媳也是个拧性东西，刀子似的一张嘴，一句话也不让他。两口儿不断地打打吵吵，彼此价没得煞气，只好寻到俺的身上。咳，这还罢了，唯有一样儿活计俺委实没法做，便是他两口儿睡下之后，还须俺在窗外替他打更。你老想，世界上有这道理吗? 所以俺没奈何，只得出远门做些生意。俺来这里，只听人说左近有个济宁州，却没到那里，如今时光不早，你老便收货给钱吧。"

一言方尽，只听纸门儿那边哈哈哈一阵狂笑。正是：

各有机心争狡狯，这回险煞老顽皮。

欲知后事如何，且听下回分解。

第十八回

挨鞭笞绝倒周孝子
肆游瞩散闷晏公祠

　　且说郭琼正在信口开河，说得起劲儿，只听纸门儿那边有人哈哈狂笑道："朋友，你这是何苦呢？江湖中哪里不交朋友，便请你说明来历，咱马上定个交儿如何？"声尽处纸门立启，登时踅进一个凶实实的大汉。

　　郭琼惊望去，便是黑儿。好郭琼真有个机灵便儿，便如没见黑儿一般，却向酒伙道："如今你二位既搞交儿，俺在此诸多不便，俺向肆门外等你老来取钱收货吧。"说着，提起篮儿就要拔步。

　　那黑儿越发狂笑道："朋友不必如此，你的来历俺大概业已瞧科，如今济宁捕头金有业方和俺做对头，俺并风闻得他向济南邀请什么名捕郭琼，你这朋友便非郭琼也定是从金捕头那里来的。你奉公办案，俺决不恼，如今你的行藏俺既识破，咱便从好处拉个交儿，岂不甚妙？朋友，你端的姓甚名谁，便请见示吧。"说罢，双眉一挑，啪的声抓住郭琼手腕，只一攒劲之间，那郭琼登时怪叫道："啊哟哟，你老放手，俺这只挎货篮的胳膊外挂着一半残疾，禁不得磕碰哩。"说着，趁势趔趄后退，一屁股坐在椅儿上，却仰起脸儿道："你老方才这些话是问俺的吗？郭琼咧，金捕头的咧，俺却不懂您说的是什么，你老可听明白咧？"

黑儿冷笑道："朋友，你自露破绽却不觉得，难道俺是诬赖你不成？俺自汪宅门首乍见你，便觉你形色有异。后来你又在肆门外尽管乱瞅，篮货洒落你也不觉得，十来文钱，你随手抓给人百十文钱的货，可见你拿小贩当影身儿。但是这还是小小破绽。你若非官中健捕，颇晓武功，怎的那妇人一腆脚尖，踢起那将落的球儿，满场人众都不理会，你却失声叫好呢？哈哈，只这一节儿你还装憨儿，要哄哪个？俺自见你在肆门外张望，便远远地留了你的神，大概你还不觉得哩！"说着一回头，满脸是笑便向酒伙道："你快些泡茶去，便趁势速请白爷来，如今好朋友既赏脸光降，大家先须厮见厮见哩。"

这时郭琼一面听，一面肚内打稿儿，方知自己疏忽，真个露了些漏洞。及至听毕，又见黑儿用软套的光景，不由暗笑道："好小子，你这点儿鬼八卦，想在俺郭琼跟前施展，真赛如圣人门前卖字咧。俺只给你个大麻木，瞧你小子究竟有甚能为？"于是扑哧一笑道："你老这片话又说到哪里去咧。俺一个混饭吃的小贩子，又懂得什么武功文功？俺若懂武功，还去考武场去哩。俺是见那球儿将落，便是咱这大脚丫也恐踢不起，人家那点点脚儿，却一踢就着，所以俺叫了个好儿。至于俺多给人货，俺是见那老妈妈子，前影后影的很有些像俺去世的老娘，俺一时心动，故意价多给她，你老不信，只管向济南东乡去打听，俺是有名的孝子周猫儿，不过俺是行孝没好报，倒生了三个王八蛋儿子罢了。再说那篮货洒落，人多拥挤，谁也难免的，至于俺各处张望，一来俺是兜望买主，二来俺一个外路人，乍到贵地，哪能不东瞧西望地熟熟路径呢？你老这一误会不打紧，俺一个外路小贩当得起吗？如今俺货也不卖咧，你老也就请放心吧。"说着，笑嘻嘻站将起来，一伸手又要去提那篮儿。

那黑儿听了尚未答语，不想那酒伙听郭琼说得入情入理，便笑道："既为此，俺就领你去吧！"一言未尽，那黑儿唰一声一沉脸子，大喝道："你这厮好不懂好歹，俺要拉你个交儿，你却还是遮遮掩掩，大料着空口问你是不成的。"说着，抢身进步，抓住郭琼一只胳膊，尽力子向后一拧。

郭琼故意价大叫拧折之间，那酒伙早已掉臂而上。要说郭琼本领虽然平常，然而要敌黑儿和酒伙自是绰绰有余，但是若一挣扎，未免越发地要露马脚，岂非坏了正事？所以他把心一横，只好仍用他那个大麻木的主意。

当时黑儿等是推推搡搡，郭琼是山嚷怪叫，不消顷刻，郭琼已反缚双手，被人家吊在偏梁下面。那黑儿不容分说，风也似由外面取到藤鞭，瞪着眼睛，大喝道："朋友，你是怎么打算吧？你若说实话，咱是咯吧吧好朋友，不然你却莫怪，你打听打听，这所在弄煞个把人，还不当宰只小鸡哩。"说着，一摆藤鞭，向郭琼面前一晃。

郭琼登时倒抽一口气，故意价双睛一闭，似乎是惊慌发抖的模样，其实他却潜气内转，运足皮肉上的软功儿。原来这当捕快的人专有一路准备挨打的功夫，一来为的是官府比责，皮肉禁打；二来出外办起案来，原是涉险的事，说不定时气一背晦就许落在人家手中。所以凡是名捕，先须练这套运气软功，护住皮肉，虽不能像金钟罩似的斫刺不入，但是寻常鞭笞却能抵挡哩。

当时郭琼故意发急道："干吗呀？俺一个小生意人，你却叫俺说什么呀，俺又没偷你，俺又没得罪你，你这算怎么档子事呢？"说着，猛地大喊大跳。黑儿见状不由大怒，手起处，唰唰唰便是几鞭，这里郭琼越发地大跳大闹。

不提这里乱成一片，且说那白儿在前柜上照料一回，见酒客都散，便上楼去寻三娘谈谈，只见那最西间门儿已锁，原来这最西间便是三娘坐落之处。当时白儿一问酒伙，方知三娘从球场转了一遭已回汪宅。

白儿在楼上略为徘徊，不由暗想道："这几日，俺黑老哥不知怎的，只管没好气，是他气力不佳，没得着那主儿的好脸儿。且待俺趁空儿抓个干脆，哪些不好？"想至此，兴冲冲即便下楼，方一脚踏下楼梯，却听得后厅院内大跳大叫。那白儿一怔之下，恰好有个小酒伙从后跑来，道："白爷快瞧瞧去吧，俺黑爷又耍脾气，愣捉住个卖鸡豆的小贩，说人家是官中捕役，如今正在抽打哩。"白儿听了不由吃惊，匆匆地便奔后院。

方穿过后厅，便闻黑儿气吼吼地道："你这厮乔模作样，竟敢来这里弄鬼儿，你再不吐实话，我就……"接着啪啪的藤鞭响动，便闻有人偬声偬气道："啊呀！我的妈呀！俺早知出门做生意撞着太岁，还不如在家当俺的老业障，给儿媳妇打更去哩。"白儿一听，没头没脑，赶走几步就正房窗外一瞅，不由得哈哈一笑。里面黑儿正在略怔之间，白儿已一步跨入，先就那酒伙问知郭琼的来历，便笑向黑儿道："你这不是没气找气，没来由吗？就凭这个怯头怯脑的人，他漫说不是官中人，便是官中人，怕他咬掉咱鸟不成？"

黑儿听了，赌气子丢了藤鞭，一旁去喘粗气。这里白儿方要去放掉郭琼，不想郭琼却大叫道："反正俺也不要命咧，你就打煞俺吧！"那酒伙忙去解放，两人一阵拖拉，只听唰啦一声，却从郭琼怀中掉落许多的葱头蒜脚之类。于是白儿大笑道："如此爱小便宜，怪不得给儿媳打更，官中人有你这等不体面的朋友吗？"这时黑儿一见郭琼怀中掉落之物，不由心下释然。正在稍露不安之意，只见郭琼一阵价连连呼痛，嘴儿一咧，就要大哭。白儿忙笑道："伙计，你莫委屈，如今俺们一时鲁莽，真令人过意不去，没奈何，你须包涵些。"因顾酒伙道："你快收进货，加倍地与他价钱。"说着，又拍着郭琼肩头道："伙计，你以后做生意只管向这里来，一来你这货俺这里有人爱用；二来你和俺们厮熟了，便没人敢来欺你的生哩。"

郭琼听了，也便趁势道："如此敢则是好，像您这位爷多么

125

和气嘹亮。"说着，一瞟黑儿，道："俺一个小生意人……"白儿大笑道："得咧，你莫怪乎他，他是个鸟枪脾气，一铳子劲，又似那话儿，过了劲且是绵软，你和他混熟了就晓得咧！"黑儿听了，不由扑哧一笑，正这当儿，那酒伙取到钱钞。

不提白儿笑吟吟送出郭琼，自向汪宅去寻三娘。且说郭琼无端地挨顿鞭打，且喜趁此机会可以常向酒肆中窥觇动静。话休烦絮，从此郭琼日向酒肆内外出没，不但黑、白两人和他厮熟，便是许多酒伙们见了郭琼，都嘻嘻哈哈群呼以老周。他们有时节谈说起三合会中的事体，更不避忌。

郭琼有时望见三娘，虽然在她一颦一笑、一举一动上都要留心。但是除知她嗜食鸡豆外，更摸不着其余的好恶性格。转眼间已是五六日，郭琼暗计马四把一班人不久将到金有业家，自己这里尚在一无头绪。

一日日西时分，闷闷地由酒肆前踅过一遭，只见夕阳挂楼，堤草如茵，那河下的风帆儿一叶叶远近出没，端的是风景如画。

郭琼信步徜徉，不觉已远，抬头细望，已到堤下西首儿。这所在有片芦苇浅塘，四外是林木映带，颇有空明疏爽之致。一时间蛙鸣禽噪，十分幽静，正有几个村中小儿女都提着小篮儿，在那里捡寻螺蛤之类。其中一个歪髻小女方要跟着群儿们跑向一处大楼后，群儿中一人便噪道："这所在你们妮子们是来不得的。这所在惯有红赤赤的肉长虫（俗谓蛇也）钻入屁股。俺们是囫囵的怕不着它，难道你们妮子家也不怕吗？"群儿听了，哄然大笑，那女孩群中有个大些的便唤道："二妮子快这里来，不要听他们撒村胡数，少时咱告诉他娘，打他们的屁股。"

于是群儿一阵价拍手大笑，女孩们是喃喃怒詈。须臾各散入塘湾树影之间，还远远地斗嘴不已。郭琼见状，宛然是故乡风景，不由顿忆田园之乐，因暗叹道："真是一动不如一静，俺好端端地在家闲居，都是马四把这个宝贝，无端地却撮俺这里来。

126

如今耽搁多日，虽踏明些宅势村径，却还不得什么真正要领哩！"
想得闷闷的，顺步踏向塘岸边，忽见深草中有物一跃，仔细一瞧，却是只癞皮蛤蟆。郭琼戏用足儿一蹴，短草开处哧的一声，倒将郭琼吓了一跳。

　　原来那草中还有条尺许长的青花蛇，意思是伺噬蛤蟆，却被郭琼惊走。当时郭琼暗笑道："怪不得孩子们说有肉长虫，如今真就有这东西。"思忖间趱过浅塘，却是一段平沙细径，抬头望去，前面丛薄森翳中，那日所见的剥落红墙已自相距不远。郭琼见了，忽然心中一动，想道："这处荒庙，将来若是办案时倒是很好的落脚之所。不知其中可有庙祝没有，若没得时，越发便当咧。"想至此一径奔去，仔细一瞧不由大悦，只见那庙规模虽大，却是残破得不成样儿，四外潦垣，一处处七穿八洞，断瓦零砖，堆堆垛垛，那墙外青草就有半尺来深，似乎是没得庙祝。

　　转向山门一望，两扇东歪西垮的庙门却虚掩着，门阶上的鸽子粪斑斑点点，庙额是竖立的木匾，四尺来长，匾四围雕刻的花纹虽是尘淹狼藉，黯淡不堪，细望去却甚精致，上写"晏公祠"三个大字。原来这晏公是一位河道中的水神，沿运河的地面往往都崇奉其神，除金龙四大王以外便属这尊神道了。至于晏公来历嘛，据说这是某朝一位善于治河的大员，后来鞠躬尽瘁，殁于河务，所以历代朝廷都敕建专祠，以报其惠。

　　当时郭琼徘徊一回，料是没得庙祝，便一径地推门而入，里面是两厢正殿，越发的残破不堪，殿墀下碑碣如林，一半儿横躺竖卧。郭琼先入正殿一瞧，只见殿脊上一处处透下天光，斜阳射入，那光景甚是幽淡。殿两壁下塑的侍从、武卫等像一概没得，却用苇壁席槅隔成了三四处房间儿，唯有那位晏公还孤丢丢地甲胄按剑，昂然高坐，但是头上盔帽业已剩了半个，自膝盖以下，漫说甲裳袍带都没得，竟自灰扑扑地露了木胎架儿。

　　郭琼见状，赶忙恭敬敬地肃拜站起，原来那时节的官人捕役们最敬神道，据说是一心虔诚，办起案来真能顺手。虽是有些迷信之意，若细按起来其中也有一层道理，因为人心有寄托，便觉无形中真有了主心骨似的。心定则神全，神全则气旺，所以办起案来能以精神四照，不忙不乱，其实还是自己心思力量哩。

当时郭琼逡巡四顾，又望望隔断的房间，以为是野丐们偶来寄宿之所，如此荒庙，是不会有庙祝的。正要转向殿后，忽闻隐隐地哼了一声，少时又似冻狗子一般略为呛呛了两下子，郭琼以为是庙外野狗子，也没在意，便由神龛踅向后院。

那后院也如前院一般荒秽，只是后殿前西头儿多了一大堆干柴乱草，并且殿阶下稍为净洁，似乎是有人除粪。郭琼怙悒之下，信步踅向后殿，方想就阶石少为歇坐，只听耳边有人大喊道："五魁首哇……喂！你吃这一大盅。"郭琼猛闻，不由登时一怔。正是：

　　　　方思野庙栖朋辈，又向荒祠遇酒徒。

　　欲知后事如何，且听下回分解。

128

第十九回

憩塘岸巧闻秘语
赴州城忽遇奇人

　　且说郭琼忽闻这荒僻所在竟自有人酾呼拇战，不由暗诧道："这光景，此庙是有庙祝，再不然就是有野丐们在此吃酒，也未可知。"逡巡间四外望望，又没得什么动静。正要趄向柴垛后觇觇，却又闻啧的一声，一咂嘴儿，道："好酒！你瞧俺吃这一盅儿。"这一来郭琼听得仔细，分明就在柴垛后西头的殿，于是悄悄蹑去。却见殿西壁下也用泥苇壁隔成了一间屋儿，其中正有个破衣拉撒的老道，就土炕头矮桌儿自斟自饮。桌儿上是黄牛肉、砂酒壶，七谷八杂，更可怪的是桌头儿上摆着一只女人的青布鞋子，少说着也有半尺长，并且花帮绿带，似乎半新的光景。鞋前面还斟满了一杯酒，那老道半醺的脸儿，吃得两眼都瞪，一面价点头咂嘴的瞅那鞋子，一面价举杯遥属，竟似乎和那鞋子宾主酬酢一般。

　　这一来郭琼大诧，姑且瞧他怎样，便见老道点头自叹道："俺如今无妻一身轻，有酒万事足。你没别的，只保佑俺香火大庙上多落几个钱，多喝一盅儿就是咧。"说着，乜了眼儿，晃晃荡荡，哗哗地斟满一杯，手儿一颤，泼洒满案，忽地大喝道："哈哈，你这老婆，怎死后还不留念想？你打翻俺的酒，难道俺就罢了不成？你瞧俺这一下子……"说着伏身伸项便去舔酒。

这时郭琼已悄悄地踅向他身后，见此光景忍不住扑哧一笑。老道冷不防猛一哆嗦，嘣的声头触于案，一回头忽见郭琼，便登时张牙舞爪地跳下炕，大笑道："好巧！好巧！俺这里正想你想得心发慌，真是诚心感动天和地，一阵风儿就把你刮到咧。来来来，且同吃酒。你瞧老哥哥和你嫂子都端着盅儿，等着兄弟你哩！兄弟，你也不对呀，怎好些日子也不来瞧瞧哥哥我哩。哈哈，兄弟，你越发发了福咧，没搬家呀，还在那遢遢儿（俗谓地处也）住吗？家里孩子们都扎实呀？"说着，一溜歪斜忽一手碰着郭琼的货篮儿，便笑道，"啊哟，兄弟，你也太客气咧，大远地来到瞧望俺，俺就喜欢极咧，还巴巴地拿这礼物做甚？咱们老弟兄何在乎这个，兄弟，你这是怎么说呢？"乱嗓着，猛地醉眼一睁，道："噫！你是谁呀？"

这一来招得郭琼哈哈大笑，因趁势凑趣道："俺就是来寻老哥哥你喝一盅儿哩。不瞒你说，俺姓周，是个新来的小贩客，生平就好喝一盅儿。因闻得老哥你也好闹一壶，所以来寻你这酒友儿哩！"老道听了，登时乐得打跌，狠狠地一跺脚道："着哇，好王八蛋！"

郭琼一怔，老道却接说道："俺就恨煞了他们，又说酒能伤身，酒能误事，许多的放屁鸟话，如今老客你也好喝一盅，这才是顶呱呱的好朋友哩。不瞒你说，俺姓吴，就是此庙火居老道，你新来乍到，咱快换了认识盅儿吧！"于是不容分说，将郭琼拖坐炕头，便将女鞋前那只杯子与郭琼递将过来。

郭琼见了，便赶忙也给他斟满，彼此价喊声请，一齐地对照杯儿。郭琼又将篮中鸡豆把来佐酒。老道见状越发欢喜。两人吃过三四杯，郭琼便道："怎的这繁盛镇聚，么么样的大庙，倒如此荒落呢？"

老道慨然道："若说起这庙来，当年甚是可观，单是庙田就吃着不尽。都因后来庙中出了个不成材的老道，一阵价吃喝嫖赌吹，庙田馨净，他也死掉，及至俺到这里，业已不成局面。只靠些香钱或来往的船客施舍，济得甚事？所以很好一座庙竟致颓败，如今更糟了糕咧。俺告诉你这话，你可别向外人说，如今这一带地面，说个凶实话，简直的就是反叛窝儿。死鬼汪天太那个孽障儿子，在家中招了许多的驴球马蛋，又硬他娘的创立什么三合会，闹得地面上人心浮动，谁还来按着老理儿敬重神道修理庙宇呢？"说着，瞅瞅那鞋子，拍膝道，"就因俺庙中没落儿，俺那老伴儿才连饿带冻的死掉咧。如今她的纪念就是这只鞋子。俺们老夫老妻的一场，所以俺每逢吃酒，总要想起她来。"

郭琼听了，这才恍然他对鞋酬酢之故，便笑道："吴道兄，这庙中既没落儿，你为甚还恋恋不去呢？"

老道笑道："俺这也是没奈何的勾当，这庙中虽没落儿，到底还能栖身。俺既算庙祝，逢时望节总可以向村中敛个灯油香火的钱钞。便是河下的舟只过往，俺好歹地伸过讨钱的兜儿去（曩年沿运河丐者，皆以长竹挑布兜，向船客乞钱，作者幼时，尚及见之），至不济也要个十文八文。再者，这所在一年四季，村中都有小小会场，遇着赶会的客贩多时，俺这庙中他们便来落脚，你没见前殿上都有隔断的房间吗？那便是给他们预备的，这一项中，俺也得些房钱，因此之故，俺便不去。不过俺所得钱钞都随酒盅儿咽在肚里罢了。"说罢大笑，又给郭琼斟满一杯。

郭琼听了，不由心中一动，忙问道："你说的这会场，甚时才有呢？"老道道："巧得很，过个五六日正是会场，那当儿你快来吧，咱们是大吃二喝，畅开了乐！"

郭琼沉吟道："如此甚好，俺还有几个伙计，巧咧就来赴会，你只给俺们留着房间，他们便是不来，由我赔你房钱如何？"老道笑道："就是吧。"于是两人又吃了数杯，郭琼索性由怀中摸出些碎银，作为房间的定钱，便别过老道，又就祠左右徘徊半响，一面怙惚着将来办案落脚有地，一面信步便寻归路。

不想方趁近塘岸一片树林边，晚风一吹，登时觉得有些酒

131

晕。郭琼一瞧树后大石碌碢，便随意少坐歇息。方望着塘岸里浅流短草，被残阳一照，颇颇有趣，只听林里有人笑道："俺昨夜没做好梦，今天事事晦气，白转了一遭儿，一个雀儿也没粘着。"说着，履声藉藉，已近树前。

郭琼偷瞅去，却是黑儿、白儿，一个拎着空雀笼，一个拽着粘竿，看光景是野游散步，便见白儿微笑道："黑哥，你不说自己没本事，倒念诵晦气，咱在此歇歇脚，俺且问你，昨夜怎的没做好梦呢？莫非那件差事又没巴结好吗？"说着，就树前相与坐地。

黑儿便笑道："你这促狭鬼，明知故问，你不用和我含着骨头露着肉的。俺昨夜没做好梦，才作成了你做好梦哩。也不知是哪个没羞的，今天日头那么高，方困眉燥眼地由她屋内出来，想也有些玩不克化咧。咱们是同行同道，谁也不许瞒着谁，今天咱且谈谈她的性格儿，各加仔细，不省得找她的没意思吗？"

郭琼听了，料是他两人谈论三娘，连忙留神倾耳，只见白儿笑道："既如此，你先说来，俺瞧你体会得怎样？"黑儿道："若说俺服侍她，体会功夫真个不差，一言抄百总，横竖尽着俺的蛮气力罢了。不想昨夜里就因俺偶然没听她两句话，她已然有些不高兴，后来俺放她卧倒时，不知怎的俺的辫绳儿却溜了她小腿儿一下，她便登时狠狠地一个寒噤，以后就剩了俺倒霉咧。"

白儿听了，只笑得什么似的，便道："呆老哥，你等我教你个乖吧，你以后服侍她，第一须听她指挥，半句话也拗不得。那寻常老套数自不消说，便是她高兴来个别致的，你无论怎么委屈也须依她。"

黑儿笑道："哈哈，你这可不打自招了，怪道头两天，你只吵舌系子痛呢？"白儿正色道："咱既讲体会，讨她欢喜就得如此，不然像她干儿似的，半夜里被她踹下床来，有多么颓气呀！"

郭琼听了，方暗笑三娘等无耻淫纵，只听白儿接说道："第二，她就怕什么绳儿带儿的冷不防地在她面前晃来晃去，若再猛碰她的皮肉儿，她越发厌恶异常。所以俺服侍她，腰带腿带先藏得严严的自不消说，便是这条辫子也要盘得结结实实，再不脱落。你这呆子愣弄辫绳儿溜着她小腿，不倒霉还等什么？”

一席话不打紧，不但郭琼暗听十分诧异，便连黑儿也是大瞪两眼，因笑道：“她这性格真蹊跷，那绳儿带儿有什么可怕的呢？”白儿道：“她倒不是真怕绳带，因为绳带像她所怕的那种东西。”

郭琼听了，正估惙绳带像什么物事，便见树前浅草里唰的一声蹿出一条数寸长的赤练蛇。白儿连忙赶去，一脚跺死，因笑向黑儿道：“她怕的就是这物件哩！”黑儿拊掌道：“这又怪哩，你瞧她那泼辣样儿，便是生龙活虎她也敢向前递个手脚，怎却怕这么个东西？”

白儿道：“人的性格，有所偏好，有所偏恶，其中是怎么个缘故却没法说。你这呆子，事事不留意罢了。你忘咧，往年咱在天王寨时，李天栋偶和她逗笑儿，弄头小蛇单放在她被窝里。她不知就里，光溜溜地方向被内一钻，那小蛇哧溜一下子，正撞在她小肚儿上，吓得她登时昏过去半晌方醒。当时两人一阵价反目大吵，几乎散了场子。这是她的异样性格，是没法说的哩！”于是两人相视一笑，慢步踅去。

这里郭琼连日闷闷，不想无意中却得了老大的要领，当时只喜得心头奇痒，偷瞧那黑白两人业已去远，便连忙踅向塘岸，寻根树枝儿，就浅草沮洳中略一搜拨，登时又有两三条小蛇儿蜿蜒而出。郭琼略作踌躇，更不怠慢，便踅回邻村寓所。

次日兴冲冲直奔济宁州城，过午业已行抵东郊，老远地便望见临河大街玉堂酱菜铺那片雪白的门面横墙，长可里余，上面写着商号发货的字样就有栲栳大小。原来这济宁地面是水陆通衢，更兼驻有粮道、盐道的衙门，所以十分繁盛，但是五方杂处，奸宄也易藏伏哩。

当时郭琼不暇细瞧风景，方贸贸然将进东门，恰好有一帮运货的二把手车子吱吱扭扭接连不断地由城瓮中喧阗而来。这等帮车单有个混账习气，若依次价陆续走着本可通过，但是他们越到热闹所在，见对面人拥挤了。您瞧吧，他们便一声喊，就如发疯一般，脖儿一梗，两膊一晃，大屁股一撅，蹦得脖筋多么粗，给他个侉车子不倒只管推，总须后面前车手那活儿顶了前面后车手的屁股方才算数，并且口中扒灰头、小舅子地骂成一片。所以一值岔盘（俗谓拥搁难行，曰岔盘）就不可开交，总须坊卒官人们臭骂乱打，那车夫们方喜眉笑眼，依次价扬长而去。说个俗话儿，便是大爷的毛病，好耍这份贱骨头。

当时郭琼见来车不妙，方要趁缝儿跑过去，无奈前后价行人一哄，早足不沾地地愣被大家架向靠城门一旁。这时车夫、行人互相喊骂，业已闹得锅滚豆烂。郭琼跟前恰好撞来个十四五岁的大妮儿，手抱布包，被大家挤得东倒西歪，已经待哭的光景。不想这时又有三四个短衣街痞横不椰子从旁撞来，登时挤挤眼儿，从丹田里使劲子一声怪叫，三四个人连推脊背，只这么向前一冲，眼睁睁扑向那妮儿。

这里郭琼暗道不好，方举手要推街痞，便见一只大宽袖一荡之间，登时伸过支秾秆似的瘦胳膊，很长的手爪一把拉住那妮儿揽将过去，顷刻又添一臂，做个圈势护住妮子，却骂道："唔呀，你们这班混账东西，再要这般挤，吾的明杖是要乱戳你们屁股眼子的。"一句话招得众人都笑。郭琼忙望去，不由也扑哧一声。正是：

三娘要领欣方得，一怪风波又欲生。

欲知后事如何，且听下回分解。

第二十回

金家宅名捕会众友
太白楼铁拨起鹃弦

且说郭琼忙望那护住妮儿之人，却是个瞽目先生，生得削瓜似的一张脸，干瘪得便如僵尸，耳颧上有一撮短茸茸的黄毛，直连腮颊的卷曲弄髯。两道疙瘩眉，一张蛤蟆嘴，更搭上个鹃鹰鼻子。那身材细而且长，穿着一件粗布长袍又肥又大，身背一具短短的三弦，其色黝暗，也辨不出是漆是木，这当儿正两臂作圈，合着手，拄了明杖，翻起一双红赤赤瞎眼皮微作笑容，那光景甚是可笑。

于是众游人都乱骂街疟道："别他娘的装屎蛋咧！如今惹得没眼的都说出话来，什么贱骨头呢？"正乱着，众车前赶到几个巡街坊卒，举起皮鞭向车夫一阵抽打，这才吱扭扭轮声转动，喧喧然嚷骂而去。

郭琼再瞧那妮儿和瞽者，已不知几时混入人丛，竟自不见。郭琼匆忙中只认是那妮儿闪到瞽者跟前，可巧被他摸索护住，当时也没在意，拔脚便走。方趄至东门大街中间儿，只听一家药店门首有人喊道："喂！郭爷才到吗？怎的耽搁这些日呢？"

郭琼望去，却是马四把，业已攒着眉头拎着药包儿由药店前一径趄来。彼此价不及见礼，郭琼忙问道："你早回头了吗？崔爷等想已都到，俺这一耽搁，金爷想等候得不耐烦哩！"

马四把道："别提咧，这桩事总透着有些别扭，咱且走个僻道儿，待俺告诉你老。"说着紧走几步，和郭琼转入一条小巷。原来捕快家处处小心，没有在大街上大说大扯的。

当时马四把道："俺们也是前天方到，骆五爷很痛快地跟俺来咧，崔大炮因病没来。"郭琼沉吟道："如此短一把硬手，怎么办呢？"马四把道："硬手没来，却来了个闷闷浑浑的二大爷，便是崔大炮向俺转荐了一个朋友，人称什么单刀何玉龙，据说是本领不错，在东府里是响当当的角色。他自吹起来越发地有天没日头，但是俺和他一见之下，便觉他是嘴上的本领，少时您瞧瞧吧，他那小模样儿就不挂人缘儿。"

郭琼笑道："马兄不可这般小看人，凡人不可貌相，人家既能吹嗙，就许有真本领。如今金爷是怎样个布置呢？"马四把道："方才俺没说吗，这桩事总透些别扭，如今郭爷到来再好没有，金爷有话，都靠您给领头儿办咧。"

郭琼诧异道："那么他干什么去呢？"四把道："您不晓得，如今金有业是越忙越抓瞎，便是昨天早晨他女儿从曹州连夜价打发人来，说是他女婿苗捕头殿扬因一桩要紧案子，被本官限期严比，屁股上的肉都要拆烂，特请金爷火速便去。依着金爷，还是专候郭爷，了却自己的事再说。无奈他妻子邢氏痛女儿女婿心盛，不由金爷不去，饶是如此，邢氏还啾啾唧唧。偏搭着不睁眼的何玉龙装模作样，闹得人心里发烦，火头烘烘的。"说着一举药包，道："所以俺随便上街，打服清解的药吃。"

郭琼听了，好不踌躇，便道："如此说来，真有些透着别扭。金有业既没在家，只好咱大家捧着办吧。你没问那来人曹州地面出了什么要紧的案子吗？"四把道："那来人说得不清不白，只说是府衙中丢了什么贵重东西。"

两人一路上只顾了且行且语，四把抬头一望，已差了一段道路，于是重新趖回，却笑道："俺也发昏咧，郭爷是从府上来吗，还是在别处有些耽搁呢?"郭琼笑道:"不瞒你说,俺已向仲家浅逛了个够来咧,并且要领已得。咱大家歇息两日,斟酌妥当,简直地就插手办案吧!"于是将仲家浅探望的情形大概一说,却不提那黑、白两人塘岸边的一番话。

四把听了,不由一竖大指道:"郭爷真有你的,俺大家还傻忒儿厮的想等郭爷到后,先设法去探一下子哩。可见您是棋高一着,凡事都不落后。"正说着已到金宅,便相与厮趁而入。四把却低笑道:"少时您见了那稀稀罕儿可别发笑,人家觉着俊样得多哩。"

郭琼听了,微笑点头,方一脚踏进转屏门,已听得前厅内有人客咭咭而谈,并有个公鸭嗓子的语音哈哈地笑道:"骆五哥,您别瞧俺这身肥膘头,似乎笨牛一般,这就是俺单练的一种好体面的肉功夫,俺一运气,这肉唰一声立刻都成了疙瘩腱子肉,就别提多么浑实咧。漫说是锋刃不怕,便是五套的大牛车从俺身上轧过,管保连白迹儿都没得。像他们那金钟罩咧,又是什么铁布衫咧,那全是来着玩的。并且俺这肉能缩能涨,用着时,青筋暴露,灵动异常;不用时,叫他累累垂垂,就如有二百钱的财主们一般,岂不壮观。"说着清脆脆一声皮肉响。

郭琼要笑连忙忍住,便闻又一人拉着长声儿大赞道:"何老哥,难为你这身肉功怎么练来?人家有练气功的,有练筋骨功的,练肉功的委实少有。将来你这套功夫流传下来,可以称肉祖师自不消说,但是俺却替你愁一样儿,像你这鼓出多远的大肚皮,若和老嫂那么着起来,不碍事吗?"厅内人客哄然一笑之间,这里马四把业已抢步登阶,和郭琼掀帘而入。

郭琼一眼望去,早见靠北炕榻上,弥勒佛似的坐定个五短身材的大胖子,满脸上虚肉臃肿,挤得眼睛只剩一缝,秤锤鼻子下偏又是张缺唇露齿的黄龅牙嘴,挟气儿喘,有声如牛,正执杯品茗,笑吟吟甚是得意。和他隔炕桌对面坐的人却是个长躯伟干四十多岁的大汉，生得黄面微须，河目海口，顾盼间甚是精神。其余列坐的三四人，一色的短衣伶俐，外披长衫。

郭琼料那炕上两人就是崔、骆，由马四把互相指引之下，慌得那大汉连忙跳起，向郭琼抱拳道："幸会，幸会，俺骆某虽是初识尊面，但是俺的耳朵早已被您的大名震聋了。"

郭琼连忙谦逊，这时列坐的三四人也来厮见，却都是金有业手下的捕伙，唯有那大胖子何玉龙只向郭琼略欠屁股，道："郭兄，咱都是自己人，不客气，您也就请坐吧！"说着，模模糊糊一抬头，向马四把道，"今天这接风酒，您快去命人预备吧。酒倒不在乎，第一是肉，越多越烂方好。"说罢，一个臭饱嗝声震四壁，细眼一合，却似乎盹睡神气。

大家一瞧他厌物样儿，也没人理他，于是一阵价随意落座。先由郭琼叙说探访的情形并准备办案的计划。大家听了，鼓掌称善。

郭琼又道："骆兄、崔兄，咱们是一人不过二人智，大家来细为斟酌，然后行事。"

骆五爷笑道："得咧！您这老谋深算，还谦逊怎的？俺们是尽听指挥。"正说着，忽闻鼾声大作，一瞧玉龙正坐那里前仰后合，并且一张嘴咬牙咂唇，十分热闹。大概大家这番长谈他是一字没入耳。

四把瞧不过，便猛地大声道："今天席上这肉真是又香又烂，咱大家吃净了，快泡酽茶，刷刷油腻。"一声方尽，只见玉龙猛睁两眼，四下乱瞅，这一来招得大家哈哈大笑。

唯有郭琼仔细过甚，恐怕何玉龙是真人不露相的作用，却极力地忍住笑，又将自己探访的大概等事向他一说，然后笑道："何兄的单刀本领久已著名，将来办起案来，俺们定要开开眼界咧。"

骆五爷道："正是，正是！何兄讲起单刀米，真是家数非常，除飞刀、滚刀、爬刀、骗刀之外，最神妙的还有一套八宝护腔刀。据说这套刀法那刀要欢了，腔是悠悠悠，刀是嗖嗖嗖，真有刀不离、腔不离刀之势。俺何老哥叫响儿也就在这个腔上。郭兄，等消停了，你赌着开眼吧！"四把听了，正含了一口茶，扑哧一声喷了一地。

那玉龙却得意道："什么话呢？既练单刀，必须有些独得的招数，不瞒您说，俺练那套刀法，就是十来年的纯功，但是屁股上的肉便不知削去了多少条片。"说着，便信口乱道，一段段背诵起单刀歌诀。郭琼仔细一听，都是江湖溜口，于是心下恍然，便跟着凑趣儿一阵称赞，将个何玉龙得意得什么似的。

不多时，就厅中摆上酒饭，大家相逊落座，郭琼和骆、马两人是一面用饭，一面谈回办案之事，又猜测这番曹州地面出甚案件。

唯有何玉龙横拉开两只膀子，低了脑袋，合眉䁱眼，便如一只大猪一般，一面咕嘬大嚼，一面杯箸齐进。及至大家都吃毕离座，他还在那里大喝肉汁。直至仆人们不管好歹愣上前收撤器皿，他方抹抹嘴巴将就罢手。

当晚郭琼宿在金宅，又和骆、马两人斟酌回办案之事，方才各自安歇。

次日，郭琼思忖一番，上街闲行，随手儿买了一段粗竹筒，两端都安了木塞儿，便为半截鱼鼓一般，挟在胁下。转过两道街坊，已近南城，抬头一望，恰是太白楼下。

原来这太白楼是济宁地面的一段古迹，那座楼正当南城之隅，高出城垣，修筑得十分华美，飞甍画栋，共是三层。登其上，内则全城入览，烟火万家；外则运河风帆，洪波千里。这所在即是名人古迹，又撮风景之胜，所以游人络绎，旦夕不绝。但是真正怀慕诗仙的人却不多，不过红男绿女，大家瞧个热闹罢了。

因为楼的下两层已如市场一般，头层是茶肆，二层是酒肆，闹得乌烟瘴气、俗秽不堪。三层上倒还罢了，只清静静地供着太白骑鲸的仙像。无奈塑手不堪，愣将个清狂潇洒的李谪仙塑成个天官赐福的模样。再瞧到楼中四壁，横涂竖抹，只要有巴掌大的空壁，便是一首五七言的放屁歪诗。（作者往年曾登此楼，至今还记得有两句诗，委实不错，是"过客此中须饮酒，先生在上莫题诗"；又有两句诗，也很有趣，是"你来我往都题诗，鲁班门前耍大斧"。）

当时郭琼一见太白楼，不由游兴勃然，便直着脚子一径登楼。见那下两层中茶客如云，酒客如鲫，喧哗笑语中又夹着些趁座的小贩，还有些私唱粉头们，扎括得花枝招展，挤来蹭去，名为游玩，其实兜揽客人。

郭琼随意瞩目，慢步直上，到得三层纵目四望，不由得心旷神怡。正在凭栏徒倚之间，只听泼啦一声，便如裂帛，接着便三弦低昂，一阵价钹钹铮铮。须臾，那音调愈转愈高，于慷慨雄厉之中，又带些苍凉激楚之韵。

郭琼望去却不见人，及至探身下觑，不由略为一怔。正是：

闲游方骋登临兴，狭路偏逢傲诡人。

欲知后事如何，且听下回分解。

第二十一回

众捕友约会晏公祠
夜游神再觇汪六宅

哈哈，有趣得紧！上回书交代到名捕郭琼在太白楼三层阁上忽闻下面弦声有异，作者正在执笔踌躇，忽然霹雳一声，阴霾都开，登时现出了青天白日，从此魑魅潜形，宇宙光明。作者斗胆，自家俊样自家说，这大概是作者吉祥文字之力吧！一言未尽，早有笑于座中的道："作者先生，你快别撩大天咧（俗谓夸诞之意），你这种诌书离戏的文字，不过东掀一锄头，西撅一杠子，编得热热闹闹、有鼻有眼，像煞有这么档子事似的，以博大人先生、太太小姐们酒后茶余解解闷儿罢了。既非打倒什么障碍，又非宣传什么主义，那青天白日虽是出现，又与你什么相干呢？"

作者道："然而不然，那青天白日之出现，原为收拾怪物。俺这部书也说的是收拾怪物，不过怪物的多少大小有些不同罢了。但是人家那多的大的怪物，业已收拾得干干净净，俺这少的小的还没收拾完全，作者只好学句时髦话：'是收拾尚未成功，撰述应须努力'了。闲言少叙，人家北画（《北洋画报》）先生们还等着要稿子哩。"

且说郭琼忽闻一片弦声，雄壮激楚，向阁下一望，却是那日所见的那个瞽先生，一面弹一面蹚将过去，郭琼见了，也没在意。

须臾夕阳斜被，游人各散，郭琼下得阁来，也便慢慢踅转。刚一脚跨入金宅，却闻得厅院中咕咕咚咚跳得一片山响，接着便闻骆五爷哈哈大笑，并马四把噪道："得咧，我的何老哥，我不佩服你别的，我就佩服你这身膘头儿，居然耍得嗖嗖的活的一般。你老哥快留些劲头儿，见了郑三娘再使吧。"

郭琼忙闪向屏门后一瞅，只见骆五爷和马四把都站在厅廊下，满面含笑。那何玉龙却盘起辫子，光着肉垒似的黑脊梁，正在左五右六地乱丢架子。因为图手脚便利，只穿一件单青绸短裤，这时正面背屏门，双垂两手，忽地向地下一抄，只肥臀高耸之间，马四把又吵道："有的，真不含糊，你瞧这个霸王举鼎……"一言未尽，何玉龙哈的一声，双手撑空，倏地向后连连退步，意思是取灵猫搏鼠之势，招得骆五爷正在连连拊掌。

马四把又喝彩道："好！好！你瞧这个老虎大偎窝，多么作实，错非练过蹾铁砂、铁屁股的功夫，一个实胚胚的肉屁股，哪里能甩得这么妙相呢？骆爷您瞧吧，将来何爷若遇郑三娘，只须给她一屁股，管保成功哩！"

郭琼听了，扑哧一笑，方一步跨进屏门，便见何玉龙真个用肥臀向后一偎，猛地向前一蹿，但闻哧啦一声，便见白亮亮一片肉彩直耀过来。原来玉龙只顾了瞎向后偎，哪知一下子正偎在背后的一只荷花缸上。偏巧那只缸是缺坏口沿，露着锋快的缺岔儿，三不知挂住玉龙的臀裤，所以登时撕了个大口儿。

当时大家又是一阵大笑，那玉龙却不理会，依然地熊经鸟伸，打过一套拳脚，这才穿好上衣，大家斯趁入厅，谈笑过一会子。

须臾摆上晚膳，大家一面用饭，一面便谈起捉捕三娘之事。马四把便屈指道："只后天便是仲家浅的会场咧，咱们到那里，落脚之处郭爷已有安置，只是咱们怎的混入呢？"

郭琼听了尚未答语，何玉龙却吵道："这很容易，那会场上俺听说是大开明赌，不消说准是郑三娘等的局主儿。咱只须扮作赌客，巧咧就在赌场上捉拿他们，岂不干脆？"

骆五爷沉吟道："此计不妥。那郑三娘也是见过世面的人，她虽当局主，自有她手下人料理，她岂肯便在赌局？再者咱们都扮赌客，也委实呆笨得紧。办案的事，定法不是法，全在临时侦探一切，随机应变。你若死巴巴地去当赌客，若被落倒帮子（俗谓赌徒也）们缠住了腿，不差什么给你个腌后跟，闹得你东游不得西转，岂不要糟了糕吗？"

郭琼笑道："骆兄此话有理，办案件全在临时变动。依俺之意，明天咱大家随意乔扮，陆续前去，更不必成群结伙，以免招人耳目，只须在晏公祠聚会就是。"大家听了，都各称善。

马四把先笑道："啊呀！话虽如此说，俺可扮个什么好呢？俺这模样儿不文不武，扮什么也是个四不像。郭爷是不消说，还是穿他那身旧行头，干他那老营生；骆爷长得威威实实，便扮个卖艺朋友，再好没有；便是何爷福胎福相，就这身膘头儿说，正好扮个富家翁，摇摆着前去逛会，只有俺没得装扮。"

玉龙笑道："依我看，你这张贫嘴穷说，正好扮个卖膏药的。"大家听了不由都笑。郭琼道："何兄此话倒也使得，至于咱所带的帮手捕伙，只好叫他们扮作一群庄稼张生，也就可以混入咧！"

大家一听"庄稼张生"四字，不由一怔，当由郭琼笑述所以，于是都拊掌大笑。

原来乡村习惯，凡有庙会，左近村庄的农佣工作人等照例的是歇工逛庙，大吃二喝，主人家并须酬给逛庙的钱。这当儿大家吃饱喝足，便争着刮脸剃头，乱穿新衣，一张久经日晒的紫黑脸，先须洗刷得亮油油，如褪却一层皮一般，然后扎上腰里硬的新裤带，穿上实纳帮的新鞋，走起来跳跳的，已然有些俊不可

143

言。于是再穿上白粗布汗衫儿，扣儿是照例不系，为的单露一件俏皮无伦的扎花兜肚。

若说起这兜肚，简直地写意极咧。一月前，各家的莺莺小姐便须飞针走线，在那兜肚上各显奇能，照例地兜肚四围锁上极细的狗牙儿，再不然便是汉纹式的滚花边。正中间方方正正留一块白地，逢赦不赦定要扎上一出戏篇儿，有的闹出断桥，有的闹出小上坟，逗个笑儿便来出刘粗腿夫妇叫化（此剧昆腔中有之）。好热闹的便来个焦赞打棍，更有离奇的，单扎上翠屏山海和尚挟抱巧云一段，两下里眼儿斜睃，金莲入握，活跳跳的神情儿简直就大咧。

至于兜肚链儿，一定是五色琉璃泡串就，就这么向车轴似的粗脖上一套，吓，您瞧这份起心里俊，就提不得咧。一切都毕，然后再披上一件新毛蓝布长衫，手中是鸽子毛的缎雕扇，圆团团的有如龟盖，不但用以扇凉，连随行的坐垫都有咧。

这当儿，一顶青梭布沿边的大草帽早已准备停当，于是各家的莺莺小姐，瞧了各人的簇新新张生，无不乐得咧开小嘴。有的亲手与他戴上草帽；有的跟在屁股后头，一面抹蜜似的笑，一面与他整整衣襟；更有爱极之下，未免芳心怙惚，便一丢眼儿，向其张生娇嗔道："你到庙场上，可要体面些，等我见你给老娘们当尾巴时，回头咱再算账。"说着，又忍不住哧地一笑，于是她这位张生便摇摇摆摆直赴会场，此之谓"庄稼张生"。

诸公莫笑这庄稼张生不起眼儿，哪知人家到庙场上也自有如分相当的趣事，大概那庙场上的缝穷婆儿或趁庙的花子老婆，不须去寻那传书递简小红娘，就可以在苇塘草地内迎风待月了。

当时大家笑过一阵，马四把便道："如今大家角色都已分配停当，究竟何兄怎样改扮呢？"玉龙笑道："俺想这趟办案，业已经郭爷踏侦停当，咱们到那里也用不着什么踏侦咧，趁此逛个快活庙会，哪些不好？俺已想了个绝好的角色。这当儿俺却不说，恐你们学了乖去哩!"大家听了,都各一笑。须臾饭毕,又谈回明日赴仲家浅之事,一宿无话。

次日,郭琼方才醒来,忽听窗外琅琅的药铃响动,接着有人南腔北调地道:"医走一步运,药治有缘人。哪位有症候只管说话,快闹一贴神仙一把抓的膏药如何?"说着,马四把掀帘而入,头戴一顶烧饼大的破凉帽岔儿,直竖竖一撮红缨,身穿一件又肥又大的香色长袍,腰系凉带,胯骨屁股上带了一大嘟噜杂耍儿。仔细瞧去,却是左一个兜右一个络,都装着小药瓶小药罐之类。背负膏药小匣儿,一手持铃,一手打着个长方的膏药幌子,上面大书道"新到北京太医院著名医生,祖传外科,专卖丸散膏丹并治疑难大症,世德堂吉"。

郭琼见了,哈哈一笑,一面价起身结束,道:"吉先生利市呀,请你先走一步,咱们庙上见吧。"一言未尽,只听骆五爷在院中喊道:"喂!朋友慢走,咱且搭个伴儿,卖艺的不离卖药的,为的是跌打损伤就须你的金疮药,这才是江湖规矩哩。"说着,嗖一声一个箭步蹿入来。

郭琼一望,又是一阵连连喝彩,只见骆五爷穿一身紫花布的劲装短衣,腰束宽带,腿扎护膝,下踹一双实纳帮肋巴扇的鹰嘴洒鞋,头裹青绸巾,绞作两股燕尾儿似的,分垂脑后,手中搓弄着两只大钢球,进得门来,便一拨腰板,丁字步一站。

郭琼方在提鞋下榻,只听院中众捕伙一阵喧笑,接着便拨浪鼓儿连连响动,须臾软帘一拱,先钻进个肥脑袋来,然后一腆大肚皮,蹒跚而入。大家一瞧何玉龙,居然是个俏皮货郎儿,穿一身青绸短裤褂,打着漆光似的蝎子尾小紧辫,在太阳穴上贴一钱大的俏皮膏,身背着京货小箱儿,一手摇鼓,那一手却拎着一方绣花汗巾儿做个货幌子。

这一来,招得大家且笑且望。马四把便笑道:"这话不该我说,何老哥,你打扮得如此漂亮,不像个卖水烟的吗?"玉龙正色道："歇着你那贫嘴吧，你哪里晓得俺的神机妙算。"说着，一摇小鼓道，"你瞧这家伙，雅名儿就叫唤娇娘，无论到大家小户，只须俺鼓儿一响，那大闺女小媳妇们便往外跑个不迭，一阵价眉欢眼笑围住俺，看货儿讲价儿。那时节，俺眼里瞧的多么鲜艳，耳内听的多么娇嫩，鼻内闻的多么香甜，这已经够快活的咧。倘遇着妖娆娘儿，又要省钱又要抓干脆，摆弄着一件货，丢眉扯眼，明闪闪眼风儿只管向人脸上飞，软绵绵的手掌儿只管向人背上打。这当儿，不瞒你说，俺简直地快活极咧。这还不算，你想那郑三娘，便是凶煞了毕竟脱不了女人气的，俺这一去，鼓儿一响，倘将她唤出门来，咱大家一拥齐上，套了她脖儿就走，岂不干净煞利呢？"

大家听了，倒也无话可说，正这当儿，院中众捕伙业已聚齐，郭琼和大家出来一瞧，只见十来名精壮捕伙，都各乔扮得五颜六色，各自暗藏了短刀铁尺之类。当由郭琼吩咐数语，并示知晏公祠的聚会所在。

众捕伙去后，这里郭琼匆匆盥漱罢，便命马四把先行引路，随后骆、何两人也便次第起行，但那时不便从金宅大门走，都从后门掩溜出去。

不提马四把一行人遮遮掩掩直奔那仲家浅的庙会，且说郭琼待众人去后，沉思半晌，从容容用罢早饭，他料今天没得事做，索性地又上街散步一回，然后回头结束停当，仍是挎篮的小贩模样，便吩咐金宅仆人道："俺们此去办案，耽搁几日却不能定，倘金爷回头时，便请他速速赶去为是。"说罢，一径地趱离金宅，直奔大道。

不消日西时分，业已距仲家浅数里之遥，这时四外岔路上，赶庙场的游人香客并诸色小贩以及江湖朋友等业已如万派朝宗，水也似的向仲家浅直灌。一路上纷纷笑语，十分热闹。其中有一群把臂少年，一个便道："喂！老三哪，今年庙会上赌场儿真透着够瞧的咧。俺听说是黑爷、白爷大发豪兴，愣插胳膊，将全会场的赌局都保了险去咧。这一下子，可把官人们并吃赌局的小混混坑得只好咧着大嘴叫妈咧！"

老三道："真的吗？若果这么办，这黑爷、白爷真也透着有点儿损，这不是硬从人口内抢白食嘛！但是你到那里怎么想呢？"那少年道："无非是向项老太局内玩玩罢了。"老三道："哟，你这想法不见高超，项老太局内一来赌客杂乱，二来老太这小子新近又约了城里的崔大屁股当宝官儿。这崔大屁股你是知道的，一手的弄神掉鬼，什么翻天印咧，盗玉斗咧（均押宝赌中诡术之名），全套子煞利把戏，咱有钱为甚给他白进贡呢？"

那少年道："你说什么梦话，崔大屁股上月里不是被人家搬了个大旗竿（拢全局之钱注压向一门俗谓搬旗竿），一下子压得吐血死掉了吗？"老三笑道："你这个马虎鬼，倒有点儿阔秧子（谓纨绔子也）摆场，外边事都不知道，张三的帽子愣按到李四头上，那不是丁二瘪子的事吗？崔大屁股现在活跳跳的，你如何咒人死呢？但是这都不干咱鸟事，咱到那里简直地向韩老五局内去玩为妙，因为韩老五要创大字号，很和黑爷、白爷要好，今年他的赌局阔绰极咧。起脊扎花的大赌棚，里面铺设的局面客位一般，单是帮闲伺候局的人就是七八个。到里面吃喝玩乐吸大烟，是由性儿干。更请了黑爷、白爷，常川地在局内弹压一切，像那许多的吃局腻虫们，这回休想去蹿脚咧。咱玩钱玩个舒齐，有这所在咱为甚不去呢？"众少年都笑道："正是！正是！咱就去给韩老五捧捧场吧。"说着杂沓而去。

郭琼听了也没在意，依然地逐队前进。不多时行抵仲家浅，一入村头，业已热闹异常，因为明天便是起会之日，各项趁生意人等早已都赶将来，各占地位，一处处棚幕云连，居然像市场一般。

郭琼暗想马四把等人这当儿必都到齐，便慢慢地仍取路汪宅门首，想趁势再觇觇动静。方一步踏进宅门，恰好有两个仆人从内踅出，一个便道："真他娘的麻烦，越是明天有热闹咱们越忙，不早不晚，咱娘娘又啾唧起来，虽不是什么大病，你瞧她那淹搭搭有气没力的样儿，也须请医打药地麻烦人。"

那一仆人便笑道："她的病来得也古怪，前两天还欢虎似的，忽然就闹起怔忡不安来，只觉坐也不是，卧也不是，就仿佛有什么大事要临头一般。还有咱们那位黑爷，这两天也只管没好气，耷拉着脸子噘着嘴，仿佛谁该他二百钱似的。那会子为了个外路人狗屁不值的事，竟闹了个惊天动地。"

郭琼听了，不由登时一惊。正是：

耳闻敌病心方喜，念切同人意又惊。

欲知后事如何，且听下回分解。

第二十二回

捕友乔装闹庙会
郭琼侦路觅同人

　　且说郭琼听得三娘抱病，正在暗喜，忽闻"外路人"三字，不由心下一惊，急忙倾耳。便见那前一仆人道："你也别说是狗屁不值的事，单就那外路人直着眼儿瞧娘们说，也该吊起他来，给他点儿苦头尝尝。如今闲话少说，咱也该向韩老五局内瞧瞧咱们那位黑爷去咧，不然咱老不傍影儿，他正在没好气，惹他呵斥两句，未免有点儿犯不着哩。"说着，一路嬉笑，竟自踅去。

　　郭琼听得那外路人是为耍轻薄，受人吊打，暗想自己一帮人中没得这般角色，这才放下心来。

　　逡巡间踅过汪宅，又到那酒肆前略为徘徊，仔细望去，却见先前那球场所在这当儿却搭起一片赌棚，远望去人众纷纷，并有许多的挑担携篮的小贩，都猬集在各棚左右，大半都携着提灯，准备着夜市营生。

　　其中有一特为整齐高大的赌棚，郭琼料是什么韩老五的局场，便寻步蹭将去觇觇光景。方闪在人背后向内张望，只听棚帘内有人笑道："今天不成敬意，倒屈尊了黑爷、白爷，明晚局内热闹，全仰仗您二位虎威坐镇，等散了场儿后，俺再找补敬意吧。"说话间，帘儿一启，郭琼眼快，赶忙一矮身，见黑儿、白儿都吃得酒气醺醺，挺胸腆肚地大踏步踅出。后随一人生得麻面黄须，十分和气，笑眯眯哈着腰儿，一面送一面道："您二位明天早些光降吧，热闹当儿全仗您弹压哩。"

前面黑儿便回头道："韩五哥，你就赌好儿吧。这点把事算是交给我咧。凡有搅闹庙场的，那算他活该晦气，你不见今天俺已吊起一个吗？"后面韩老五连忙点头口内吸溜之间，黑儿、白儿业已扬长而去。

这时，日色将落，郭琼一面张望，一面暗想道："合该俺办案顺手，如今三娘既闹啾唧，这黑白两个又须迟留在赌局中，只须如此地分头做事，定然成功。三个扎手的料理毕，只剩个饭桶汪六，还不是瓮中捉鳖吗？"想得高兴，便折转身，直奔那河堤西首。

距晏公祠数步之遥，早望见那四把和骆五正在庙门首徘徊闲望。一见自己趸来，连忙迎上，劈头便问道："郭兄在路上没望见何玉龙吗？"郭琼一怔道："奇哩！你们是先发的脚，如何倒来问我，难道何玉龙还没到吗？"

骆五爷道："正是哩，俺两人走了一道儿，距这村还有四五里，他忽然要出大恭，叫俺先走一步。及至俺到这里，和马四哥安置歇息，又闲谈到这当儿，他却是还不见到。"

郭琼笑道："他又不是娃娃家，难道还丢了大胖小子不成？他或者因肉坠的，走乏咧钻在哪里盹一觉儿也未可知。"马四把便笑道："再不然，就是叫屎壳郎推了去咧。"

大家一面说笑，厮趸进内，吴老道闷闷浑浑地见过郭琼，自去烧汤烹茶，伺候一切。

这里大家趸进大殿内的客房，彼此落座，郭琼先问起众捕伙来，马四把道："俺已命他们就村中分头散住，一来不招耳目，二来随便可探案犯的消息。这里只留一个李伙计给咱们看门买饭，便足用咧。"

郭琼听了，一面点头，一面将方才自己到村所见的情形一

150

说。马四把欣然道："那黑儿、白儿没什么大能为，咱只须遣捕伙们绊住他在赌棚内，就能成功，咱大家只料理那个泼辣货就是。"

郭琼道："俺的意思也是如此，候明天探望妥当，再为布置。只是何老玉怎么这当儿还没到呢？"正说着，只听院中吴老道笑道："你老这可跑累咧，等我接你一把吧。"大家只当是玉龙赶到，向外一望却不相干，原来是那李伙计提着两具大食榼趸来。

当时吴老道帮着李伙计提进食榼，就客室外间摆列停当，匆匆地取到灯烛。郭琼等彼此落座，须臾用罢，便命李伙计撤去与吴老道同食。先不提吴老道醉饱之下和李伙计自去谈天，且说郭琼等一面闲谈明日办案之事，一面静候玉龙。堪堪至二鼓大后，依然是影儿不见，闹得郭琼十分怙惙。

马四把便笑道："他单扮那种角色，就透着道上累赘，所经村落，妇女们见了货郎子，未免就你瞧针、我瞧线地胡兜搭，再拿进袖花和鞋片去配颜色、比大小，一耽搁便是半晌，再搭着何老玉撒撒裂裂的性儿，那可就没有准咧。好在明天还有工夫，难道他老不到吗？"

郭琼沉吟道："俺因今天听那汪宅仆人说，有个外路人因瞧娘儿们，被那黑厮捉去吊起来。如今何玉龙偏不见到，未免叫人心内怙惙。"

骆五道："没事没事，何老玉虽性儿撒裂，还不至这等没正经，咱只明天随带着寻他便了。他若住在左近村中，说不定明天一早也就赶到咧。"正说着，遥听村柝业已三敲，于是大家各自安歇。骆、马两人歪倒便睡，唯有郭琼因寻思明天办案，并怙惙玉龙没到，一时间只管睡不着。偏那客室中鼠儿甚多，不断地出没窥人，搅得郭琼一夜也没好生睡，直至五更敲过，方才沉沉入梦。

及至次日醒来，业已巳分时候，一瞧骆、马两人都已出庙去

151

咧，只有李伙计还没出去。郭琼一面结束盥洗，一面问知何玉龙还没到来，便向李伙计道："少时何爷到来时，你只嘱咐他在庙里等候俺们便了，这个人真是累赘。"李伙计道："俺今天一早便去嘱咐俺伙伴儿，大家都带眼儿寻他哩。你老用过早饭再上庙场吧。"

郭琼道："不须咧，到庙上随便吃些就是。"说话间提起货篮，匆匆出庙。路经那片塘岸，又悄悄地端详自己应用之物，便沿着长堤慢慢行去。

只见一路上红男绿女，各处里锣鼓喧天，人声如沸，东一攒，西一簇，也有耍猴戏的，也有说书场儿，也有踢毽的，也有打瓦的，各家的小卖食摊什么馄饨锅咧，烧饼案咧，还有随意小吃，大碗的长条饸饹、南式点铺、透鲜的粉团黏粽。

各摊老板男的是叉腰掩耳，歪着脖子直嚷，女的是丢眉扯眼，笑嘻嘻乱招主顾，更有许多的四乡妇女，成群结队，一面拥挤，一面吱喳。正这当儿，忽见道旁高树下一丛人众纷纷地围作一团，便有横着膀子挤出的人道："江湖中专讲的是三十六路大春典（春典者，溜口行话也，凡江湖生意人，必须熟谙春典，方能设场作骗。若不谙此，倘被行家问短，立刻即须收场，江湖人视春典几同秘咒，有'宁赠一锭金，不赠一句春'之口号云），错非有这骗人的嘴，怎能瞪眼撒谎，白手抓钱呢？"

郭琼听了，趱入人丛一瞧，几乎失笑，只见马四把将那小凉帽岔合在额盖上，扇起两只大袖子，正在场内一步三摇地踱来踱去。两耳叉上还夹着几贴小膏药，一面摇动药铃，一面道："呔！诸位听真，好货不贱卖，贱卖没好货。宁吃仙桃一口，不吃烂杏一筐。俺这膏药，名为神仙一把抓，万应如意膏，专治十疮九漏、五痨七伤，挛筋寒腿，外带着蛊胀积痞，以致经血不调、花柳毒症，一切的疑难大症、无名肿毒，只要贴上这膏药，管保您马上病除。却有一件，你老要没贵恙，俺这话虽是白说了，却也有个试验，你老不信，贴一张瞧瞧，管保你肉皮儿立时发热哩。"

众人听了，哈哈一笑，马四把一瞧场儿，道："你瞧那位白胡老爷子说了话咧，他说俺这膏药是夹糖糕做的，哄人的买卖。你瞧瞧，不把人气煞吗？"说着，由怀中掏出许多膏药，置下药铃，一面巡场俵散，一面道："诸位但闻闻这股药香，夹糖糕会有这股子气味吗？您只当闹块糖疙瘩，十来个官板（俗谓钱也）的事，不算什么。您要是没带钱，俺便奉送，请您给俺传传名头就是咧。"说着，笑吟吟连连拱手，道，"诸位不晓得，俺是北京有名的吉傻子，俺的老主顾，那王公贝勒、部院大人们自不消说，便是皇上宫内，一年四季价也不断地用俺膏药。头些日子，娘娘屁股上生了个坐龙疮，还巴巴地打发小太监来买俺的膏药哩。"

众人听了，都各大笑，马四把一抬头，忽见郭琼，便绷着面孔道："你瞧这位掌柜的又发笑咧，敢说是俺只听说有坐板疮，哪里有坐龙疮呢？您不晓得，娘娘睡的是龙床，坐的是龙椅，所以叫作坐龙疮。"

郭琼听了，正在扑哧一笑，恰好有个驼背老头儿挤将进来，道："喂！吉先生，你瞧俺这脊梁，还有法治吗？"

马四把正色道："你瞧瞧，什么话呢？若没法治，怎配称万应如意膏呢？你老人家只要多用这膏药，俺保管你的脊梁立时就笔管条直。你老回家去，先准备两块木板，脊梁上贴满膏药，然后命人用木板前胸后背这么将你夹牢，再用大石块一下子压得平平正正，不消半日，你老的脊梁骨便再直没有咧。"

老头儿一愣道："这么一来，俺不立时断气吗？"马四把道："好啰唆，俺只知抓去症候，谁管你断气呢？"众人听了，哄然一笑，就这纷纷抛钱的当儿，郭琼向马四把微微一笑，即便踅出。

方走得十余步远近，又见一群短衣紧辫的人围着乱吵道："打！打这只外路鸟儿！竟敢在此扇欢翅，还了得吗？"又有喊的

153

道："昨天已经吊起一个来咧，这厮再倔强，咱还是如法炮制。"说话间，忽地众人一闪，便有个少年壮汉掉臂而出，一摆拳头便要和众短衣人放对。

郭琼一眼瞥见，忙横身跑去，一把拖住少年道："阿二，你这小子真不靠盘儿，放着家里许多活计不做，却三不知在此跌博砸钱玩，将你妈妈急得直转磨，还不给我滚回去。"说着，拉了少年直至一僻静之处，却笑道，"你好没正经，咱办的是什么事，你怎要起倔骡子性儿和人炮蹶子呢？倘露破绽，那还了得？"

少年道："叵耐那厮们输了钱只管胡赖，反要俺赔他钱。"郭琼笑道："得咧，正经的你带着眼儿寻寻何玉龙要紧。天晚时咱庙内再见，这会子咱两便着吧。"于是和少年匆匆分手。原来这少年便是捕伙，因和人跌博竟几乎厮打起来。

当时郭琼一路逡巡，又趸向酒肆并各赌棚前张望一回，今天热闹却非昨天可比，只见酒客、赌客纷纷喧杂，老远地浑作一片市声，再衬着河下的水音儿，真个是声闻数里。

这时，长堤上下游人如织，树荫之下、桅影之间堆满了游人歇坐。河中游客的小船儿也便穿梭价来往容与，有的泊在堤柳荫中，东船上弦管嗷嘈，西舫上拇战喧唤，更有许多携妓的纨绔少年大敞船窗游逛作乐，河风一吹，都挟着脂香粉气。

但是其中也掺杂着乌篷小船儿，或船头坐个猱头撒脚的妇人，或船尾蹲个短衣赤脚的男子。此类小船大概是浮家泛宅吃河路的苦哈哈。这当儿躬逢盛会，也一般地兴高采烈。船婆儿也都扎括得光头净脸，单将船儿泊在堤边热闹所在，为的是瞧个把戏听个唱儿都便当。

这时郭琼漫步登堤，正趸到一只泊定的小船跟前，忽觉肚内一阵泛上饿来，四下一瞧，恰好身旁有个煎饼矮摊儿，已摆出鲜亮亮的两大盘烧饼油条，正有个三十上下岁伶俐妇人，穿着围裙，勒出两只雪白的胳膊，坐在吱啦啦的铁鏊旁搅和饼糊（饼糊者，形如黏粥，即小米稀汁，为制煎饼之原料。制此饼唯山东人独擅胜场，团如黄月，薄似蝉翼，用以卷焦脆油条，味美乃无伦比。作者往年最嗜之，今不尝此味已三十年，而现在之明湖市里是何景众，真令人感慨系之），一见郭琼，便笑道："你老歇歇呀，要吃新煎饼马上就得。您不晓得，俺一个人儿忙得很，既须照应生意，还须打发他娘的街混子，三不知他们便跑来瞎抓摊子（地痞起发小摊食物，俗谓为抓摊），讨厌得很。"正说着，忽闻背后有人作昵声道："啊哟，我的大嫂子，你快咬咬牙忍一下子，打发打发俺吧，早晚也是这么回事，早打发了，咱彼此都痛快。不然老叫俺在你跟前打旋儿，叫人家瞧着……哟，俺不说咧。"声尽处，踅过一个满脸油滑样儿的短衣男子，一屁股坐在摊凳上，笑嘻嘻拈起一根油条，向口便吞。

那妇人见了，登时抢将来，劈手夺下，便吵道："孙老三，你少和我油腔滑调的，你的不害臊瞪眼子食是照例的两张煎饼，老娘天天白舍给你也就是咧，你却又得了锅台便上炕，竟伸出狗爪子来抢油条哩。"

孙三耸肩道："好紧家伙，你才是铁×夹沙子，走一百里不掉渣子哩，既这么着，俺就等一霎儿，左右你须舒坦坦地打发俺，俺在这里瞧娘儿是不会有亏吃的……"一言未尽，却被妇人兜脑一掌，笑骂道："俺不看有客人在这里，便……"孙三忙笑道："随便你吧，反正俺舍给你一块肉就是咧！"

这里郭琼一笑之间，那妇人便让落座，因笑道："客官，你瞧大会场上真没法儿，巡街狗不断地来，你真个白瞧他摇尾巴吗？您饥困了，先闹个蛤蟆吞蜜，略等一会儿，煎饼便得。"说着，取个烧饼，掰开夹了油条递与郭琼。

郭琼到口一尝，十分甘美，正瞧那妇人踅回鏊旁，抢起一勺饼糊摊向热鏊，忽闻摊旁不远众游人纷纷乱笑，并有捏紧喉咙叫怪好的，道："好嫩潮的小嗓儿，再来个《小寡妇闹五更》，算我的。"正乱着，游人一闪，郭琼望去，却是两个十四五的大孩子，梳着鬟髻穿着彩衣，都扮作妇女样儿，正扭扭捏捏地唱起一片荤曲儿。

郭琼一笑，吃毕，恰好那妇人送到两张热腾腾煎饼，孙三不由咽的一声，道："好大嫂子，你尽先打发了俺不结了吗，在这里听这曲儿，偏偏你又穿双新鞋子，真叫人有点儿不得劲儿哩。"妇人笑唾道："该死的，俺今天单叫你馋奄拉了狗舌头！"

这里郭琼自取油条，卷好一张饼，一面瞧着河中小船儿，且吃且望，忽然耳内听得清脆脆一声皮肉响，便有妇人笑道："你这呆子，吃罢饭不说是收拾碟碗进舱去，只管听那浪曲儿做甚！"

郭琼举目望去，登时由嘴内抽出卷饼，几乎唤将出来。正是：

　　倮然在望分明在，仔细相看再辗然。

欲知后事如何，且听下回分解。

第二十三回

哄秘戏柔橹摇春
捻香钩货郎出丑

且说郭琼听得妇人笑语，无意中循声望去，只见一只乌篷船儿上，篷舱门外背着脸儿箕踞着一个肥胖男子，瞧那很粗的肉脖颈儿绝像玉龙，身旁放着碗筷，似乎是用饭方罢。正有个媳妇子由舱内探出半身，一只手按在他脊梁上，一只手去取碗筷。百忙中倾耳听曲，只管抿着嘴儿笑。忽地眼波一溜，就男子肥脊上轻轻一搔，那男子嘻着嘴，忽一转身，郭琼细一瞧却不相干，原来是个二十多岁的胖壮艄公，随手捏住那媳妇一只手，道："傻婆子，你忙什么？你听这段曲儿才写意哩！"

郭琼见状不觉好笑，便见那媳妇脸儿微晕，抽出手，取了碗筷一笑缩入。这里那艄公嘻着嘴又倾耳良久，忽然地匆匆入舱，随手儿关了舱门。

这时孙三又和那妇人言来语去，郭琼挂念玉龙，只顾了一面吃一面四下张望。正这当儿，忽地由长堤西首卷起一个蠹天蠹地的大旋风，呼啦啦势如奔马，尘沙乱飞，风头所及，早将那盘中油条吹落几根。慌得孙三连忙去拾并那妇人乱吵之间，只见那旋风汹汹然将及摊棚，忽地飕飕飕越卷越高，唰的风头一挫，一下子平铺价吹向河中。吹得许多小船儿飘飘荡荡，便如翔鸥浮鸭戏浴清波，招得堤上游人一齐注目的当儿，忽闻唰啦一声，有一片颓云似的东西倏地吹堕河中，顺流而下。

这里郭琼眼光方在一眩，说也不信，便见众游人一阵价鼓掌大笑，其中更夹着连连大唾之声。还有许多顽童们登时喊一声，拾起土块向那只乌篷小船儿上纷纷乱掷。郭琼望去，不由也大诧这副奇景，只见那篷船向堤的这面已被风揭去一片芦席，舱中光景一概地轩豁呈露，那妇人赤条条仰卧舱榻，不但双峰高并，闹了个玉蟹舒钳的式子，并且带系足腕，上连篷顶。这时那肥胖艄公只慌得手忙脚乱，亮着鲜亮亮一身臕头儿，只得先将自己要紧的所在收拾起，便一壁价忙掖短裤，一壁价去解妇人的系带。哪知那会子因闻艳歌，只顾了急于云云，百忙中却系了个死扣儿。这当儿羞急之下，眼迷手颤，一时哪里弄得清爽。还亏他人急智生，忙抓起妇人卸下的衣裤，胡乱地与她堆盖身上。

这里众游人见此光景，越发地笑成一片。郭琼望得正在发愣，忽听鏊边妇人啊哟一声，接着便骂道："好你个孙三哪，真是天生的三只手，俺摊出一大摞饼，却喂了他娘的馋痨狗咧。"

郭琼回头一瞧，只见妇人红郁郁的两腮，一面勺起饼糊，只管往鏊沿上倒，一面目注那乌篷船儿。忽地眼光一转，恰与郭琼眼光碰个正着。郭琼无意中龇牙一笑，不想这一来妇人脸儿登时红得什么似的，因笑道："你老瞧会场上真是什么稀罕事都有。"郭琼听了不便搭腔，只好板起面孔且咬卷饼。

正这当儿，众游人又是一阵喧笑，再瞧那乌篷船儿业已如飞地解缆点篙，钻向烟波深处。原来那肥胖艄公闻歌意动，只顾了钻进舱去急急地煞那火气，哪知旋风不作美，轻轻地给他揭开秘幕呢。当时众游人乱过一阵，又呼的声向东卷去。

这里郭琼望望孙三，早已影儿没得，情知他趁乱中抓去煎饼，正在心下好笑，那妇人却泡了一碗釅茶送将来，一壁价扭着头儿，笑道："客官要用饼，还有热的哩！"

郭琼一面吃茶，一面笑道："俺不用咧。方才这孙三公然抓街，也就可恶得很。"妇人四下一瞅，然后笑道："这都是那汪六家招得一班泥腿无赖们，晃着膊子在会场上胡搅，谁也不敢得罪他们。便是昨天他们还撺掇他的靠山叫黑儿的，愣吊起个外路人来，说是人家形迹可疑，后来也不知是怎么了结的。"郭琼听了，心中一动，正想细问所以，恰好有人喊着买饼，妇人忙忙踅去。

郭琼吃茶毕，置钱于案，即便信步下堤，逶巡向东踅过一带短林，只见平沙莎径，好体面一片广场。场北面围了一丛人，不住地连连喝彩，并有乱噪地道："你瞧这个白蟒大翻身，多么干脆，人家这才是磅的力的（即坚实之意）真正玩意儿哩。好嘛，动不动的便讲抖大杆子，非有十年八年的真功夫，便是脚步都站不稳，休说是去扎人。那大杆一抖，兜起风来，马前抢的劲头儿可不在小处，只恐人没扎着，先挂得自己躺下哩。"

郭琼听了，料是骆五作场，忙踅近瞧时，果见骆五盘起条懒龙似的大辫，穿一件青袖背心儿，露着两膊的疙瘩健肉，正拖定一根两丈多长的白蜡大杆，侧着身退行数步，猛地一矫虎躯，泼啦啦抖开来，一片团团光影便如月阑一般，直及数丈以外。接着便耸跃如风，抉荡纵横，使出了浑身解数，但听得飕飕飕风声响动。那光影拓开来，白茫茫如云乱卷，又如一条神龙，夭矫攫拏在一片云海之中。

原来，大杆子这种器械在武功中最为霸道，专讲的是排、蘑、兜、揽。第一须大力包举，脚下有根；第二便纯讲手法灵妙，有手动一寸、杆动一尺的诀窍，然后才能运用入神。精其技者，真能使四面敌人近身不得。人家行家说到精妙处，说是敌人若是脚下虚浮，只被杆风一兜，便是个大跟头哩。这话虽然夸大些儿，然而也足见大杆子这种器械十分厉害了。

当时郭琼正在瞧得起劲，忽听身旁有人道："喂！周老头儿，你又来趁庙会咧，怎不向俺酒肆前叫卖去呢？"郭琼一瞧，确是那天诓自己入肆挨鞭打的那个酒伙，因笑道："你老今天也散工咧？俺少时就去叫卖，你老多照应则个。却有一件，俺就怕那位黑爷动不动便打人哩。"

酒伙笑道："没事没事，他们这两天没空儿在酒肆内，只在韩老五那里忙个不迭。"

郭琼听了，暗得主意，便逡巡闪开那酒伙，先到各赌场并酒肆门前探望良久，然后悄悄地趱向汪宅的前后左右，一面叫卖一面怙惙办案出进的路径。见那宅右连着一片街坊，倒没甚紧要，唯有宅左过得旱桥便通河港，又是一片草树茂密的野地，案犯想逃，一定是必由此路。想至此，趱向旱桥，端详一回藏伏之处，又顺步趱向宅后，遥望那水沟虽宽，且喜有一处杂树丛生，并有一株颓仆偃卧式的老柳，一片枝柯平铺地探向沟中，竟有两丈多远，由枝柯到对岸，不过还有三丈余，料想骆、马等纵跃能为，颇颇来得。

当时沉吟张望，计划都定，只差着何玉龙老是不见。瞧瞧日色业已转西，郭琼方信步趱至宅右，穿出长巷，只见一群货郎儿各捎货箱嬉笑趱来，中有一人笑道："今天才是起个大早赶个晚集哩。咱若不是等着胖子伙计一块儿走早就到咧，如今且叫他鸭子迈步，尽管在后头扭去吧。"郭琼听了，心下暗喜，以为那胖子伙计巧咧便是玉龙，便索性地就人家檐下歇坐下来，一面留神瞅着来往之人。

不多时，老少村俏男男女女过了大半晌，却就是不见玉龙。好容易听得摇鼓声动，郭琼忙望去，果见从老远地来了个胖子货郎，及至趱近却不相干。郭琼笑一声，望望日色业已不早，方站起要回庙，瞧瞧大家再作道理。

只见李伙计眼张失落地一径跑来，一见郭琼，使个眼色向剌斜里便走。须臾两人来至僻静处，李伙计顿足道："坏咧！如今何玉龙何爷从昨天便被黑儿那厮捉入汪宅，挨了好体面的一顿暴打，如今还吊在跨院闲房中。又因他身上带着家伙，引起了那黑厮的疑心，只管拷问他是从哪里来的官人。刻下马爷骆爷都已回庙，正急得什么似的哩。"

郭琼听了，不由一怔，便道："他怎的便露了马脚，你又怎的得知呢？"李伙计道："俺也是无意中探得的。便是那会子俺在庙门首闲坐，有个拤跌博（卖花人用铜钱的正反面来赌花球的游戏，被称为拾博或跌博，是一种扬州人古已有之的民间博戏）小篮的孩子也来歇脚，恰好从庙前踅过两个媳妇子，这时庙前岔道上又踅过一群油滑少年，望见媳妇子便一个个挤眉弄眼。那孩子便笑着自语道：'昨天因瞧媳妇才拴起个大胖子货郎儿，他们真不怕，还只管瞧媳妇。'俺一听大胖子货郎儿，不由忙问所以。

"那孩子笑道：'昨天那么个热闹儿你竟不晓得？等我告诉你吧，便是昨天下半晌，有个大胖子货郎儿，在汪六宅旁不远一家门首置下货箱。方一摇小鼓儿，早从里面嘻嘻哈哈跑出姑嫂两人，都长得俊煞个人的。那嫂嫂两只小脚尖翘翘的，只好有二寸多长。那货郎两只眼睛登时便翻上翻下不够使的。这当儿那小姑站在货箱前拣针挑线，只管兜搭；那嫂嫂却坐在门首凳上，一面仰着脸儿，向货郎问长问短，一面从箱内拣了一双桃红色的南缎鞋片，盘起一只腿来，只管向小脚上比来比去，却瞟着货郎，笑道："你们办货，怎竟办些大鞋片儿呢？还有小些的没有？"这时那胖小子瞧着鲜亮亮的鞋片比在那媳妇脚儿上，已经有些歪眉也眼，外挂着吸啦口涎，听人家要小鞋片儿，忙笑道："有有！大娘子只管慢慢儿挑，这双使不得，咱还有那双哩。"说着，从箱内拿出一叠各色鞋片，就箱盖上摊开来。那嫂嫂跷着脚儿，比了两双，只是嫌大。这时那货郎两只眼盯住人家，业已闹得马马虎虎，便拤起一双宝蓝色的鞋片，道："您瞧这双，又素意，又丢秀，保管比着合式。"说着，一伸手，捻住人家的脚，正要不客气地代劳去比，只听脑后啪的声便是个脖儿楼，那小姑方在背后骂道："该死的！还了得吗？"前面那嫂嫂赶忙夺回脚，也便红着

161

脸儿跳了起来，两人前后齐上，正在一面乱骂，一面价撞头挠脸。也是胖小子合该晦气，恰好俺村中煞神爷黑大爷一步赶到，便登时喝令手下人将胖小子乱打一顿。当有街坊人众一阵价作好作歹，一面去劝黑爷息怒，一面去拖开胖小子。不想拉拽之间，哗拉拉一声响，从胖小子腰内掉落一盘九节索子鞭。这一来黑爷大怒，便疑惑那货郎是什么官捕人物，于是命人缚入汪宅，只管吊打细问起来。你老真不知这个笑话吗？'俺听了，忙问知那货郎是何模样，谁说不是何爷呢！郭爷如今快想个主意才是。"

郭琼听了，好不又气又笑，便和李伙计匆匆回庙，只见骆、马等正在大殿上，攒着眉头踱来踱去。见郭琼踏入，马四把劈头便道："你瞧何老玉，真没有的，这种朋友真给人丢人打嘴，但是怎么办呢？"

郭琼笑道："咱不必着急，有他只当没他，他既有下落，且叫他多受用一会儿。今晚咱去办案时，顺手儿先救出他来也便是咧。好在俺如今计划都定，少时咱们分头行事就是。"于是如此这般一述计划，骆、马两人都各鼓掌称善。

不多时大家用过晚饭，初更敲过，众捕伙陆续都到，郭琼略述计划毕，便分遣四个捕伙暗藏器械，先向韩五赌棚内去绊住黑、白两人。其余捕伙都命分伏在汪宅左近，只听口哨为号便出助力。

众捕伙领命去了，业已将近二鼓左右，于时大家起身，结束伶俐，骆、马两人是浑身夜行衣靠，带了单刀，佩了百宝囊，唯有郭琼忽地跑出庙去，少时，笑嘻嘻转来，却手持一段尺许来长的竹筒儿，筒口边许多小孔，塞儿严密，骆五等只当是寻常用的石灰粉之类，因笑道："郭爷还带着这家伙吗？那婆娘眼明身快，只怕她不肯上当哩！"

郭琼笑道："卤水降豆腐——一物降一物。今晚办案，全仗这宗法宝成功哩。"说着，谨慎慎带在腰间，只略为扎拽，取了一柄凹面铁锏，大家又彼此嘱咐几句，命那李伙计小心留守，方要厮趁拔步之间，只听院中一声断喝道："好嘛！你藏头露尾，钻在这里难道俺就寻你不着吗？不要走，看家伙吧！"说着，啪嚓一声，便有一宗暗器打在殿槅之上。郭琼等不由大惊。正是：

　　袭敌曾看操胜算，大言忍尔得虚惊。

　　欲知后事如何，且听下回分解。

第二十四回

骆马双探汪六宅
玉龙夜伏染衣坊

且说郭琼等大惊之下，就要各摆兵器，趁院中微月之光仔细一瞧，不由唾了一声，拔步便走，原来是吴老道又吃得醉醺醺的，用石块撞一条夹尾巴野狗。

不提吴老道一路价骂骂咧咧自入室去，且说郭琼等抄僻静之路，直奔汪宅。这当儿繁星微月，照路清晰，遥见长堤一带，许多棚幕都沉沉于夜色之中，便是那座酒肆也都灯火尽熄，静悄悄的。唯有那片赌棚前还稍有提灯出没，大概是卖夜食的小贩并伺候赌局没落子的朋友来往。

须臾将近汪宅，郭琼便道："骆、马两兄小心在意，进得宅去先寻救何兄要紧。俺想那宅右一带，窄巴巴连着街坊，必有隐藏之处，便将何兄先安置在那里，然后引那婆娘到俺埋伏之处就是。"说着，道声珍重，竟自趔向汪宅之左。

这里骆五略为沉吟，一面取路直奔宅后那上夜的更房，一面悄向马四把道："你瞧郭爷不知葫芦内卖得甚药，看光景，今晚办案就仿佛很有把握似的。"马四把道："他那点儿不可捉摸的劲儿俺是知道的，他历年价屡破大案，都是别人想不到的巧妙法儿，不然金捕头怎会巴巴地聘请他呢？你瞧吧，将来曹州府新出的那案件，金有业的女婿若抓不着头脑时，还许是郭爷料理哩！"

骆五笑道："闲话少说，少时咱进宅是这么办：一个巡风并探三娘；一个去寻何老玉，将他老人家安置好，然后再会合了放手办案，你道好吗？"马四把笑道："如此，俺便去寻那累赘货，骆兄趁空儿一面巡风，一面也就探明那婆娘的所在咧。真个的，郭爷曾说与你那婆娘的面貌不曾？"

骆五道："这个最要紧的，郭爷怎会不说呢！"两人一路喊喳，不多时，趁着微月，业已望见明闪闪那条水沟。两人放轻脚步直奔更房，方隐身一丛短树后，倾耳听去，只听沟东边巡锣响亮。

须臾两个更夫踢跶趄过，一个便道："今天更房里两个崽子手儿发痒，给人送钞去，却托咱们抓空儿替他值夜，如今咱进去歇歇腿吧。"

那一个道："咱哪那么大工夫管他的闲事。少时咱巡过一遭，也该找个遢遢儿（谓地处也）快活去咧。近来大阑子那里又来了个新下水的俏皮货，好体面模样儿，咱到那里吃喝罢，给他个属知了的包抱一枝，你道好吗！"

一个笑道："不不，俺有那钻窟窿的钱，还留着多闹两盅，至不济也能增添精神。无论男女，总不可太好那桩事，你不见咱家娘娘那样的精神本领，近来还淘渌得病唧唧的吗？"

那一个便道："她虽宠着黑、白两个，但是也不是一天的事咧，怎忽然淘渌病了呢？"

那一个道："你晓得什么，近来三合会中的漂亮小伙儿被咱娘娘受用了多少！她便是金刚身体，自然也有些玩不克化哩。"说话间，循着水沟竟自趄向宅右。

这里骆、马听了，窃喜机会凑巧，伏觇更夫去远，先奔向更房一瞧，果然门是倒锁的。马四把心细，便向更房左近丛草间巡视一过，然后和骆五奔向沟边，到郭琼嘱咐之处，仔细一望，倒也不敢大意，只见对岸那株偃蹇卧柳，含烟笼雾，纷披于微月光中，散碎漏光，筛落水面，微风过处，柔条依依，如揖来客，但是那老柯磈砢盘错处，尽堪驻足。

两人望得分明，略为踌躇，骆五便拾一石子儿，嗖的声向老柯盘错处打去，只听啪一声，石子儿却没落水。两人知得没失闪，马四把便低语道："骆爷，便请先过去吧！俺在后面也好学您个步法儿。"

骆五笑道："得咧！等俺掉下沟去，马兄不要抽头就跑哇。"说着，整整腰身，暗提一股轻身潜气，向后略退数步，嗖一声，用一个轻燕斜掠式，一溜烟似直蹿向老柯之上。只那四外柔条略为披拂之间，骆五足略点柯，早又灵猫似的跃落对岸。

这里马四把暗喝一声好，也便提气耸躯，方跃上老柯的当儿，只听那老柳空根下咯咯的一阵狂笑，闹得骆、马两人一齐大惊，正想拉刀准备，只听啪啦一声，却由空根下冲起只磷眼老枭，碧莹莹眼光一闪，竟自斜掠而去。这里马四把略一定神，方才一跃登岸。

骆五低笑道："你瞧，咱今天办案准要得手。凭着夜猫子一阵笑，那贼婆娘也须倒霉哩。"说话间两人趱至宅后墙。此间形势两人到村之后业已踏过，更无所用其踌躇，便由马四把先跃上墙，照例地投石问路，便一跃翻落墙内，随后骆五跃进。

两人定睛细瞧，却是正房后的一片空园，其中高树甚多，间以花草，但是收拾得不伦不类，驴棚马厩，夹七杂八。但是棚厩中也没牲畜，只堆些破坏器物。左右靠墙几间草房，一例地门儿倒锁，大概是盛粮米的闲房儿。

当时两人不暇细瞧，由骆五在下巡着风儿，马四把便爬上靠正房后身儿的一株高树，就枝叶茂处伏好身体。仔细价一望出进的道径，只见正院左右都有跨院。左边跨院静悄悄的，似已灯火都熄，正院右跨院尚自灯光隐约，但是都悄无声息。

马四把怙惙一回，便下树悄向骆五一述所见。骆五道："既如此，事不宜迟，俺想左院中既已熄灯，何老玉定没被押在那里，咱只须分头价就正院、右院中去寻他，不拘谁寻着他，先将他安置好再说。少时咱就在此树下相会如何？"马四把道："好吧！骆兄仔细，俺就向右院中去寻他。"

不提骆五唯唯，一径地爬上高树，一面给马四把瞭高巡风，一面端详进那正院之路。且说马四把手提单刀，一径地扑奔园中右墙角，嗖一声两手扳住墙头，略为倾耳，方才用一个鹞子翻身式，轻轻地跳入右跨院，便趁势悄手蹑脚，逐处里张探一遍。只见五间正厅、两边厢房，一概地帘幄深垂，门儿锁牢。一直地穿过前面的垂花门楼，又是五间的倒座儿客室，也一般地锁了门。那左墙有个角门儿关在那里，想是直通正院，共走一个大门儿，那股灯火便从客室中射出，忙趱去戳破窗纸，向内一瞅，不由略怔。只见里面空落落的，并不像什么客座的铺设，靠南面却是一座矮矮的讲坛。坛前设有长几，几上供着一座小小的神龛，也不知是何神道。龛前是香炉果供一概俱全，那灯光却是龛前的一盏长明灯，已结了个鬼眼似的大灯花儿，紫荧荧、闪秃秃地乱颤。坛前就地下设着两列蒲团，似乎是静坐之用。东西两壁下各有很长的书橱，西书橱中隐隐绰绰堆些黄皮经卷之类，那东书橱却一槅槅地分置些册籍似的东西。几左右两中柱上，还挂着木刻的一副对联道："儒释道三教一本，天地人合体同春。"

马四把见此光景，略一沉吟，心下恍然，暗想道："瞧这对联，明透着三合两字，这不消说，准是那贼婆娘开坛聚众的所在，不然不会如此铺设的。看此光景，这里是所静院，难道何玉龙就被困在此吗？"

正要趱转身去探看厅厢，忽闻右墙根下有人老牛似的哼了一声，似乎是郁闷已极。马四把惊闻之下，先用刀护住面门，然后循声望去，只见右墙边依然也有个角门儿，且喜门儿竟是虚掩。马四把急忙跑去，侧着身儿用刀尖轻轻地推开一扇门，听了听没

167

甚动静，这才略伏身儿，嗖一声蹿将入去。

脚跟才点地，忽见此院的左墙外有很高很大的黑影一晃，吓得马四把急摆刀，使个旗鼓，仔细一望却不相干，原来那右墙外一家街坊，是个小小染坊铺，那黑影是染晒架儿上的衣片晃动。

马四把略为定神，一瞧这小院中似乎是值夜人的下房儿，周遭群房都熄灯火，只倒座室内还有灯烛明亮。马四把一面价眼观四路，方趱向倒座窗下，即闻里面杯箸响动，似乎是有人吃酒。便闻有个人撒撒裂裂地道："喂！小子！你只管胡卷乱骂，难道就管甚鸟事不成？你不如说了实话，究竟你是哪里的官人？同伙多少，如今都在哪里？你马上说了实话，咱马上先就吃酒。"说着，喷的一声，似乎是一杯入肚，因大笑道，"胖小子，你别发呆咧！你瞧这么香的酒、这么烂的肉，多么得味，看你光景，强煞了也不过是个捕家的狗腿子，一年到晚地穷跑狗颠，担惊受怕，还须成天价拍老总的马屁，瞧老总的脸子屁股。好了闹一壶醋钱，便顶折了腰咧。一个时气背扭，被人家一棍撵离门，还误不了小子下街（谓乞讨也）哩。你若顺顺溜溜和俺家黑爷拉个交儿，只消他在俺娘娘跟前一句话，你马上就是会中一个簇新新的头目。朋友，俺索性与你说吧，大料你也不晓得俺娘娘创立三合会是怎么档子事。今简断截说，你若有福气做了会中头目，将来怕不做个开国元勋，大官大位，真是老鼠拖木锨，大头在后头哩。"

马四把听了，方在暗暗吐舌，那人又接说道："朋友，你听明白了，你自家且拿主意，咱是摇头不算点头算，就瞧着你的咧。"说着，纸窗上人影一闪，马四把忙趁向室门，由帘缝向内一瞅，不由得又惊又笑。只见何玉龙猪子似的被人高吊在屋梁下面，四马攒蹄式子，正在那里悠来荡去，衣裤绽裂，露着一块青紫伤痕的肥臀，两个胖腮鼓挣挣的，口内似有塞物。靠窗桌上摆着酒肉，面向东坐定一个短衣伶俐的男子，生得干筋瘦骨，木瓜脑袋，袅丝细脖，配着极细的下吊眉、小而且圆的胡椒眼、一张雷公嘴、两撇耗子胡，正端起盅儿，瞧着何玉龙颠头播脑，十分得意。

可巧玉龙一颗肥头晃动之间，似乎一点，那男子便笑道："干脆！你瞧这不结了嘛！你若早想过滋味来，不省得皮肉受苦吗？"说着，置盅于案，走过去与玉龙掏出口塞，还未开言，那玉龙一摆脑袋，托的一口醓唾，嗒的声唾在男子脸上，恶狠狠骂道："放你娘的驴子屁！你休想拿话套笼人，又是什么官人、私人的咧！老爷高兴捻人脚，没捻到你妈脚上，用你们来多管闲事？老爷有的是家出的骨头肉，卖给你个四两半斤的不算什么。你休说用鞭来打，你便拿刀子大片来割，老爷这里接着你的。"说着，又一阵海骂，招得马四把暗笑道："你别瞧何老玉马马虎虎的，遇了事真不含糊。"

正想提刀闯入之间，便见那男子一面由脸上抓下醓唾，一面跑过来，摘下柱上挂的皮鞭，大喝道："你就接……"一言未尽，只觉自己臀背之间啪的一声愣有人给了一脚，当时一个狗吃屎，扑哧声跌倒于地不暇回望的当儿，早被人从背上一脚踏牢，接着便白亮亮刀光一晃，有人道："你若一嚷，俺便一刀。"说着一举刀，先割断梁上的吊绳儿，只摔得何玉龙吭哧一声。那人也不理他，便割取梁绳，先将脚下男子捆缚停当，顺手儿拾起玉龙的口塞与他堵好。

这里何玉龙蛆也似的乱耸乱滚，一望来人，便噪道："啊呀！马老哥，你怎么这时才来，再晚一霎儿俺真有些要草鸡咧，郭兄等都……"

马四把一面摇手，一面忙与他挑断束缚，却低笑道："我的何爷，你怎忘了是干吗的，竟在会场上抖起飘儿来。如今闲话少说，咱的人都已到齐，马上就插手办案，只是你老哥被人打坏，须先安置个妥当所在才好。"

玉龙道："不打紧的。俺虽被打，并没有伤筋动骨，只是被绳捆

169

吊得血脉不行，浑身麻木，只须有个隐藏处歇会儿就得咧。"

四把道："既如此，快随我来。我方才瞧见一个所在便很妥当，你候在那里千万不可作声，只待俺们事毕，再来请你大驾。"说着，拖住玉龙，噗一口吹灭灯火，向外便拖。哪知玉龙筋疲足软，行动不得，便如只笨狗熊一般，刚滚到门限边业已又搁住。

正这当儿，忽闻正院中似乎有妇女脚步之声。四把着忙，便尽力子提出玉龙，索性一蹲身道："何爷，你趴在俺背上，等俺背你出去。"说着一长身形，单手向后抄住玉龙的肥臀，运足气力，直趋右墙之下，向那家染晒架儿上略一端详，便突地跃上墙头，又用个云鹤穿空式，双足略挫，唰一声飞上染架。原来那染架都是粗木条平搭的井字格儿，为的是可以多晒染物。那染物必须夜间受点儿露水，那颜色方越觉鲜明，所以这时架上还有许多的染物。

当时马四把双足落架，方换了一口气，一蹲身儿想将玉龙放下。不想玉龙肉量太重，那肥臀刚一着架，已压得微微的咯吱一响，便闻那院正房中，有妇人笑道："大仙爷么（谓狐狸之类），你老人家就是嘴头子急，也是俺今晚忙得手脚挓挲，连你的常饭儿都没空去供上。偏偏他又没在家，连个替手换脚的人都没有。少时俺就与你上供。今晚上俺只觉怪发恐的，你老人家别着急，只保佑着贼大爷不来照顾，停会子俺特加敬意，给你白煮鸡子吃，你道好吗？"声尽处，灯火一闪，四把等不由都怔。正是：

> 高楼得地方托足，灯火无端又悚心。

欲知后事如何，且听下回分解。

第二十五回

斩草人酣战天魔女
伏染架闻祝大仙爷

且说四把等见灯光一闪，赶忙伏身，便见右里间室内扭出个晚妆才卸的少妇，梳一个睡髻儿，惺忪两眼，敞着衫儿，胸酥半露，似乎是盹睡初醒。一面价置烛于明间案上，一面自语道："恨煞人的，这当儿还不来，不定又是在哪里绊住脚哩。如今大仙爷又嘴急，说不得还须俺爬起来料理。"说着，随手掩了室门，窸窣有声，似有所作。

马四把不暇细瞅，便将玉龙安置好，一径地连连轻跃，复回汪宅去寻骆五。

慢表这里玉龙就染物多处伏住身体，一面歇息，一面静听那汪宅的动静。如今且说那骆五在后园高树之上，见四把跃入右跨院，自家瞭望一回，也便由树上轻轻一耸身，跃登正院正室之上。一路蛇行，转过屋脊，就前坡上略为张望，逡巡间来至前檐，身躯贴瓦，探头四望，只见正室中微闪灯光，那左厢室中却灯烛辉煌，但听得唰唰微响。

须臾，一个妇人笑道："庄家不发——屁股眼插。"又闻一妇人笑道："你赢了几个猴儿眼珠子（俗谓钱也），别只管打欢翅，你今晚管着给娘娘煎药。这老半晌你也不瞅瞅去？"先语的妇人道："瞅什么，反正有小琐儿替俺煎哩。少时俺只去服侍她吃药就是。"

又一个小女声音道:"你瞧也怪,咱娘娘近来面目又瘦又白渣渣的没血色,就仿佛挨饿了几天似的,哪里还像往日红郁郁、白嫩嫩的模样?真是多么俊样的人也架不住病来磨。这才三四天的光景,她就消瘦得这样儿了,难道她不曾多吃肉保养点儿吗?"

妇人等听了,一阵价哧哧地笑,一人便道:"傻丫头,你这当儿晓得什么?等你寻了小女婿子,便该慢慢地明白咧,娘娘就为多贪了肉腻,所以才消瘦起来。"

小女哧哧地一笑道:"哟,俺就不信,要是多贪肉腻便该消瘦,怎的俺这位李大姆姆,虽是老牙老口的,偏能论斤地吃那著头膜脑的条儿肉,她怎反倒越吃越胖,肉垒似的一张脸挤得眼睛都没缝呢?"

妇人等听了正在都笑,即又有个老妈妈子语音笑唾道:"猴儿丫头,你只管吵得俺发错牌,等俺消闲时才捶你的肉哩。你别瞧着娘娘害病,今晚连主人家也不在家,你就似开锁猢狲一般。咱玩是玩,笑是笑,少时咱来完这两把牌,也该歇息的歇息、值夜的值夜哩。"说着,沙然一声,道:"谁要糖疙瘩(牌名也)碰对儿去。"便有一妇拍掌道:"满咧,满咧(斗牌胜家,俗谓满庄)!"接着咯咯咯一阵笑。又有一妇道:"你悄没声地咧口,病人耳灵,咱娘娘虽不在这院中,也须防她听得哩。"说着又窸窣起来。

这里骆五听得三娘不在这院中,十分怙惬,便一整心神,用双足挂住房檐,来了个夜叉探海的式子,就西窗上端隙缝内向室内瞅。只见里面衾榻桌椅铺设得十分整齐,锦帐妆奁一切都备,并着男子衣服挂向衣橱。靠榻壁上还悬有刀剑之类,案上置烛,已结了挺长的花茎儿,似乎是久无人至。

骆五见此光景,料是汪六和三娘的寝室,便逡巡翻上身儿,用两手抓住檐椽,然后一个卧鱼式,唰一声放开钩脚,趁身势一悠的当儿，即便跳落檐前。先趁向右厢，听了听没甚动静，方转身趁向左厢窗外花丛跟前，只听二门吱扭一声，吓得骆五急忙蹲身花丛之后，趁月光从花隙瞅去，便见从二门外趸进个伶俐小鬟，手捧一具盖碗儿，慢慢地趸进左厢，便闻一妇人笑道："小琐子你这妮子，三不知黑魆魆的站在人背后吹脖颈儿（俗谓瞧作局者），若不是我胆儿大，还被你吓掉魂哩。药得了吗？且搁在桌上冷一霎，等我满了这把牌，再服侍娘娘吃药去。"

骆五听了，便慢长身形，就窗缝向内一张，原来是四个仆妇正围坐在炕上斗叶子牌。面窗正坐是个老仆妇，炕沿上侧着身儿半立半坐，偎着两个雏发未燥的小鬟，大约就是方才胡吵的小女并新进来送药的那个小琐子。

骆五见此光景，正在怙惙三娘的所在，只见老妇笑顾一妇道："如今药已煎好，你还不叫小琐子替你来着牌，你瞧瞧娘娘盹睡醒不曾？回头来取这药，也就中吃咧。"那妇人道："俺可是好跑腿哩。"因向小琐子道，"你递给我一口茶，你就去瞧瞧娘娘，回头告诉我吧。"小琐子听了，笑嘻嘻就地案上便去斟茶。老仆妇却笑道："你真是大懒使小懒，就怕耽搁了你赢钱哩。"

这里骆五听了，暗喜机会恰巧，急忙仍向丛花后略一蹲身，早见那小琐子颠头播脑地跑出来，一径地便奔左跨院的角门儿。

不提骆五在后施展出草上飞的轻妙步法悄悄跟去。且说小琐子摸入左跨院，其中地既宽敞，花木又多，一团团一丛丛，微风过处便似人影乱晃。原来这左跨院是三娘燕息之所，除了有时价偶接宾客，甚是幽静，所以这当儿在此养病。

当时小琐子一面走着花木夹列的黑魆魆的甬道，一面左瞧右望，毛手毛脚，不由自己嘟念道："真他妈的丧气，俺煎了半天药，凑向牌场，原想落几个抽头钱，不想她又叫俺瞧娘娘去。哪里是叫俺瞧娘娘，简直是故意支开俺她就散局，好省下给俺头钱罢了。她既这么钩割不舍，等俺回头诳她一下子，便是娘娘醒来，俺只说没醒来，叫她误了送药的差事，碰个不大不小不软不硬的闷钉子，才解我的恨哩。"

一路价连蹿连蹦，须臾趱近一株大桂树旁，望见那正房东间内微闪灯光，不由又嘟念道："这光景，娘娘想是盹睡醒咧……"一语未尽，忽然脚下一蹶，登时跌倒，早由桂树后闪出个威凛凛的汉子，刀光一晃，竟将自己捉入树后。这时小琐子只吓得声嚷不得，只好由人家割下衣带，缚了手脚，并取土堵嘴，一径地被人提置在树后花丛中。

原来骆五趁在小琐子背后，听她末后的嘟念，料三娘定在正房东间内，所以赶走两步，从斜刺里闪入树后，只贴着地暗伸腿儿，早将小琐子一跤绊倒哩。

当时骆五不敢怠慢，便聚精会神地放轻脚步，直奔正房，由东间窗隙向内瞅去，不由暗道一声惭愧。只见里面钿榻横陈，罗帐高揭，榻头漆几上半暗半明的一盏兰釭，灯光闪处，恰照着榻上一个美人儿拥衾而卧，蝉鬓微松，衬着娇白嫩项、半仰半侧的脸儿，正偎在珊枕之上，不是郑三娘是哪个呢？于是骆五大悦，赶忙拔步奔向室门，用手一推那门儿，恰是掩的，更侧起刀锋，轻轻地向内略探，然后闪身而入，一径地奔向东间，略掀帘缝再瞅时，只见三娘依然还卧得好端端的。

正要摆刀闯进，登时又略为踌躇，暗想道："这婆娘虽然抱病，究竟还异常凶实，不如先去寻着马四把，两人动手方才妥当。但是这等机会又错过不得，有咧，俺不如先暗暗刺伤她，她的本领定然大减，俺单独擒获她，岂不越发叫响儿吗？"想至此胆气顿壮，便一把揪落帘儿，一个箭步蹿入去，觑准三娘的下身儿，手起刀落，只听扑喳一声，那三娘竟自丝毫不动，仔细一瞅，哪里是什么三娘，却是个戴着假面具的草人儿。

原来三娘自潜踪仲家浅煽惑三合会以来，便时刻地防备官捕，不但设有疑阵，并且宿无定处。这时她在此院养病，所以又摆出这等把戏。

当时骆五大骇，急忙转身，一声不好没叫出，嗖的声一支钢镖业已穿窗打入。这里骆五急闪，便闻三娘在室门外大喝道："什么小辈，竟敢来暗算老娘？不要走，且自吃俺一刀！"慌得骆五噗一口吹灭灯火，一挺手中刀，方想蹿出对敌的当儿，只听三娘忽地又惊叫一声，顷刻间跄踉一响，似乎是两刀相触，接着便闻一阵价奔腾驰逐，竟又似乎有两人厮杀起来。

这一来骆五大疑，忙趁势蹿向室门，先运目力向外一瞅，只见满院中两条刀光正在翻飞上下。三娘是家常衣装，散松松一个懒髻，似睡起的模样。那一人步履形象十分厮熟，仔细一瞅，不由心下大悦，暗想道："好巧机会，怎的马四把误打误撞地也寻到这里？"于是一撮唇，示个暗号，顷刻间跃向院中，一摆单刀向三娘背后便刺。

好三娘，力敌马、骆，全无惧怯，施展出当年大闹天王寨的本领。你看她刀法变处，俨似天花乱落。马、骆两人也自不暇答话，百忙中各自展开平生本领，都打算立捉三娘，叫这天字第一号的大响儿，但见虎躯双跃，燕影独翻，一边是双刃摩空，一边是单刀直入。环攻夹击，合成"瞓"字之形；左旋右转，不离"品"文之家。狞龙双矫，争戏取一颗明珠；牝狮一吼，立滚开两球彩带。三人这一番交手大战，真个是聚精会神，功力悉敌，雪片似刀光只争分寸间便判生死。于是三人不约而同地都似锯了嘴子的葫芦，只给他个闷腔儿哑声大干。

不提这里马、骆等围住三娘，堪堪得手。且说那何玉龙趴在染晒架儿上，歇息了一会儿，业已血脉调和，但是麻木方去，疼痛却来，因为那麻木时光不知痛疼。当时玉龙忍了一霎儿，偏偏将两膝盖正夹搁在纵横木缝之间，方想稍微移动，忽觉腹内一阵难受，顷刻间头昏眼花，通身无力。仔细一想，方知那五脏神有些不答应咧，原来玉龙自被人捉住之后，直饿到这时光。

当时玉龙没奈何鼓鼓肚子，原想好歹地装回空肚子大老官，暂且撑一下子。哪知他那大肚皮正抵在一件染物之上，未从要鼓，势须先瘪，这一来，唰啦一声染物掉落，玉龙急忙屏息伏定间，便闻正房中那人又笑道："你瞧大仙爷真是饿急咧！俺若不是占着手给你剥鸡子儿，早就与你上供去咧。今晚那个讨厌鬼也不知来不来，还须等候他，偏偏你又这么闹。"说着烛光一闪，玉龙忙望去，便见室门开处，踅出个俏生生的妇人，一手持着烛台，一手端定个小木盘儿，里面是泼溅溅的一碗白酒、圆颗颗的数枚鸡子。

玉龙望见，只馋得咯的一声，那妇人业已莲步轻移，踅到架下。亏得是烛光在下，上望不清，便见她趋就架南角边，置下烛台，放下木盘，便款折纤腰，盈盈跪倒，一阵价喃喃祝念道："大仙爷呀，你整年价受人香火，扰人吃喝，却不给消难。如今俺无端被那厮霸占着，那厮倒不要紧，俺就是怕那夜叉老婆，倘被她知得了，俺这小命儿还保得住吗？如今没别的，只求你多多保佑，或是那老婆一病死掉，或是那厮从此不来，俺便一天杀一只肥鸡子与你吃，也是情甘乐意的。"

玉龙听到肥鸡子又是一口馋涎落肚的当儿，便见那妇人持烛站起，折转身拾起掉落的染物，忽地略仰脖儿，自语道："怪呀！那片黑魆魆的所在，莫非是对门张大嫂染的臊裤片子吗？"

这一来玉龙大惊，正在屏息不迭，只听大门外有人轻轻地叩门。正是：

深夜款关殊鹊突，高瞻有客且逡巡。

欲知后事如何，且听下回分解。

第二十六回

何玉龙臀胜三娘
马四把再探染室

且说何玉龙伏在染衣架上，听那妇人喃喃祝罢，正在暗笑，只听有人轻轻叩那院门。妇人便嘟念道："这天杀的，从下半晌便撞出去，只说是到庙场瞧瞧就回，敢情是这会子才浪回来，这不消说，不是吃醉了便是寻老娘来借赌本来唡。大庙场上还不把他逛疯了吗？等我扇他两个耳光子再说。"说着匆匆趸去，便闻启门之声。

这里玉龙方瞧着酒和鸡子十分垂涎，便闻响亮亮一记耳光，即有男子啊哟一声，并高叫道："是我，是我！"妇人也便惊笑道："哟，可了不得，汪六爷吗？俺万没想到这会子你会跑来，俺只当是俺那口子哩！不知者，不作罪，谁叫你吃得挂三分酒意，晃晃荡荡，就活像俺那口子呢？如今俺房中现有肴酒，等我敬你三杯，赔个不是吧。"

男子笑道："不用你陪酒，少时你破出点儿力气，咱玩个新花样就得唡。"妇人唾道："你低声些，方才你宅里只管踢天弄井地乱响，想是你那小干妈儿又练习功夫，叫她听见还了得吗？"汪六笑道："不打紧的。她如今病病歪歪，没神思查落我唡！便是这么热闹的庙会她都没去踏脚哩。"

玉龙猛闻汪六两字，即便留神，早见一个华服男子跄跄踉踉将一只手搭在妇人肩头上，相与入来。一见院墙根下的鸡子酒，便笑道："你又供财神爷吗？俺就不信这些东西，俺宅中近来很有响动，不是这里哗啦两声，便是那里砰啪两声。有一晚上，俺在前厅独坐，竟有个黑嘴头的黄鼠狼向俺咈咈地吹，外带着还拱爪儿。人家都说俺该不旺相咧，哪知俺反倒欢虎儿似的。"妇人道："你别瞎三话四的，得罪了大仙爷不是耍处。"说着，从院中拿了烛台，和汪六一同入室。

这里玉龙眼前一黑，不由暗想道："哈哈，这真是瞎猫逢着死耗子，活该俺的买卖来咧。这汪六也是窝主要犯，等我下去先捉这小子。"想罢，略一转动，哪知血脉才和，转又一阵子麻木上来，不但动弹不得，并且肚内发空，一些气力也没得。亏得他究竟是武功家，晓得运气能以活泛血脉，增长精神，于是一面价鼓起瘪肚皮，且自运气，一面瞧那室内窗上两个人影晃来晃去，似乎是汪六和妇人并肩而坐。便闻妇人笑道："你这些时总没来，俺当是俺哪里不小心得罪了你哩。今晚怎的冷锅爆热豆，这会子又踅将来呢？"

汪六道："别提咧，这几日俺被她啾唧煞咧！偏那黑、白两个又忙着料理庙场，所以俺没空出来。今天傍晚，俺向她说到韩五赌棚中瞧瞧，哪知到那里几乎没被人灌醉了。原来黑、白两个正和几个远方赌客吃酒。那几个赌客能说会道，很像走外面的朋友，连黑、白两个那样的刁钻，都被人家罚了许多酒。俺是不消说，若再不溜之大吉，便醉倒咧！俺当时由赌棚踅出，又有朋友邀俺到李小脚家，我嫌那蹄子装模作样，拗手拗脚，还不如咱两个老对子任意地横颠竖倒有趣哩。"

妇人笑道："你莫妄想吧，你准是在那蹄子家受了抛丢，却想在俺身上煞气。怪不得这会子溜将来，俺还不待价拾人的残落哩！"说着，室内一阵嬉笑推拉之声，便闻妇人喘且笑道："你瞧你这猴急形儿，从哪里又学了这怪样儿来咧。便是这么着，你且

178

放俺，等俺去将院中的鸡子酒捡进来，然后再消停玩不好吗？"男子笑道："消停什么，少时完了俺还须回宅去。"

这里玉龙听了，暗笑之下，好容易运的气正自泄掉，便闻妇人咯咯咯一阵喘笑，又见窗影上小脚一晃，接着便嗔道："真没有的，你那股子邪劲儿发作了就像疯子。这里不成功，咱到靠椅上去吧！"说着，两人步履声动，张得个玉龙一面暗唾，一面急欲下捉汪六。无奈运气既泄之后，身儿虽可转动，那左腿肚子接着又转将起来。这转腿肚滋味，诸公有转过的大概也都晓得，非痛非痒，非麻非木，就像咱中国的世局一般，简直地令人哭笑不得，越是着急，越转得凶，总须这股子劲犯过去，然后方能动转。

玉龙这一转不打紧，苦煞了腿子，却快活煞了耳朵，原来室内一片男女之声癫狂之至，末后竟越来越妙。然而玉龙这里腹鸣碌碌，竟似和室内声息互相唱和一般，急得个玉龙恨不得割掉耳朵，好容易腿肚转毕，气血亦和，忽觉一阵头晕眼花，浑身无力，那空肚皮吱吱吱只管乱叫。玉龙暗道："不好，汪六那厮虽说是没大能为，但是寻常拳脚必然会的。俺饿着肚儿去捉他，须不成功。"想至此，忽想起院中还有鸡子和酒，正在悄悄地移动身体，猴坐架楅儿上面，想顺架柱溜下去，取那鸡子和酒充饥的当儿，忽见由隔院汪宅房上，突突突跑来一条黑影儿，嗖一声翻落院内，不容分说便奔架下。只喘吁吁微嗽一声，登时便伏在那里，正在自己所坐的架楅之下，却纹丝儿不敢稍动，只见他顶旁有个蝴蝶似的东西，不住地袅袅乱晃。

这一来吓得玉龙将那垂落的腿忙蜷上去。正苦于黑魆魆的没法细瞧，恰好室内的男女之声越发吃紧，接着便烛光大亮，直由纸窗烘映出来，但闻妇人笑道："你难道还不认得我吗？"又百忙中添上一支烛台，里面汪六正在哼了一声之间，这里玉龙借烛光烘映之力，向下面仔细一瞧，不想那黑影儿正是三娘，业已云鬓

179

都乱，十分狼狈，那蝴蝶似的东西便是一绺乱发。

于是玉龙大悦，暗道："今天合该俺有彩兴，安稳稳等着个汪六，如今这怪婆娘也撞了来，但看她这披头散发的样儿，一定是被骆、马等人杀败，走投无路咧。这婆娘是案中的头脑，若被俺误打误撞地捉住，叫他们干瞪眼、乱抓瞎，这个干脆抓得才俏皮哩！"

书中交代，你道这三娘为何撞到这里？原来三娘卧病之下终究是气力不佳，又搭着骆、马两人破出浑身本领来酣斗三娘，一步逼一步，一刀紧一刀，竟杀得三娘大汗如浇，堪堪地招架不迭。三个人风团似的一阵拼命，百忙中闹得三娘竟自迷了方向，嗖一声蹿上房去，本想奔宅左逃去，哪知模糊糊地反向宅右，所以一径地撞伏在染房架下，暂舒气息哩。

当时玉龙在架上面越想越乐，又一想自己是赤手空拳，这便怎处？正自注三娘沉吟之间，忽微闻汪宅房上又有脚步行动，玉龙暗道："不好，这准是骆、马两人赶了来咧。这到手的功劳，若被他两个抢去还是小事，岂不透着俺何玉龙真是大饭桶吗？"想至此间，猛然计上心来，暗道："有咧！待我给她一屁股，且闹个千斤坠的招数，纵然砸不死她，也显得俺并非饭桶。少时他们捉住三娘时，俺好歹也有一份功。"想罢，紧抱手足，暗暗运气，将全副力量都运在屁股上，猛地哈了一声，用一个悬崖坠石式，照准三娘头顶，竟从架槅眼间直砸下来，但闻扑通啊呀，架下室内两处里齐声响亮。

这里三娘尽力子甩开头顶上一堆肉，也不辨是什么法宝，便用个就地十八滚的式子，一径地滚到院门，赶忙跳起来飞身而出。

这里玉龙被三娘猛甩得头轻脚重，正趴在地下乱自抓瞎，倏闻嗖嗖一响，眼前明晃晃刀光一闪，便闻马四把大喝道："贼婆娘哪里走，着刀吧！"一声未尽，何玉龙业已在地下大叫道："是我，是我。"这一来骆五大骇，忙和马四把扶起玉龙，问知缘故，骆五顿足道："如此说，这婆娘准由院门边跑掉咧！"因顾四把道："你且帮何兄料理汪六，待俺先追下去。"

且说马四把不知就里，只认是汪六一人藏在室内，便雄赳赳一摆单刀闯将进去。定睛一看，只吓得倒退两步，只见室内两支烛台正点得明晃晃的，靠西壁一张醉翁椅子上，是棉褥高垫，短枕后靠，上面有个一丝不着的妇人，做个乌龙双探爪的式子，有两条长带儿由顶棚橱上系下来吊住她两只腿儿，业已吓得痴痴迷迷，微睁二目，案上是酒肴罗列，但是杯箸都没动，靠北面有两只立柜并镜台儿椅之类。

那马四把虽说是久闯江湖，办案多年，却等闲没见过这等阵仗，因又不见汪六，便趁退步之势一转身儿正碰着玉龙赶到，四把唾道："好晦气，这是人家娘儿们的住房，汪六并没在内，何爷，你糊里糊涂真把我冤苦咧。"

玉龙道："岂有此理！俺不但见汪六分明在内，并且听了好半晌的相声，难道他会飞去不成？"于是两人重新踅入，就满室中榻下案底细细一搜，就是不见汪六。玉龙着忙，端起一支烛台，连妇人所坐的椅下都照到，他只顾低着脑袋，钻向妇人臀股下面，猛然一起，却似鬓角边沾了几点水珠似的。

四把遥立着觑得分明，不由扑哧一笑，然而因正事忙碌，也不暇打趣他。两人又复就满室中乱搜一回，马四把随手开了东边一只柜，见里面是杂物衣服之类，便笑道："何爷不必搜咧，俺连柜中都瞧到，这汪六准是知风跑掉了。何爷你血脉才活转，就在此歇歇吧，俺还须帮着骆五爷去哩。"

玉龙道："这事真怪，等俺再瞧瞧西边这柜。"一言未尽，只听柜内忙叫道："这是只空柜，没得人的。"语音未绝，何、马两人早一齐奔去，从柜内揪出个光着脊梁的汪六来，便登时一把丢翻，就榻上取过一条腰带，捆缚停当。

四把忽见榻上还有一条丝穗花腰带，料是那妇人的，便把来揣入怀中，玉龙笑道："这会子忙碌碌的，你真好把戏儿。"四把道："这是俺捕家的规矩，到犯人家若不随手拿点儿物事，是不吉利的。如今闲话少说，你且在此看守汪六，俺须快追骆五爷去哩。"

不提四把提刀匆匆跑去，且说这里玉龙送得四把出去，刚一转身，便听得汪六横躺在地下，嘟囔乱骂。玉龙大怒，跑过去便是两脚，并骂道："你这厮快活够咧，如今且叫你受一霎儿。"说着，四下一望，只见妇人坐的椅儿框上搭着一块湿漉漉的蓝布，便一把提过汪六，随手儿将那蓝布拉下来，不管好歹一径地塞入汪六口中。

正这当儿，玉龙肚内又是一阵怪叫，忽一眼望见案上齐整肴酒，不由暗喜道："合该俺老何今天是口福眼福一齐来，既有这媳妇子这段奇景，正好下酒哩。"于是奔就案座，即便据案大嚼。

这当儿两下光景遥遥相望，玉龙这里是长鲸吸水；那媳妇那里是玉蟹舒钳；再衬着汪六在地下泥鳅钻洞。这一来小小住房，倒像龙宫点将一般，登时闹了个各显其能。

那玉龙一阵狂饮，顷刻间肴核俱罄，俗语说得好，若要醉丢丑，快喝空心酒，你想玉龙，一个饿塌了的肚皮，这点点肴核，济得甚事？再搭着急酒一冲，玉龙登时觉越喝越饿，再瞧案上又没得别的食物，只得给他个越饿越喝。

这一来不好了，玉龙一阵呕吐，顷刻间醉眼一合，向椅背一靠，大嘴一张，又是个癞鼋晒脖的式子。哈哈，说也不信，这里只管排演水形儿，哪知真有个元绪老哥撞将来咧。原来这妇人的丈夫名叫阮概，虽开染房为业，却是个饮糟亦醉的角色，既贪汪六之财，又畏其势，所以一任汪六所为。

这天晚上阮概由赌场回头，一瞧院门是关的，刚要叩门，又怙惙道："慢着，那会子汪六爷曾遇着俺，却笑道：'你今晚还回

去吗？你瞧各赌局多么热闹哇。你没了赌本儿，俺借与你呀！'
他这话中就许有意，这当儿他若在里面，俺一径地叩门搅入，不
透着太没眼色吗？"想罢，掇块石头置在院墙下略垫脚儿，竟自
一跃而入。一眼便望见正室内兀自烛光明亮，不由暗想道："这
准是汪六在内，不然俺老婆她不会明灯高烛候着我的，可恨俺老
婆总嫌俺没用，提起汪六来她便眉欢眼笑。今天俺也学个乖，且
张张汪六这小子到底是怎样有用法。"想罢，放轻脚步，悄就正
室窗缝向内一瞅，一眼先望见他浑家那副形势，不由倒抽一口凉
气，暗骂道："哈哈，汪六这狗头，你虽然花上几个钱，未免也
太不像话咧，但是他又向哪里去了呢？"思忖间，忽见汪六捆得
馄饨一般卧在地下，这一来阮概大惊。逡巡之间，又望见案座上
歪着个胖大汉子，雄赳赳的十分凶实，正仰靠在椅背上酣睡如
雷。急瞧那盛衣立柜又已柜门打开，内中衣物抖乱，不由且惊且
想道："这不消说，这鸟大汉准是凶贼，撞进来捆了汪六，奈何
了俺老婆，趁势又吃个现成酒。准备着吃饱喝足，然后再搜括财
物，溜之大吉。不想天理难逃，却一时醉将起来，不趁这时捉这
厮还等什么？"怙惙间怒从心上起，忙跑入厢室内，摸了一根晾
衣用的麻绳儿，如飞跑入正室，仔细一瞧玉龙雄壮之状，不由又
战抖抖地害起怕来。

　　正这当儿妇人醒转，便喝道："你真是没抽展的尿王八！你
还不先解下我来，等我帮你料理哩。"于是阮概奔去，忙将妇人
腿儿次第由悬带上放落。那妇人不暇穿衣裤，方和阮概奔向玉
龙。不想玉龙略作转侧，吓得两人一齐伏地，妇人便道："有咧，
咱不如连椅捆上他倒妥当些。"于是两人站起，分为左右，各拈
了一头绳儿，用一个倒背老羊的式子，先向玉龙仰的脖儿上轻轻
一兜，即便绞向椅背，然后从椅后绕过来，横缠了两扣，下及腿
胫，尽力子三环五扣捆缚停当。

　　这时汪六只急得干睁大眼，好容易见阮概夫妇来解自己，只

183

听院中大喝一声，刀光闪处，早有一人飞步而入，一把揪住阮概，单刀一起，便向阮概当头直落下来。正是：

　　方助良朋得妖妇，又从淫室救同人。

　　欲知后事如何，且听下回分解。

第二十七回

捉要犯大闹仲家浅
会捕友小憩晏公祠

　　且说汪六眼睁睁见一大汉闯入，一把揪住阮概就要手起刀落。阮概已吓得呆了，便见妇人抢上，先托住大汉胳膊，然后跪倒乱央道："好汉爷饶命，俺们并没歹意想害您同伴，不过怕他酒后撒疯，伤人性命。"说着，连连叩头，一面好汉长好汉短地乱央。

　　那大汉喝道："休得胡说，俺们都是济宁的官捕来此办案，如今贼妇郑三娘业已就擒。你等擅藏要犯汪六还不算，又敢捆缚官差，可见你们都是一党哩！"几句话不打紧，只吓得妇人抖作一团，情急之下，越发乱央道："捕总老爷，快口头积阴功吧。俺两口儿可一百个不是贼党。老爷不信，只管向街坊邻右打听，俺当家的诨号儿阮老盖，小妇人诨号官磨子，取其谁爱推就推之意，若说汪六在俺家走动，倒是实情。俺们哪有天大的胆敢通贼呢？"

　　大汉听了正在扑哧一笑，这里汪六早吓得魂飞魄散。便见那大汉放了阮概，啪的一脚先踢开自己，然后去解了椅上的醉汉。那汪六自知无幸，也便两眼一合，不管闲账。

　　且说何玉龙这当儿酒力已过，猛睁双眼，忽见马四把笑嘻嘻地站在面前，又见妇人赤条条地偎随在四把背后，不由跳起来，

185

乱噪道："俺只打了个盹儿的工夫，马兄你怎么又转来咧？"说着，一瞧妇人又噪道，"哈哈，马兄你这档子事却不如俺老何咧。当你走后，那婆娘献宝似的献在那里，俺正眼儿都不瞧她，如今你就三不知地赶回来，和她……"

四把大笑道："你这醉汉胡噪的是什么！如今案已办完，郑三娘已由郭爷押向庙中，黑、白两人亦由骆五爷协同众捕伙一手擒捉。诸事已毕，俺才赶回这里，不想又救了你这醉汉。"于是将妇人阮概捆缚玉龙之状一说，又略述自己和骆五追赶三娘并郭琼巧擒三娘的情形，玉龙听了，这才恍然自己因醉误事，依然是个大饭桶。

原来马四把追上骆五，只见骆五正在汪宅之右和三娘拼命相搏。骆五虽然勇猛，当不得三娘这时业已把心一横，一柄剑上下翻飞，端的是神出鬼没。再瞧骆五只剩得招架之力，于是四把大喝一声，从斜刺里挺刀便上。

这一来骆五登时气壮，三个人丁字式颉颃良久。那三娘究竟是病体强撑，便虚晃一剑，跳出圈子，赶忙趁夜色微茫中，用一个伏地流云式，一矬轻躯，一道烟似的便奔那宅左的旱桥。

这里骆、马两人出其不意，正在张皇四顾，早听旱桥边郭琼大笑道："贼婆娘，哪里走？俺在此恭候多时，着家伙吧！"一言未尽，但闻三娘尖厉厉一声喊叫，及至骆、马赶到，一瞧三娘业已直僵僵地躺在桥上，脖儿上却似拖着条红带一般。

马四把不管好歹伸手一拉，不想那条带蠕然一纵，却是条赤练蛇，一径蜿蜒着钻入桥缝。两人愕然之下，四下一望却又不见郭琼。正想且捆缚三娘再作区处，只听桥底下有人笑道："二位老兄辛苦咧，咱如今大事完毕，快缚起这婆娘再料理余事。"声尽处钻上一人，正是郭琼。当时大家晤面之下，骆、马不由都赞道："话不是虚说的，还是老将出马，一个顶俩，这泼辣婆娘究竟还败在郭爷手中哩。"

郭琼笑道："两兄别笑话，若论劲碰劲，十个俺也敌不得一个郑三娘。俺侥幸治倒她，是用了个无赖招儿，如今不暇说，咱等消停细谈吧。"

骆、马听了，也便将进汪宅寻杀三娘并救出玉龙，刻下玉龙在染房中看守汪六，一切情形一说。郭琼听了，忙笑道："如此说事不宜迟，马兄快转去提那汪六，那胖子哥是靠不住的。骆兄当速赴赌棚，助众伙计捉那黑、白二犯，咱这次办案，总要给他个一网打尽才叫响儿哩！"正说着，只听三娘嘤然微呻，接着便身儿微抖，郭琼忙道，"咱快各办各事吧，俺趁这婆娘神气迷惘，便背她到庙中，不然，便费许多手脚哩。"说着，一矬身，掀起三娘合在自己背上，即便匆匆拔步。这里骆、马两人也便分头行事。当马四把跳入染房，却正是玉龙被人家缚牢的当儿哩。

当时玉龙听了四把一席话，一时间没得遮羞儿，便向妇人乱吵道："你这歪剌骨真不知好歹呀！那会子你那么着，俺都不肯那么着。方才俺这么着，你就肯这么着。俺要知道你会对俺这么着，俺早就把你那么着咧。哈哈，人无害虎心，虎有伤人意。如今我也顾不得许多，你既这么着我，我也须那么着你一家伙哩。"说着一绷脸儿，竟拖住妇人一只手向怀便拉。吓得妇人不敢喊叫，只管用眼儿乱望四把的当儿，早被四把一手隔开，大笑着向玉龙道："何老兄，你真不知足，你吃了人家的现成酒儿，听了人家的现成相声，又瞧了人家的现场把戏，如何还那么这么地胡闹呢？刻下郭爷等想已到庙，咱也就快交差去吧。"

妇人听了，料是没牵连自己，便拉了阮概一阵价叩头如捣蒜。四把却笑道："官大嫂，别只顾磕头，你且穿上点儿衣服吧，须知俺捕家眼睛秒了是最丧气的。"说得妇人通红了脸儿，赶忙上榻去，胡乱价且自穿衣。

这里四把随手儿抓起一件男衣，与汪六披裹住上身，便向玉龙道："何爷，如今该劳乏你一趟了，便请背起汪六，咱就赴庙吧。"玉龙道："当得当得。"于是从地下扛起汪六，也不管头上脚下，拔步便走。

不提这里阮概夫妇千恩万谢地送客出门，回到室内，白瞪了一会子，便听得汪宅中人喊狗叫，开了锅似的乱吵乱闹。高处里火把照耀，直彻院中，情知是众捕健来抄封汪宅。

且说马、何两人出得染房，刚趱至酒肆左近，只见韩五赌棚边火光如昼，人声如沸，接连着别的赌棚也都一片声喧，人众乱跑。四把不由诧异道："难道黑、白两人还扎手吗？既然如此，俺且去帮骆爷去。"一言未尽，只见人涌如潮，一片火燎火龙似的直奔将来。

四把大惊，方要摆刀抢去，只听那人丛中有人破口大骂道："小舅子，扒灰头，好你个夜游神姓郭的，你竟敢遣人来暗算爷爷，爷爷拼着一颗脑袋结识你咧！"四把一听，料是骆五得手。须臾来众切近，火光闪处，果见骆五雄赳赳地押在后面，前面是两个捕伙，分牵了黑、白两人，又有两捕伙尾在背后，一步一棒地打将来。黑、白两个一色的手械脚镣，白儿是垂头丧气，黑儿是瞋目大骂，于是四把忙喊一个"顺"字，骆五高应一个"利"字，两下里一打口号之间，业已彼此觌面。

正这当儿，却遥闻汪宅中一片喧闹，骆五便道："何、马两兄，咱们一同赴庙收差吧，汪宅中俺已分遣捕伙去搜抄咧。"于是两下里合在一处。

这时济宁捕伙来办案之事早已轰动全村，大庙场上又在黑夜之间，哪个敢出头瞧望？只苦了许多卖夜食、靠赌局的小贩，大乱之下，人众一拥，不但摊上顾客白吃了趁势便跑，并且稀里哗啦摊毁具碎，只落得乱喊乱骂。

就这纷扰之下，骆、马等一行人早已到庙，这且慢表。且说那汪宅中本有几个三合会中的朋友常川落脚，一来照应会事，二来护院。这帮人们无非是依草附木、狐假虎威的角色，三娘等亦都以奴隶视之。当骆、马进捕三娘，事起之初其中一个愣小伙子，便想和大家出去急难，一人冷笑道："你们真想不开，你想敢于进宅办案的人，一定是本领高强，咱们这两手狗儿刨，往哪里施展呀？再者人家素常也没把咱们瞧在眼里，咱才一百个犯不着去垫刀头哩。依我说，少时咱趁势发点儿小财，比什么都强。"于是如此这般一说主意，大家听了，都各称妙，便登时各抄铁尺七节软鞭之类，避猫鼠似的就暗处分伏停当，拉长耳朵，暗听消息。

不多时屋瓦乱响，格斗声远，大家料是时候咧，便大喊一声，一涌齐出。先就院中乱舞软鞭，又在门窗上乱磕铁尺，闹得一片山响，然后放出假嗓音，大呼道："如今贼妇业已擒下，俺们都是办案的，特来查封贼妇的家财，宅中人等不得妄动。"说罢抢入内院，顷刻间翻箱倒柜，大肆搜掠，吓得汪宅婢仆之辈连大气都不敢出。及至过去的捕伙到宅，那班人众早已远飏多时。当时众捕伙照例地查封已毕，且按下赶赴庙中，回复郭琼。

且说骆五等一行人吆吆喝喝，火燎如飞，一径地奔向晏公祠。老远地便望见庙内外灯火错落，十分热闹。原来这日金有业已分时候由曹州回到家下，听得家人备述郭琼临行嘱咐之语，便唤集人众马不摘鞍地直赶下来。

有业抵庙，恰当郭琼背了三娘趄来，彼此厮见了，不暇客气，郭琼便略述办案得手一切情形，喜得个有业手舞足蹈，连连称谢。便一面安置手下人众，一面命人去唤本地地保，然后再瞧三娘业已悠悠醒转。这当儿绳索梏械加满娇躯，俊眼一张，只落得一声长叹，郭琼念她是有名角色，便命两个妥当捕伙单她在一室中，不可难为于她。

这当儿却忙坏了个庙祝吴老道，跑进趄出也不晓得是乱的什么。郭琼摇头，便命众捕伙各自动手，烧茶的烧茶，喂马的喂马，又命人到村坊上敲门打户地买酒饭熟肉等物，用大筐成担地担将来，便就院中现支石灶，准备热饭。一时间灯火辉煌，人喧马嘶，将一座荒凉古庙闹得如市场一般。

少时地保也忙忙跑来，未免有好事者跟了许多，都偎挤在庙门外探头探脑，所以远望去，十分热闹。当时骆五等押差进庙，早见郭琼、金有业正在大殿前指挥人众。大家望见何玉龙，仍然是那俏皮货郎一身打扮，却就是秃着头儿，衣裤破裂，面目上尘湮土渍，花花搭搭，又头下脚上地倒扛着一个偌大的汪六爷，不由都鼓掌大笑。偏那地保不睁眼，只管搅在玉龙面前晃来晃去，气得玉龙猛地将汪六一掷，一颗头正舂在地保背上，那地保一个狗吃屎，向前一栽，招得大家越发大笑。

就这声中，骆、马两人先指挥捕伙，将一干人犯带向一旁，然后和金、郭等大家厮见。唯有何玉龙一眼张见担中食物，便跑去卷起两张硬卷饼塞入口中，并一面噪道："快些做饭，俺这肚皮委实撑不得咧。"于是大家又复大笑。乱过一阵，即便就大殿上相与落座，由捕伙们送上茶水，有业便向骆、马细询办案情形，一面称赞，一面致谢。

玉龙都不管他，只两手举起卷饼，便如吹喇叭一般，有业百忙中只认是玉龙独捉汪六，便赞道："还是何兄办事真卖力气，捉得汪六，又一气儿扛到这里，无怪何兄肚空觉饿。少时饮酒俺须先敬三杯哩。"

这时玉龙正饼满口中，鼓着腮帮子没法答话，逡巡间两眼一翻，接着便龇牙咧嘴，大家见了，不由一怔。正是：

论功未敬同人酒，大嚼先觇笨伯风。

欲知后事如何，且听下回分解。

第二十八回

济宁城有业款良朋
光蛋街郭琼肆游瞩

　　且说大家忽见玉龙一副丑形，只认是食急噎住，正要向前与他拉耳捶背，只见他咽的声咽下那饼，一面捶着胸口，一面掉转肥臀，朝着有业猛地一偎，却大笑道："俺这次卖气力，只有这张屁股还说得出。若非大家帮衬，俺早就叫人家揍（揍者俗谓做也）了酱咧。但是俺罪虽受咧，也真开了眼咧。"于是从头至尾将自己怎的被捉，怎的遇救，怎的伏在染架，怎的用臀猛砸三娘，怎的和四把搜捉汪六，怎的又酒醉被阮概夫妇捆住，一段段都说出来，末后说得高兴，竟将汪六和妇人许多丑态也说出来。这一来招得大家哄然大笑。

　　有业却正色道："何兄这一屁股不为无功。你想三娘被杀得正在筋弛气缓，猛挨这一下子，该减她多少精力？只怕后来郭兄成功，还是借得何兄屁股的力量哩。何兄总不肯功居第一，也须功居第二，少时，俺一定先敬三杯，谢谢您这屁股哩。"大家听了，越发都笑。马四把道："正是，正是！何爷原自家说过，是专练的一身肉功夫哩，如今闲话少说，咱大家闹了个大半夜，也都该吃点儿吗咧。"

　　众捕伙听了，登时便七手八脚整治酒饭。郭琼等自在大殿上，一面说笑一面商量明天解差赴州之事。偏那地保会想油水，

191

趁这当儿溜将出去，跑向村中各会首家捶门擂户，大吵道："如今捕总有话，因你们护庇大盗，知情不举，都要将你们带到州里去按法办理，亏得俺好说歹说，捕总那股火头儿才压下去，你们瞧着怎么办吧！"

各会首听了，一齐吓慌，登时拿十两八两的银包儿，只管往地保袖内塞，并且满脸赔笑地道："多谢您的好意！只是人家捕总到咱这里，又这样地推情，咱们须管待人家酒饭才对，便烦您拿这银两瞧着办吧。"

地保道："就是吧！这脸面上的钱是省不得的。"如此地跑过一家，又到一家，不大时光竟闹了百十来两，便忙忙又走向米行、肉行中，道："如今捕总说你这生意都是汪六的本钱，照例地查封入官，亏得俺与你分辩，捕总才不究咧，难道你还瞧着人家自吃自吗？"米、肉两行的主人听了，忙命伙计背米的背米，提肉的提肉，跟地保送向庙中。

地保到庙门外，先打发伙计转去，却提进米、肉，向郭琼、有业道："俺托郭爷、金爷的福，俺儿们都做点儿米肉行的生意，这是孩子们的一点儿孝敬，便请你老赏收。"金、郭两人哪知就里，一面称谢，一面道："这里事体都安，你也便转去，替俺雇妥解犯的车辆吧！"

不提地保听了暗喜财运又来，自去寻村中富户准备车辆，白应官差，自己十落这份车价。且说庙中众捕伙接过米、肉，即便忙碌整治。须臾查封汪宅的捕伙也都到庙，向金、郭交代毕，大家就行灶一齐动手。吴老道从左近借了席子碗箸，就院中铺设停当，大殿中原有村中青苗会寄存的公用桌凳，便帮同那李伙计摆设起来。

不多时酒饭已熟，大家就座，院中是攒三聚五，自吃自盛，嘻嘻哈哈。殿上吴老道伺候一切，端的是里外价杯箸齐响，笑语如潮，好不热闹。三娘等人也自有监押的捕伙伺候饮食。

酒至半酣，由骆五致问郭琼捉获三娘的情形，郭琼笑道："俺的本领诸兄是晓得的，如何是郑三娘敌手？俺却早为留心，探知三娘生平所最畏恶的就是毒蛇，所以俺从此设法，侥幸成功。当那三娘奔到桥上，俺简直地没敢露面，径从桥底下一甩筒儿，抛出那蛇，三娘栽倒昏迷之间，骆兄等便赶到咧。"因将得闻黑、白两人秘语之事一说，又笑道，"俺这是没出息的能为，诸兄不要见笑。若非诸兄力战三娘，使她筋疲力尽，心迷意乱，敢怕俺这手儿也未必成功哩！"

大家听了，这才恍然，有业赞道："郭兄端的名不虚传，神机妙用，使人莫测，这正是因己之长攻人所短的作用哩。"骆、马两人也一齐赞服。唯有玉龙这当儿酒肉齐进，不暇称赞。马四把见他吃得脑门上都是汗珠，忽一眼瞧见他鬓角边结了两小块冰片似的白渣儿，不由得扑哧一笑。恰巧喷溅了玉龙一脸酒，玉龙便噪道："好晦气，俺沾了你这臭水子，准要倒霉。"四把大笑道："你沾了人家那水儿都不嚷倒霉，至今还挂在脸上做幌子，如何又张致起来？你搜寻汪六的当儿，你且想想你曾钻到什么所在？"玉龙猛悟，啊呀一声赶忙地摸拭鬓角。这里四把向郭琼等笑述数语，早招得郭、金两人鼓掌大笑。

有业道："这不足为奇。俺少年时，黉夜出去办案，还专好偷瞧人家这些花哨勾当，只不过没像何兄似的各处乱钻罢了。"大家听了，又是一阵大笑。

须臾饭毕，业已天光大亮，庙外面车声辘辘，却是那地保领了四辆车来，并有村中首事三四人来见有业、郭琼。相见之下，自有一番称赞一番客气。依着首事等还有馈赠，都被有业谢绝，又亲到汪宅并酒肆查看一番，然后押犯起程。一时间车马人众屯满庙门，村人纵观，早围得风雨不透。大家望见三娘、黑、白等锁镣琅珰，各就囚车，无不暗暗称快。

正这当儿，郭琼、骆五、马四把也便分命鞍马，众捕伙一色的单刀铁尺，雄赳赳夹护囚车，方要起行，只见吴老道匆匆跑来，道："诸位慢走，这里还有何爷哩！"原来玉龙酒足饭饱，一下子发起食困，又搭着三两日没得安生睡觉，所以竟钻到老道室中见周公去咧。

当时四把问知缘故，便跳下马跑入庙去。不多时，将个合眉䐯眼的何玉龙撮将出来。可巧这时只剩一匹瘦马，那脊骨峻嶒便如刀棱一般，玉龙一面呵欠，一面噪道："这匹马却不成功，若骑上去，铲了屁股不是耍处。"正说着，一辆空车因用不着，正想赶走，合该赶车的晦气，却被玉龙唤住，一跃而上，一径地歪倒身儿，又去寻蝴蝶儿耍子去咧，于是大家一笑，人马发动。

不提这里首事并地保分头各散并那吴老道收拾庙中，且说金有业一行众回到济宁州城，照例地见官交差，三娘等照例地提讯收狱，坐待就戮，一切繁文，不必细表。那骆五、马四把、何玉龙因自家事体忙碌，住了三两日，也便辞了有业，各自去了。唯有郭琼在金宅耽搁得油焦火燎，却就是动身不得。

原来因自己智擒三娘一事，早轰动远近的意气朋友，今日你来过访，明日我来请酒，闹得郭琼接应不暇，困于酒食。转眼之间，已是半月光景，偏那金有业又因其婿苗殿扬之事复赴曹州。郭琼几次价要去，都被有业妻子留住，郭琼闲得没事干，只好吃饱了信步闲逛。

这时淮扬、徐州一带恰值暴发水灾，直连沂州地面，漂没人畜田庐不计其数。又值秋成歉收，那幸脱水厄的贫苦人们起初时掘食草根树皮，苟延残喘，后来没法支撑，便成帮结队地就食于富户。闹得各村坊七乱八糟，几乎生变。官府中见不是事，一面价筹办急赈，一面拿办了抢食饥民两个为首的，乱事方定。但是官府筹赈，本是杯水车薪的勾当，又加着豪绅滑吏经手中饱，及至实惠沾到百姓身上，也就有限得很了。于是饥民结队，四出逃荒。不但尽室而行，并且空村俱出。大队或百余人，小队或数十人，也有一家数口单独流转的，一个个鸠形鹄面，扶老携幼。男的便担挑家具，女的便肩负杂物。便是那娇怯怯的少妇长女，也都蓝布蒙头，手持柱杖，顾不得鞋弓袜小，哪管他泥里水里，一般地冒雨冲风，逐队前进。每到村镇，便平铺地跪倒街坊，大家伙同声哀乞，响震里余。

那济宁地面本是水陆通衢，五方杂处。众饥民逐日来往，每日总有几起子，也有逗留不去的，便聚集在南城外运河沿上。起初是逐日行乞，搅闹过往的船只，后来经官绅募捐，便在那片河沿上给他们搭起许多小窝铺，逐渐地收容起来。

众饥民除最老弱的依然行乞外，其余的壮丁或在河下当脚运，或佣工于村落之间，妇女便缝穷卖花，或出门做洗濯女工，虽是有一顿没一顿地胡乱生活，比着流离道途，还算较好。日子稍久，这段河沿竟像条小小街坊，也有下等小贩来趁生意。那稍微洁净之处，居然也有草棚茶馆、土壁酒肆，衬着河下风光，远望去倒也颇有野趣。居民因这所在为贫民之窟，便顺口叫作光蛋街。俗语说得好，是洼子水，就有浑水鱼儿。这光蛋街上，一般地也藏垢纳污。娼呢，便是极贫的烂污女人，就在那窝铺门首，白天摆上两碗茶，晚上插上一支吸烟的香火，借此为名，十余文老钱便可春风一度。每当日落上灯之时，大家都抹扮得神头鬼脸，出在门首。和那些短衣椎髻之辈嬉皮笑脸，打情骂俏，也闹得有声有色。赌呢，便是一班地面上的下三烂所设，随地布局，赌主的本领便在腰里，吃进的钱注也入腰包，局面上休想见着钱。因为这等局面，不定哪一会儿便是吵子，这是预防人众乱抢钱。娼、赌两项既有，自然就有胳膊稍粗的地痞从干糠中榨取油水，不但娼、赌两项须向他酌量进贡，便是各窝铺的贫民也须按月纳例子钱。虽是百儿八十文钱的勾当，然而出在贫民身上也很吃力了。

一日郭琼信步出城，刚趱至一处大商店跟前，只见围了许多

195

人，正在乱吵，其中又夹着哭泣之声。正这当儿，便有两人气愤愤地从内挤出，一人便道："这班乞讨的也不睁眼，单向他店面前哀告，他是有名的悭吝鬼，外号儿'尖刀王四'，便是哀告出大天来也不成功。他有钱只知放印子、接交官府，外带着开个小押儿，这种揣着大刀踹孤贫院的角色，他会可怜穷人吗？"

那一人便笑道："你别说傻话咧，咱是本地人，知道王四的行为。一个远处逃荒的只知见了阔绰店面便来乞讨罢了。你说人家不睁眼，我看你才是糊涂虫哩。你瞧那小子白白胖胖，再披上两件花哨狗皮，人家见了财神爷，怎的不哀告呢？"

前一人道："你瞧那小子，真是貌随运转，前五年，他在店号中当管账先生，那副穷嘴巴骨子形儿多么可笑！如今人家发了财，自家当了号东，居然便像个人似的咧。"那一人冷笑道："人不得外财不富，马不得外料不肥。他发财，还不是坑的旧号东杜老西的吗？头两天杜老西的儿子寻他求一两吊钱，换换脚下的破鞋子。他白瞪起眼睛，哼也没哼，一甩袖子就进去咧。这种人是没人味的。"说着嬉笑而去。

郭琼挤入人丛，一瞧那店面果然阔绰，"天益公"金字店额辉煌照目，正有一个五短身材的大胖子向门外三四个老弱流民发咆哮，道："你们这班人，一天到晚少说着也过百十起子，若都按人打发起来，俺王四爷这里还没铸钱炉哩。"

贫民中一个妇人颠着两文半大沙钱儿，流泪道："俺们初到贵地，不是来麻烦你老，只因俺那小儿子病在窝铺中，两天多没吃吗咧。你老回回手，再赏个四五文钱，叫俺儿子咽口稀粥儿，哪里不是行好呢？"

胖子喝道："你就不用废话，快走着吧。"那老妇正在低头揾泪之间，只见众人中有位老者把与她数文钱，道："你们快再去赶个门儿吧，大街上碍手碍脚，你瞧那位打卦的先生，业已被你们挡阻了好半晌咧。"

196

郭琼望去，却是在太白楼下所见的那个瞽先生，正翻起了蛤蜊白眼睛，张着大嘴，对着那天益公的店额嗤然而笑，似乎是等着人散他好过去。郭琼见了，也没在意，便随众徐步散出。穿过南关大街，就运河沿上瞧了回野景儿。因见那一只只来往的风帆，不由暗想道："光阴好快，转眼就要交冬令咧。这时俺家下散工伙、腌冬菜、屯米粮，许多的家事忙碌，俺却无端地耽搁在此。虽捉得个郑三娘叫了响儿，究竟于自己穿衣吃饭有什么益处呢？这都是马四把来撮弄俺，如今金有业不知几时回头，他娘子又不肯放俺走，只一天天耽搁下来，看起来，俺还不如这般儿来往自如哩！"一面想，一面只管低头撞去。

正这当儿，忽闻耳畔娇滴滴地唤道："啊！你这位老乡客，快进来歇歇腿吧，你要高兴，就花个十来文，连困一觉的床铺钱都有咧；不呢，打个哈哈儿，随您意赏。我的乖乖，快些来吧。"说着，猛地伸过一只灰白色的大手，不容分说，拖住自己便走。郭琼忙望去，不由大骇。正是：

　　凭空伸下拿云手，要捉当前行路人。

欲知后事如何，且听下回分解。

第二十九回

郭捕头闲赏蝴蝶杯
瞽先生硬索鲜鱼炙

　　且说郭琼急忙望去，见自己业已走到光蛋街，正在一处窝铺门首，被一个四十多岁的妇人笑嘻嘻地拉住。那妇人生得黄发缺唇，一张过于容长的俏脸儿薄施脂粉，赛过经霜的冬瓜，穿一件齐腰的破短袄，汗臭之气令人欲哕；下面是花布旧夹裤，屁股底面起了些云头花样，扬着一双半大天脚，踹着一双蓝布鞋子，且前且却，乜起半皱的眼儿，向自己笑道："快进来呀，这怕什么的？"

　　郭琼见状，赶忙一甩手疾趋而过。正这当儿，恰好有个架麻鹰的少年从对面趱来，便笑道："人家媳妇儿既招呼你老哥，便进去怕他怎的？左不过是打哈哈的勾当，在咱们这地面上是不打紧的。"

　　郭琼瞧那少年，料是地痞一流人，便略为点首，一笑而过。却听得那妇人向少年道："今天又到月头上咧，佟爷还没来吗？"少年笑道："佟爷早就来咧，正在李环子窝铺里快活哩。今天咱是怎么办吧？"那妇人唾了一口，这里郭琼一回头，早见妇人和少年拖拉着直入窝铺。

　　郭琼不由暗笑道："原来这所在还这般烂污，就如俺济南的仓巷、德化巷一般，看起来贫民光景端的可怜。"思忖间，趱过

198

一带窝棚地面，只见一家家错落相望，绝似蜂房，各家门首或晾晒衣被，或妇孺操作，一个个蓬头垢面，不亚如地狱变相。

郭琼暗叹之下，抬头见窝铺尽处，地势开朗，已望见河下风帆点点如画，岸沿上疏林映带，更衬着轻霜红叶，如锦如绣。不远便有村落，遥闻鸡鸣犬吠之声，向左右望望，人家掩映，三五成群，并有些荒圃篱落，颓黄丛青，雅有野趣。那隐隐林木高下之中，竟斜挑出三面酒帘儿，还有些儿童小贩，各提篮儿，里面是煎鱼炸虾、烧饼薄脆等物，都望着酒帘所在嬉笑趱去。

郭琼见状，不由心目开爽，暗想道："不想这烂污所在还有这一片景致，可惜平涉河岸，没得山色点缀，若有时，便像俺家青龙桥的光景咧。"觇望间赶上儿童们，便问道："小哥慢走，俺且问你，前边还有好玩的所在吗？"那儿童回望郭琼，却笑道："你老敢是乡下来的吧？这里绰号儿'穷欢乐'，怎么没好玩的所在呢？茶馆、酒肆、跌博摊、食物棚，一概都有，你老要想那么着开开心，不认得门儿，俺领你去。"

郭琼笑道："看不出你小人家还晓得那么着。"小童笑道："你老不晓得，俺这也是想外落的法儿。领个客人去，那娘儿们照例地把与俺三五文钱哩。你瞧今天是佟爷收取月例之期，各娘儿们大半都闲不着。你老要去，咱还须马上就走，晚了还没地处。"

郭琼笑道："小哥莫说闲话，俺且问你，这佟爷是哪个？来收什么月例呢？"小童吐舌道："你真是乡下人，连佟爷都不晓得。这佟爷生得傻大黑粗，胳膊头子伸出来赛如铁柱，绰号儿'铁臂熊'，在济宁地面真是跺跺脚，四街乱颤，属一属二的光棍。这月例是他自己定的规例，凡窝铺内住户，他都要按月来收租钱，哪个敢道个不字呢？"

郭琼骇然道："这就岂有此理了。地是官地，窝铺是官绅盖的，他凭什么收月例呢？"小童笑着一拄拳头，道："他就凭这个。他手底下还有一班滚刀肉的角色，打街骂巷，搅盐当，闹商店，外挂着一百分不害臊。说声打架，便似窝子狗一般。你想窝铺住户，仗什么和他讲理呢？所以这光蛋街一带就仿佛他的江山咧。"

郭琼愤然道："他既如此凶横，难道官府和本地绅商们就不管吗？"小童笑道："你好糊涂，官府是颟顸，不在乎一个光棍；绅商呢，人家有势力，是好鞋不沾臭狗屎，不愿意和他结怨；脓包些的又不敢惹他。这么一来，便把他纵起来咧，并且他是个滚了马的强盗出身，手骚得很（俗谓盗之有命案者也）。俺听人说他手中有好几条人命哩。"正说着，恰好岔道上有人唤买烧饼，小童趱去。

这里郭琼慢步前进，只见各茶肆中都是些短衣泥腿的茶客，喧豗说笑，颇为热闹。郭琼张望一回，插不下脚，正在徘徊之间，只听背后有人笑道："好巧好巧，怎么郭爷也逛到这里来咧？"

郭琼回望，却是金有业家的李伙计，手中提着两尾欢蹦乱跳的花脊鱼，卷檐毡帽上掖着一个小小的黄纸卷儿。郭琼笑道："真是巧极，李伙计今天闲暇呀？"李伙计笑道："别提咧，俺这是偷空摸空，出来散散。自俺主人赴曹州之后，俺东家奶奶痛念女婿心盛，不是自家啾唧，便是向人没好气。今天又叫我到南城外老爷（即关帝）庙中求了一纸签语，倒是个逢凶化吉、得人扶助的上上签，俺帽檐上这黄纸就是了。俺随路人买了两尾鲜鱼，正愁没处消发，郭爷来得正好，咱且到酒肆中喝两盅吧。这两日因俺东家奶奶不耐烦，闹得人东游不得西转不得，可把俺闷坏咧。"说着，向前面一处酒帘一指，道，"那所在虽没甚可吃的，酒还不坏哩。"

郭琼一面和他举步，一面道："真个的哩。上次你主人来家，没提说曹州盗案之事和他女婿苗某人刻下是怎样情形吗？"李伙计道："俺主人到家之后，不是就赶办郑三娘去了嘛！及至回头他也不曾提说什么。但见他们两口儿时时对愣着，叹那口寡气，大概是案情棘手，苗殿扬还在抓瞎，所以俺主人又赶了去。昨天俺捕班中有个曹州朋友来，说是府大人正因办案不着，十分盛怒。正这当儿，城里有个和府大人换帖的某巨绅，一夜里正和姨奶奶困得好觉，忽听榻前案上咔嚓一声，起来点烛一瞧，登时吓得目定口呆。那位姨奶奶竟吓得光溜溜跌在地下。原来案上插着一把明晃晃的单刀，砚匣下面压着一纸红柬，上面字儿好不吓煞人。大概是'爷爷路过此处，特取汝不义之财，以做正用。汝素日蛇蝎其心，豺狼其性，依附贪酷之吏，助恶万端，如虎生翼。爷爷恕汝不杀，暂取汝二人鬓发，以警贪凶。头寄汝项，取携任我，幸善自爱'，下款写着'九老爷示'四字。当时某巨绅只惊得一手持柬乱抖，一手乱摸脑袋，一瞧姨奶奶漆光似的大髻子已变成了鸭屁股，自己一条小辫儿也没得咧。乱过一会子，喊集家人并检点箱箧，所失的金珠珍宝足有三四万金之巨。

"这件盗案一发，不但给苗殿扬加了紧箍咒，简直地和府大人开玩笑咧。你想那巨绅素日里和府大人狼狈为奸，这当儿失掉了这注大财，如何肯依？于是面见府尊报案之下，那口角语气便露出此案不破，你这个曹州府也就不必做咧。因为这巨绅势力颇大，亲族故旧很有几个京官权要，休说抹掉曹州府不算什么，便是要鼓捣山东巡抚，只须他跑上两趟京城，也便马上成功哩。当时那府大人又气又急，这一怒非同小可，登时严比苗殿扬，一顿板子几乎将殿扬屁股拆烂。经多人跪求，并菏泽县官儿好说歹说，这才给了殿扬一月的限，责成他两案并破，不然便上站笼，活活地站死。

"原来那府大人既贪且酷，因他姓王，绰号儿'卵子王'。他创出两样非刑，一是站笼，一是敲卵棒哩。当时苗殿扬回到捕房，见了他老丈人，大哭一场，只待寻死。亏得俺主人一面劝慰，一面千方百计地想替他请能人，帮助办案。那位朋友从曹州来时，还没抓着一点儿头绪，如今却不知怎样了。"

郭琼随口道："办案之事，别看抓不着头，只要无意中得些棱缝，说破案也快哩。"两人说话间蹿入酒肆，只见地面宽敞，座位也颇干净。靠东面一带矮窗儿，外野旷野，衬着远树依微，颇有野趣。

这时一列座位上正有两个商贩模样的人把酒对酌，一见郭琼等，便欠身道："老兄才来吗？一块儿喝吧。"郭琼忙哈哈腰道："彼此彼此。"说着，和李伙计挨着商贩的座位方要落座，只听肆外啪啪啪明杖乱响，接着便有人骂道："唔呀，好混账王八羔子，啥个人来你这里趁生意呀！难道吾吃酒不给钱吗？你便这样欺生，吾是定将你这龟窝拆掉的。"

即闻肆伙等乱赔笑道："你先生不要生气，俺们见你只管在门前晃卦板，只说句请你别处趁生意，如今话既说明，快请进吧。"郭琼望去，却又是那个瞽先生，业已直撅撅地夹着明杖随肆伙进来。肆伙一面走，一面笑道："你先生用不着外瞧精致，且闹个独桌雅座吧。"于是引他就靠西面后座上摸索坐下。那瞽先生由腰中掏出个疏麻手巾，蒙头盖脸地擦了半晌，然后道："你这里有什么可口的食物，快些拿来，俺方才在凤集楼（济宁名酒肆）吃喝得不得味，所以才到你这里。"

酒伙失笑道："你老真会说笑话！凤集楼都不对你的口味，俺这里无非是素菜小吃，肉皮鸡架桩还是从大酒馆拢来，若闹个大杂烩，便是荤腥儿，你先生吃得来吗？"瞽先生一睁红眼皮，道："你这里靠着河沿，鲜鱼一定有的，就来鱼下酒吧。"肆伙笑道："你又来取笑咧，这所在都是些苦哈哈，卖鱼的到此做甚？你老没奈何将就些儿，且闹个蝴蝶杯吧。"

郭琼听了，方不解这个名色，只见肆伙笑嘻嘻地蹿来，道："你二位用甚酒菜，请吩咐吧。咱这里无非是炸面筋、炒豆腐，顶硬实的便是大杂烩，其余荤吃儿是不敢预备的。"李伙计一面将鱼递与肆伙，一面笑道："你快将此物整治停当，把来下酒，方才你说蝴蝶杯，这名色倒也新鲜，也给俺们来一个就是。"于是肆伙唯唯跑去。

这里郭琼等也便落座，随便望望那瞽先生，只见他不时地用那疏麻手巾擦脸，并且一颗头东歪西侧，通没安生气儿。

正这当儿，只见一个商贩道："赵老兄，你这次向徐、淮一带走了一趟，生意还好吗？"赵姓道："生意呢不过如此，但是俺却见些流民苦状，伤心惨目；又听得一个新闻，看起来大邦所在，真有大善大恶的人，便是那淮安城内赈捐局总办郝善人，自办赈以来，真不辞劳怨，人人感德，自家先捐了两千银两，以为倡导。无奈那流民越来越多，眼看着赈款不济，正将郝善人愁得什么似的。说也不信，一夜善人正在灯下核算赈账，忽闻窗外啪啪地叩了两下，接着便闻唰的一声，檐瓦微响。郝善人以为是猫儿作闹，也没在意。及至核算毕，秉烛出来想赴茅厕，忽见窗台上端端正正置着一封书札。郝善人拆开一瞧，顿然惊喜得呆了半晌，原来书札上写着无名氏捐银两万两，此项银两现在城外某地中，插有某样的小木标为记，速速取用，不必迟疑。当时郝善人沉吟一回，悄没声地藏起书札，反复思量此事，好生诧异，一夜价也没合眼。

"原来这当儿盗贼甚多，往往诱人勒赎，你想那郝善人既是富户，他怎的不思量到此呢？况且书札中所示之地，是个二三里长的大树林子，幽僻异常，往有被劫杀的客人丢在那里。当时郝善人不得主意，直沉思了一早晨，末后却毅然道：'俺便是为赈务受了祸害，总比眼看着流民饥死还强得多哩。'于是领人到那里，寻着木标，果然掘出两万银两。这异事轰动一时，也有说是郝善人一片善心感动神道的；也有说是必有非常奇人做此善事的。你说不是件新闻吗？"郭琼等正听得有趣，忽闻瞽先生哧地一笑，用卦板就案上敲了一回流水板儿。

正这当儿，肆伙托盘端了两份酒菜，先与瞽先生摆了一份，便笑道："你老吃酒吧。"于是一转步，将这一份送到郭琼案上，道："你老先请用蝴蝶杯，咱自己的菜马上就得。"郭琼一瞧那蝴蝶杯不由得失笑，原来是一个酒壶，两个七寸碟儿摆作个蝴形儿，两碟中一是油煎嫩豆腐，一是盐水卤豆，这时两个商贩又谈了两句闲话。

这里郭、李斟起酒来，彼此道声请，即便举著，哪知豆腐过嫩，一夹就碎，豆是硬而且滑，掇了半晌，只得一颗豆到嘴。两人正没作理会处，只听瞽先生喊道："喂！伙计，你这是成心搅哇！吾是没本事吃这个东西的。"

郭琼望去，只见他一面不住地用疏麻手巾擦脸，一面不住地用筷子乱夹，这一来招得两个商贩都笑。赵姓商贩便笑道："你老儿办货回头，想还是搭船走吗？"那商贩道："如今沂州山道中甚是好走，俺想早去便当得很。"赵姓惊道："沂州山道如何能走呢？那不是强盗窝儿吗？"那商贩道："说起这事，也是一件新闻，便是三两日之前，忽然有一个很体面阔绰的人来到山内大村庄中，依次价拜望庄中并左近村的首事富户。大家以为是远方游山的贵客，也没在意。一日，那人置酒遍请各首事富户。他本寓在个空庙中，大家以为不过是草草酒筵。哪知到得庙中，登时将大家闹得模模糊糊。原来他那寓室中铺设得锦天绣地，一切物具耀眼增光，左右伺候的人都是锦衣玉貌的二八狡童。及至筵席摆好，真是山珍海味堆满春台。那人笑吟吟肃客就座，大家只得怙惚着相与落座。正在不测那人是何来历，只见那人劝过两巡酒，却笑道：'俺久知贵处多盗，累年为村坊之害。昨日俺已吩咐他们各自远徙，诸公从此可以高枕而卧。但是诸公都是富而好善的人，俺既有小惠于诸公，所以也窃有祈求。如今水灾为患，流民载途，愿诸公慨解仁囊，成此善举。鄙人冒昧，业已就诸公财力拟定捐数，便请慨然援手如何？'说着，命左右取过一纸红柬，只见上面写着某人某人捐银若干。在座的首事富户，一个也不曾少得。当时大家见此突如奇怪的光景，登时都塑在那里，既不信那人能约束众盗，又疑惑那人是大大的骗子，更有疑他便是盗魁的。一时间惊惶诧异，都闹得变色变貌，只管嚷着口彼此价面面相觑。

"那人大笑道：'诸公不必如此，愿捐者固好，不愿捐者，俺亦不相强。但是尽着今日，愿捐者即便交银，俺明日便遨游他处。至于山中盗患，定然是没得的了。'说着，殷殷劝酒，又命狡童们就庭中手搏扑戏一回，端的是兔起鹘落、矫捷如飞。这一来闹得众人越发惘然莫测。

"须臾酒罢，大家各怀着鬼胎，辞谢而出。那好善怕事的当即如数捐银，送往庙中；那钱在脊梁骨上穿着的角色，不但不肯破悭囊，还主张集合村众，捉那人送官究治。纷纭之间，一日已过。次日，大家到庙一瞧，已是一所破落落的空庙咧。大家猜测一回，更没头脑。但是从此以后，山中盗贼果然绝迹，却苦了那不肯捐银的富户，各家都失掉了许多藏银，比那捐数儿倒多了一倍，所以如今沂州山道中甚是安静。你说这件事多么奇怪呀！"

郭琼和李伙计正在把酒倾耳，忽闻得一阵炙香扑鼻，却是肆伙用两个大盘盛了清蒸花脊鱼来，真是色香味三者俱备。那一般鲜香之气顷刻间充满四座，郭、李正要欣然举箸，只听瞽先生的明杖儿又是啪啪的一阵山响。正是：

座客衔杯谈异事，瞽人欲炙闹村庐。

欲知后事如何，且听下回分解。

第三十回

夜游神分炙逗闲情
铁臂熊逞强辱贫妇

　　且说郭琼等见鱼炙鲜美，正待举箸，只听瞽先生明杖儿敲得案角山响，接着便骂道："唔呀，好混账酒伙，你肆中有这鲜鱼，怎反说没得荤腥？须知吾虽瞧不见，还闻得着哩。"慌得那酒伙忙跑去，道："你先生莫错怪人，那鱼儿是人家客人自己带来的。"

　　这里郭琼等望着瞽先生作闹之状，正在好笑，只见窗外许多的流民男女，手执高香，口诵佛号，一队队都从肆前趄向野地。有的向天膜拜，有的就高阜矮坡之间撮土焚香，喃喃祝颂。

　　正这当儿，恰好又有个酒伙与商贩案上送来热酒，一商贩便问道："你瞧这流民男女都是干吗的呀？"那酒伙笑道："说起来也是异事，便是这数日中各窝铺中贫民往往夜间听得窸窣响动，次日一早在铺门外便得到个一千两吊钱，也不知是从哪里来的。于是大家以为是财神加惠，或者是大仙爷发了慈悲，所以大家都到这里焚香祝谢。"正说着，忽闻瞽先生噪道："唔呀呀，岂有此理，你明是欺吾没眼，有鲜鱼不与吾吃，却叫吾啃你娘的豆儿，既么办，吾是和你干上咧。"说着狠狠地一拉明杖，慌得酒伙也便跑去。

　　郭琼不由一望，只见瞽先生小老虎似的据在座上，一壁价举

206

巾拭面，一壁伸出麻秆似的干胳膊乱扑乱抓，百忙中却又摸起酒壶，嘴对嘴灌了一气，一翻手腕，竟要抛壶瞎打。慌得那两个酒伙好歹地夺住那壶的当儿，这里郭琼哈哈一笑，便唤道："伙计这里来，且端这盘鱼去，与先生分用就是。"

酒伙笑道："先生你瞧怎样？人家那位客人自送你鱼吃，这是俺肆中的菜品吗？"说着，如飞地端过盘鱼去。喜得瞽先生摇头晃脑，更不道谢，摸索着即便大嚼，又一迭声连唤来酒。这一来招得郭、李都笑，正把酒御鱼连声赞美的当儿，只见那两个伙计向肆外一望，慌张张向外便跑，便闻一阵脚步杂沓，即有人喊道："喂，小毛儿呀，快些揩抹净座儿，若有驴球马蛋的乡客们，叫他们滚远些，佟爷来咧。"说着，嗖一声跳进一人，手内提着一只食盒，不容分说便瞟向一个伙计。

那一个伙计刚道得一声："你老才来吗？"却被他一把抄住胳膊，向后便拧，随即用膝盖一顶那伙计的屁股，笑骂道："你这毛货（俗谓龙阳也）只管慢腾腾的，真欠踢出你蛋黄子来。"郭琼望去，却是先见的那个架鹰少年。正这当儿，后面又一溜歪斜趔进三人。前面两个一色的紫花布短衣裤，腰束花布褡包，脚踹搬尖洒鞋，每人肩上背着一个大钱袋，鼓挣挣的气蛤蟆一般；后面却是个黑黪黪的彪形大汉，生得鹰鼻凹眼，衬着一张大驴脸，麻而且黑。进到室内，先向各座位上一瞟，即便指挥那三个趋就靠西面座位。

这里郭琼忽想起贩子小童所语，正望着李伙计微微一笑，只见那两个酒伙狗颠似跑将去，忙用代手擦抹案罢，然后笑道："佟爷忙碌哇，公事完了吗？"这时那大汉一屁股坐下，弯起一只腿来只管乱捶，合着眼儿就似听不着一般。那三个人放袋的放袋，开食盒的开食盒，只顾了横眉溜眼，一阵瞎抓。

正这当儿，那大汉猛一睁眼，道："咳！他妈的！"俩酒伙登时一哆嗦，大汉道，"俺如今却不如你们了。你想俺自管着光蛋

207

街这点儿事由儿，给他穷人们挡多少风、隔多少雨？操心费嘴，外挂着跑他娘的穷腿，到得月头上还得求爷爷告奶奶似的，才敛这点儿鞋脚钱，累得人腰胯大腿什么似的，哪及你们舒服自在呢？饶是这样儿，还有多嘴淡舌的人背地里放他娘的月白屁，说俺是掮着大刀进孤贫院，苦害穷人。伙计你瞧着，等俺探明这放瞎屁的人，俺若不给他凉渗渗装上一段儿，就不是姓佟的揉的！"说着，砰的一拳砸在案上。

酒伙忙笑道："您是能者多劳哇。菜呢您自己带来，咱就来酒吧。"那大汉点点头，俩酒伙急忙跑向酒灶。这里那提食盒的也便将盒中食物摆列停当，猪头肉、血灌肠、蒸饼馍馍之类堆了一案，又有许多的花生瓜子糖疙瘩等物，撒撒泼泼置在案脚。

郭琼等正暗诧他们到此吃酒，自带这些东西好不累赘，便见那大汉抓起一把瓜子，一面嗑，一面向那架鹰少年道："今天你办的这食盒却不见写意，连王回回的套包子油条都没得，瓜子花生又不见多。"少年忙赔笑道："今天王回回没出摊子，颠篮的小贩儿也不多，俺见那卖瓜子花生的是个怪可怜的老太婆，所以没多抓她的。"

大汉听了，登时瞪起眼睛道："难道那老太婆是你妈？咱是干吗的呀，怎还讲起可怜来？没的你还想积德行好，修的哪辈子还干这个吗？咱道月头上收规例、抓街面，是到这里吃喝玩乐来咧。若都像你这样脓包下来，咱这事就不用办咧。"

几句话吓得那少年只管瑟缩赔笑。那大汉又向那两人道："你两个人收的规例可还清爽？"两人道："都清爽咧，就是北面窝铺叶大妮子家，说是你老前两日曾到她那里玩一霎儿，应许她免收这次的规例。"大汉扑哧一笑，道："那妮子倒好记性，但是怎么这么老实？你不会刁难她一会儿。她便是不肯把出钱，你趁势乐她一下子，不是白赚的吗？"

两人笑道："佟爷这法儿虽好，但是未免太狠些。"大汉一撇

208

嘴儿道："如今这世道，是越心狠越发旺。心不狠是不会有饭吃的。你瞧天益公的王四爷，坑了杜老西，发的财是沫沫渍渍，也没见天雷劈他哩。"说着，抓起一把花生，刚要剥吃，恰好酒伙送上酒来，于是大汉随手儿将花生置向靠外的案角，便和那三人各命杯箸，大吃二喝起来。

正这当儿，郭琼瞟瞟那瞽先生业已将鱼吃罄，却两手端起大盘来，啰啰地乱喝汁儿，招得那两个商贩酒客也只管发笑。

须臾，各座上酒过数巡，郭琼正想问问李伙计金有业何日方回，只听肆外提琴一响，便有酒伙道："喂！你这位大嫂子，别处赶个座儿吧，俺这里客座不多，没什么油水的。"即闻有人赔笑道："掌柜的行个好吧，俺娘儿俩乍到贵地，好爷们若不帮衬，可怜的穷人们不都饿煞吗？"声尽处，提琴悠扬，踅进一个二十四五岁的贫妇和一个四五岁的孩子。

那贫妇生得苗细身裁，白白面孔，衬着明眉大眼，颇有几分姿色。髻蒙蓝布，穿一身破绽旧衣裤，望到脚下，却是周周正正尖翘翘的两只脚儿，踹一双平底青鞋儿。瞧那打扮，便是淮扬一带的流民。那孩子蓬头垢面，只穿个破背心儿，短裤及胫，光着脚，偎在妇人一旁，如秋鸡子一般。便见妇人羞涩涩地先向那商贩座上一拉提琴，道："你老听个曲儿呀，可怜俺这孩子一天没吃吗咧。"

一商贩忙道："不消。"回手掏与她十余文钱，妇人接了，道声多谢。一瞟眼光，方望到郭琼座上。郭琼心下恻然，正在连忙掏钱之间，忽见那大汉用一个手搭凉棚式，向贫妇一瞧，便撮唇一哨，道："喂！你这妇人快这里来，唱个好唱儿给大爷听。"一言方尽，不想那孩子光着眼瞅瞅大汉，登时吓得直撇嘴儿，便拉他娘道："咱走吧。"妇人一面递与她提琴，一面道："乖乖不怕，你等娘趁几文钱来，好与你和奶奶买包吃。"说着，随手擦擦泪淫淫的眼睛。郭琼见状，正心下越发恻然，便见贫妇领了那孩子，到大汉座前，深深万福，道："你老多照应哪。"说罢，方要问孩子手里取那提琴。

那大汉却斜着眼睛道："慢着，你是新来的吗，怎么俺一向没见呢？"说着，两只圆彪彪眼睛却注到贫妇脚下，又向那架鹰少年一缩脖儿。贫妇便道："你老说得不错，俺前几日才到贵地，一共老小三口儿，俺婆婆六十来岁，偏又病得什么似的，所以小妇人领着孩子上街卖唱，便是这般苦楚。"

大汉听了，咻地一笑，即吃过一杯道："好苦哇！"妇人揾揾泪，方又要取提琴，大汉道："慢着，那么你丈夫哪里去了？"妇人落泪道："俺丈夫一向在远省耍手艺，久无音信，所以俺娘儿们才流落出来。"大汉道："哟！这真是苦上加苦咧。像你丈夫也不对呀，那老不死的业障娘自然不算什么，却怎的连个花不溜丢的媳妇愣抛在家里不管呢？"

妇人听了，不由面色微红，低下头去，方搭趁着要取提琴，大汉笑道："你瞧瞧，我不忙，你倒忙咧。我且问你，你这么年轻轻的，领了老的老、小的小，道路中不害怕吗？"贫妇叹道："咳！便害怕有什么法儿呢？"大汉道："这也罢了，我且问你贵姓哪？"贫妇听了，未免皱皱眉儿，只得道："俺姓花。"大汉喝彩道："好的！应当姓花才对，那么花大嫂你娘家姓什么呢？"贫妇一面眼望别座，一面引手够那孩子，随口道："俺娘家姓李，你老听曲便听；不听曲随意赏俺几文钱，俺好再趁个座儿。"说着，赌气子一转身，眉梢一蹙，口内嘟哝两句。

郭琼等一面见大汉涎脸之状可笑，一面见那孩子早蹭向案角边去剥花生。那三个人只顾了趁这当儿大吃大喝，也没理会。正在暗笑之间，只听暓先生喊道："喂！唱曲的，快这里来，俺给你两吊钱你快去吧，为什么和人磨牙呢？"

这里贫妇一面高应，一面轮风般揪过那孩子来，骂道："你这现世报，怎拿人家的东西吃吗？咱别在此讨厌咧，那暓先生给咱钱哩。"郭琼见那瞽先生方才还无理取闹地要鱼吃，如今又十分慷慨，正在心下纳罕，只听耳边猛地起个霹雳，那大汉跳起来，先一脚踢开孩子，然后大喝道："什么瞎厮，便来人前显贵！竟敢和佟爷爷闹甩腔儿。你等着，俺料理了这个不睁眼的浪婆娘咱们再说。便是瓦罐子也有两只耳朵，你可不晓得佟爷是什么人哩！"说着，闯上前，劈胸一把揪住贫妇，那贫妇啊呀一声，顷刻间四座大乱。

正是：

强梁逞尽究何益，赢得头颅不翼飞。

欲知后事如何，且听下回分解。

附注：《北洋画报》连载（1927 年 7 月 6 日—1929 年 5 月 2 日）至此结束，共计三十回。单行本仅见初集二册，故全文据连载内容誊录，较单行本多十回。另外，单行本中有袁寒云和王小隐两人的序言各一篇，现将目前找到的袁寒云序誊录下来，作为本书附录。

附　录

袁寒云序

今之作武侠小说者，非涉荒诞，即病庸凡，而能去兹两弊者，唯玉田赵焕亭一人耳。予每读赵君作，则终夜不释卷，必竟而后已。赵君之作，以武侠为经，社会为纬，壮伟处如读盲传腐史，而沉郁处则兼《水浒》《儒林外史》之长。若兹《山东七怪》一书，尤淋漓尽致，使人百读不厌，吁嗟伟矣！

己巳上巳寒云子书于七二沽上

图书在版编目(CIP)数据

山东七怪 / 赵焕亭著. — 北京：中国文史出版社，
2019.3

（民国武侠小说典藏文库·赵焕亭卷）

ISBN 978 - 7 - 5205 - 0955 - 8

Ⅰ. ①山… Ⅱ. ①赵… Ⅲ. ①侠义小说 - 中国 - 现代
Ⅳ. ①I246.5

中国版本图书馆 CIP 数据核字（2018）第 276260 号

点　　校：顾　臻　杨　锐

责任编辑：卢祥秋

出版发行：**中国文史出版社**

社　　址：北京市海淀区西八里庄 69 号院　邮编：100142

电　　话：010 - 81136606　81136602　81136603（发行部）

传　　真：010 - 81136655

印　　装：廊坊市海涛印刷有限公司

经　　销：全国新华书店

开　　本：720 × 1020　1/16

印　　张：15　　　字数：195 千字

版　　次：2019 年 3 月第 1 版

印　　次：2019 年 4 月第 1 次印刷

定　　价：55.00 元